HANS WEBER/ARMIN RUHLAND

Ausgerechnet

KARRIEREGEIL Im vergangenen Jahr hat sich für den Pfarrkirchner Kriminalkommissar Thomas Huber viel verändert. Inzwischen lebt er im liebevoll restaurierten Sacherl eines ehemaligen Kollegen und genießt allmählich sein Single-Dasein. Mit Mandy, seiner einst unliebsamen Kollegin aus Thüringen, hat er sich angefreundet. Mittlerweile beginnt es sogar ein wenig zwischen den beiden zu knistern. Da wird sein ehemaliger Lehrer, seit mehreren Jahren Direktor am Gymnasium, nach einer Lesung aus seinem gerade veröffentlichten Buch tot aufgefunden. Wie hat Thomas als Schüler unter diesem Mann gelitten! Bei den Nachforschungen stoßen Thomas und Mandy auf Familienstreitereien, Missgunst und amouröse Verflechtungen, wobei der Kriminalkommissar selbst in eine fatale Beziehungsfalle gerät. Schafft er es trotzdem, einen kühlen Kopf zu bewahren und den Mord aufzuklären?

Hans Weber, geboren 1961, und Armin Ruhland, geboren 1959, besuchten dieselbe Klasse am Gymnasium Dingolfing und waren eng befreundet. Nach dem gemeinsamen Abitur im Jahr 1980 trennten sich jedoch ihre Wege. Während Weber nach seinem BWL-Studium in verschiedenen Bereichen bei einem bayerischen Automobilhersteller lange Jahre nahe seiner Heimat beschäftigt war, zog es seinen Freund in die Ferne. Nach einem Kunstgeschichtsstudium belieferte Armin Ruhland vom spanischen Madrid aus wissenschaftliche Bibliotheken mit Fachliteratur. Nach knapp 40 Jahren kreuzten sich ihre Wege wieder und sie entdeckten ihre Liebe zum Schreiben von regionalen Krimigeschichten. Die beiden Autoren leben mit ihren Familien im Landkreis Dingolfing-Landau.

© Annette Weber

© Annette Weber

HANS WEBER/ARMIN RUHLAND

Ausgerechnet

NIEDERBAYERN-KRIMI

GMEINER

Immer informiert

Spannung pur – mit unserem Newsletter informieren wir Sie
regelmäßig über Wissenswertes aus unserer Bücherwelt.

Gefällt mir!

Facebook: @Gmeiner.Verlag
Instagram: @gmeinerverlag
Twitter: @GmeinerVerlag

MIX
Papier | Fördert
gute Waldnutzung
FSC® C083411

Besuchen Sie uns im Internet:
www.gmeiner-verlag.de

© 2022 – Gmeiner-Verlag GmbH
Im Ehnried 5, 88605 Meßkirch
Telefon 0 75 75 / 20 95 - 0
info@gmeiner-verlag.de
Alle Rechte vorbehalten
2. Auflage 2024

Lektorat: Christine Braun; Fabienne Rieg
Herstellung: Mirjam Hecht
Umschlaggestaltung: U.O.R.G. Lutz Eberle, Stuttgart
unter Verwendung eines Fotos von: © Elcom.stadler; https://commons.
wikimedia.org/wiki/File:Pfarrkirchen-Ensemble-Altstadt-01.jpg
Druck: CPI books GmbH, Leck
Printed in Germany
ISBN 978-3-8392-0101-5

EINS

Donnerstag

»Du musst unbedingt deine Tomatenpflanzen noch aus-
geizen, Thomas«, empfahl Hilde Bernauer, die langjährige Sekretärin der Pfarrkirchner Polizeiinspektion, ihrem
Kollegen, dem Kommissar Thomas Huber, bei einem fei-
erabendlichen Rundgang durch dessen Garten.

»Was soll ich?«, fragte Thomas verdutzt.

»Du musst die kleinen Triebe an den Seiten der Pflanzen
abbrechen. Da schau her, ich zeig's dir«, antwortete Hilde,
die sich gleich an die Arbeit machte und seine Tomaten von
den unnützen Geiztrieben befreite.

»Und? Was soll das bringen?«

»Diese kleinen Seitentriebe nehmen der Pflanze die
ganze Energie und dadurch wachsen deine Tomaten ned
so«, erklärte ihm die Gartenliebhaberin.

Der 36-jährige Kriminalbeamte war froh um solche
Tipps, da er sich in seinem bisherigen Leben noch nie um
die Gartenarbeit gekümmert hatte. Diese war bis vor einem
Jahr von seiner Frau Marion erledigt worden. Über zwölf
Monate war es mittlerweile schon her, dass sie ihn verlas-
sen hatte und zu ihrem Geliebten, dem Trabertrainer Georg
Schwarz, nach Gengham bei Eggenfelden gezogen war.

In dieser Zeit hatte sich das Leben für Thomas Huber
massiv verändert. Nicht nur, dass sich Marion von ihm
getrennt hatte, er war auch aus dem gemeinsamen Eigen-
heim in der Stifterstraße des Pfarrkirchner Stadtteils Galgenberg ausgezogen. Denn dieses wollte seine Frau aus

finanziellen Gründen unbedingt verkaufen. Da kam es ihm gerade recht, dass ihm ein ehemaliger Polizeikollege ein Sacherl als Mietobjekt angeboten hatte. Diese kleine Hofstelle, südlich von Pfarrkirchen auf einer Anhöhe gelegen, hatte der Besitzer in den letzten Jahren in mühevoller Kleinarbeit restauriert und zu einem schmucken Kleinod geformt.

Die ersten Wochen in seiner neuen Bleibe waren hart für den Pfarrkirchner Polizisten gewesen. Nach der Trennung hatte er sich leer und wertlos gefühlt und nicht gewusst, wie es weitergehen sollte. Ihm war die Frau davongelaufen, das war bestimmt kein Ruhmesblatt, mit dem er sich schmücken konnte. Im Gegenteil. In Pfarrkirchen und Umgebung hatte sich die Trennung sofort herumgesprochen. Denn durch seinen Job und seine langjährige Laufbahn als Fußballer des TuS Pfarrkirchen war Thomas sehr bekannt in der ländlichen Region. Gut, er hatte in seiner Ehe bestimmt nicht alles richtig gemacht, aber er konnte deswegen noch lange nicht verstehen, warum sich seine Frau gleich einem anderen Mann zugewandt hatte. Erschwerend kam hinzu, dass ihr neuer Lebensgefährte vor einem Jahr in einen Mordfall verwickelt gewesen war und deshalb sogar eine Nacht als Hauptverdächtiger in U-Haft gesessen hatte. Das war damals *das* Gesprächsthema in der ganzen Stadt gewesen.

In der ersten Zeit in seinem neuen Zuhause hatte sich der 36-Jährige sehr stark zurückgezogen. Selbst dem Fußballtraining und den anschließenden geselligen Abenden im Clubheim des TuS Pfarrkirchen war er ferngeblieben. Er hatte keine Lust auf Spießrutenlaufen und Mitleidsbekundungen gehabt. Lediglich zu seinem besten Freund, dem Bankangestellten Helmut Drexler, hielt er regen Kontakt und führte gute Gespräche mit ihm, zumal Helmut ein sehr guter Zuhörer war.

Im Gegensatz zum alleinstehenden Helmut hatte Thomas zunächst Schwierigkeiten mit dem Haushalt gehabt. Waschen, Kochen, Bügeln, Putzen und Co. waren ihm gänzlich fremd gewesen. Bis zur Trennung hatte der passionierte Motorradfahrer keinerlei Berührungspunkte mit den haushälterischen Grundrechenarten gehabt. Er hatte nicht gewusst, wie man die Waschmaschine bediente, konnte kein Schnitzel braten und hatte noch nie ein Bügeleisen oder einen Putzlappen in der Hand gehabt. Deswegen war er froh, dass er neben seinem Freund Helmut mit Hilde Bernauer und seiner Kollegin Mandy Hanke zwei weitere Unterstützerinnen an seiner Seite hatte, die ihm immer wieder unter die Arme griffen. Mit der Zeit fand Thomas sogar Gefallen an diesen Tätigkeiten. Besonders dann, wenn sich erste Erfolgserlebnisse einstellten. Dank Hildes Erklärungen hatte er die Waschmaschine zwar schnell im Griff gehabt, jedoch stellte ihn die Unterscheidung der Wäsche in Bunt-, Koch- oder Feinwäsche weiterhin vor eine Herausforderung. Besonders stolz war er gewesen, als er zum ersten Mal ein selbst gebügeltes Hemd mit nur wenigen Falten in den Schrank hängen konnte. Und obwohl die Panade nicht gerade perfekt gewesen war, hatte ihm sein erstes selbst gebratenes Schnitzel besonders gut geschmeckt. Mandy hatte ihm zuvor die Zubereitung seiner Leibspeise erklärt. Mit dem Putzen seiner neuen Räume konnte er sich allerdings nicht anfreunden. Deshalb hatte er für drei Stunden in der Woche eine der Reinigungskräfte der Polizeiinspektion als Putzhilfe engagiert. Roswitha hatte sofort Ja gesagt, als Thomas gefragt hatte, ob sie ihm behilflich sein könnte.

Nach einigen Monaten des Nachdenkens und Lernens im Sacherl hatte Thomas Huber sein Leben wieder voll im Griff. Er ging auch wieder ins Fußballtraining. Entgegen aller Befürchtungen verkniffen sich seine Fußballkumpels jegliche Bemerkung bezüglich des gehörnten Ehemannes. Eine Scheidung ist mittlerweile auch in Niederbayern eine zwar unschöne, aber ganz normale Sache, dachte Thomas und war froh, dass wieder Normalität in sein Leben eingekehrt war.

Im Frühjahr war die nächste Herausforderung angestanden: der Garten. Der Eigentümer hatte einen großzügigen Bauerngarten mit zwei Hochbeeten angelegt. Obwohl Thomas vom »Garteln« keine Ahnung hatte, hatte er sich vorgenommen, die grüne Oase im Sinne seines ehemaligen Kollegen weiterzubetreiben. Dies hatte er seinem Freund auch versprochen. Hilde Bernauer hatte sich für die Unterstützung im Garten angetragen. Mit gemischten Gefühlen hatte er dieses Angebot angenommen. Auf der einen Seite war unbestritten, dass Hilde eine Frau mit grünem Daumen war, auf der anderen Seite konnte die langjährige Sekretärin sehr anstrengend sein. Seit den Frühjahrsmonaten war Hilde mindestens einmal pro Woche im Garten des Sacherls und zeigte Thomas, wie man Gemüse anbaute, Sträucher zuschnitt und Unkraut jätete.

»Thomas, du musst unbedingt was gegen die Schnecken unternehmen. Die fressen dir sonst noch dein ganzes Gmias zam«, forderte Hilde jetzt.

»Soll ich die Schnecken erschießen, oder was schlägst du vor?«, scherzte Thomas.

»Am besten ist es, wenn du Bierfallen aufstellst.«

»Was um Himmels Willen sind Bierfallen?«

»Du musst möglichst viele Blechdosen in den Boden rammen und dann Bier reingießen.«

»Was soll das bringen?«

»Durch den süßen Duft vom Bier werden die Schnecken ang'lockt und fallen rein. Dann musst du sie nur noch entsorgen.«

»Ich weiß ned«, meinte Thomas zweifelnd. »Erstens ist mir das gute Bier z' schad. Das trink ich lieber selber. Und zweitens ist des auch ein Haufen Arbeit.«

»Thomas, du musst dich wieder nach einer Frau umschauen, denn zu zweit kann man im Garten mehr ausrichten, und Spaß macht's a noch. Frag a mal mein Mo, der hilft mir ganz gern draußen.«

Hilde hatte den gleichen belehrenden Ton drauf wie früher seine Mutter, wenn er mit einem Fünfer in der Mathe-Schulaufgabe nach Hause gekommen war. Thomas hatte gehofft, dass sich die Gesprächsthemen zwischen ihm und Hilde auf die Arbeiten rund um Garten und Haushalt beschränken würden, denn Hilde hatte eine sehr eigene Art des Sich-überall-Einmischens, die ihm auch in der Polizeiinspektion noch nie gefallen hatte. Dies war der Grund, warum er nicht gerade gerne dem Angebot zur Unterstützung zugesagt hatte. Einerseits wollte er seine Gartenratgeberin nicht vergraulen, andererseits verspürte er keine Lust, mit Hilde intime und persönliche Gespräche zu führen.

»Ich bin ja noch nicht mal geschieden, da kann ich mich doch nicht schon wieder nach einer neuen Frau umschauen. Es ist doch viel besser, wenn ich erst mal mein Leben neu sortier.«

»Schau mal deine Frau an, die ist ja auch noch nicht geschieden und hat schon einen anderen.«

Auf diesen Satz konnte Thomas nicht kontern, ihm fiel nichts ein.

Daraufhin bohrte Hilde weiter. »Schau, Thomas«, jetzt

kam wieder der belehrende Ton, den er von seiner Mutter so gut kannte, »du bist jung, schaust gut aus, hast einen sicheren Job und kennst dich inzwischen im Haushalt aus. Du bist quasi eine gute Partie. Da wär's schad, wenn du Zeit verlieren würdest«, resümierte Hilde.

»Ich find schon noch die Richtige, aber pressieren tut's mir ned«, entgegnete Thomas, der dieses Thema damit endgültig abschließen wollte. Doch er hatte die Rechnung ohne Hilde gemacht.

»Nimm doch die Mandy, die ist g'scheid, hübsch und hat ihr Herz am richtigen Fleck. Die würd gut zu dir passen«, schlug Hilde ganz ohne Umschweife vor.

»Hilde«, entfuhr es Thomas, der aufgrund der Direktheit seiner Gartenexpertin schockiert war. »Die Mandy ist meine Kollegin, mehr nicht.«

»Ja, des macht doch nix. Der beste Heiratsmarkt war scho immer der Arbeitsplatz«, erklärte Hilde nüchtern.

Thomas fühlte sich zunehmend unwohl in diesem Gespräch und kam ohne weitere Kommentare auf den eigentlichen Grund ihres Hierseins zurück. »Hilde, wie viele Bierfallen muss ich aufstellen, was meinst du?«

Selbst Hilde hatte jetzt gemerkt, dass weitere Vorschläge zu diesem Thema unerwünscht waren. »In den Hochbeeten jeweils eine und in den anderen Beeten würde ich dir mindestens zwei empfehlen. Am besten stellst du die Fallen gleich morgen auf, wir haben schließlich schon Ende Juli.«

ZWEI

Freitag

Im Gegensatz zu ihrem Kollegen Thomas Huber war Mandy Hanke eine Frühaufsteherin. Deshalb war sie fast immer als Erste im Büro. Die 31-Jährige, die vor eineinhalb Jahren vom thüringischen Gera an die niederbayerische Rott gewechselt war, hatte sich mittlerweile schon gut in der Pfarrkirchner Polizeiinspektion eingelebt.

Der Anfang in Niederbayern, besonders die ersten Tage mit ihrem Bürokollegen Thomas Huber, war alles anderes als leicht für die sportliche Thüringerin gewesen. Denn zu Beginn ihrer gemeinsamen Arbeit hatte es zwischen Thomas und Mandy Spannungen gegeben, die vor allem durch die Eitelkeit des 36-jährigen Pfarrkirchners ausgelöst worden waren. Nach der Pensionierung seines langjährigen Kollegen Hans Baumgartner hatte Thomas auf eine Führungsfunktion gehofft. Stattdessen war ihm mit Mandy Hanke eine unerfahrene Frau aus den neuen Bundesländern gleichberechtigt zur Seite gestellt worden. Dies hatte Thomas anfangs nicht recht akzeptieren können, was er Mandy hatte spüren lassen. Doch diese zwischenmenschlichen Probleme waren nun mehr als ausgeräumt, denn Mandy hatte sich als sehr kooperative Kollegin mit einem ausgeprägten kriminalistischen Spürsinn entpuppt.

»Guten Morgen, Thomas, ich dachte schon, dass du deinen Urlaub um einen Tag vorgezogen hast«, begrüßte Mandy ihren Kollegen gewohnt provokant, als dieser an seinem letzten Arbeitstag vor seinem dreiwöchigen Urlaub wieder etwas verspätet im Büro eintraf.

»Servus, Mandy, heute musst du mich noch ertragen, dann hast du drei Wochen Ruhe vor mir«, scherzte Thomas.

»Vielleicht habe ich ja in den drei Wochen Sehnsucht nach dir«, flachste und flirtete Mandy zugleich.

»Wenn du Sehnsucht hast, kannst du mich gerne besuchen. Du weißt ja, wo du mich findest.«

»Bist du die ganzen drei Wochen am Sacherl oder fährst du ein paar Tage weg?«

»Das weiß ich noch ned genau. Wenn ich mit meinen Arbeiten am Sacherl fertig werde, werd ich vielleicht ein paar Tage mit dem Moped wegfahren.«

»Was musst du am Sacherl alles machen?«

»Morgen zum Beispiel muss ich Bierfallen in meinem Garten aufstellen.«

In diesem Moment betrat der Leiter der Pfarrkirchner Polizeiinspektion Josef Kiermeier das Büro der beiden Ermittler. Er hatte den letzten Satz von Thomas noch mitbekommen.

»Was um Himmels Willen sind Bierfallen?«, fragte Kiermeier, ohne die beiden zu begrüßen.

»Das hab ich bis gestern auch noch ned g'wusst«, gab Thomas zu. »Mit Bier kann man Schnecken fangen, hat mir die Hilde g'sagt.«

»Und wie soll das funktionieren?«

»Man muss Blechbüchsen in den Boden rammen und mit Bier befüllen. Das Bier soll die Schnecken anlocken, die dann hoffentlich in die Büchsen fallen.«

»Ja, da schau her, das werde ich auch mal ausprobieren. Die Frau Bernauer ist ja eine ausgewiesene Gartenexpertin und hat immer gute Einfälle.«

14

Das stimmt, dachte Thomas, der sich gleich an ihren anderen Vorschlag bezüglich seiner Zukünftigen erinnerte, dies logischerweise aber nicht ansprach.

»Sie haben doch jetzt auch eine Woche Urlaub, da können Sie die Schneckenfallen gleich in Ihrem Garten aufstellen«, schlug Mandy vor.

»Ja, das stimmt. Dann könnte ich mit dem Kollegen Huber einen kleinen Wettbewerb machen, heutzutage würde man wohl ›Challenge‹ sagen, wer die meisten Schnecken fängt«, feixte der Polizeichef. »Eigentlich habe ich keine Zeit dafür. Meine freie Woche hat mit Urlaub wahrlich nichts zu tun. Meine Frau bildet sich ein, unser Haus müsse innen gestrichen werden. Dann wissen Sie, was ich nächste Woche mache.«

»Da baue ich lieber Bierfallen«, flunkerte Thomas.

»Und heute Abend muss ich ins Gymnasium rüber und mir eine Buchvorstellung anhören«, setzte Kiermeier, der sich vermutlich Mitleid von seinen Mitarbeitern erhoffte, noch einen darauf.

»Ins Gymnasium?«, fragte Thomas ungläubig nach. Das Pfarrkirchner Gymnasium befand sich schräg gegenüber der Polizeiinspektion, ebenfalls an der Arnstorfer Straße.

»Ja, der Herr Doktor Rausch persönlich hat mich zur Vorstellung seines neuesten Buches eingeladen.«

»Heute ist der letzte Schultag vor den großen Ferien«, merkte Thomas an.

»Ja, das weiß ich auch. Ich vermute, dass er die Buchvorstellung genau auf diesen Tag gelegt hat, damit er anschließend sechs Wochen Zeit zum Feiern hat«, frotzelte der Polizeichef.

»Dann wünsche ich Ihnen viel Spaß«, warf der junge Kripobeamte eindeutig zweideutig ein.

»Kennen Sie etwa Doktor Rausch?«, fragte Kiermeier, der die ironische Anmerkung seines Mitarbeiters gleich verstand.

»Ja klar kenne ich den Rauschi, ich war mal Schüler im Pfarrkirchner Gymnasium. Da war er aber noch einfacher Lehrer, nicht Direktor«, erzählte Thomas.

»Und, wie sind Sie mit ihm klargekommen?«

»Na ja, wie soll ich sagen? Wir hatten ein eher schwieriges Verhältnis.«

»Wie darf ich das verstehen?«

»Es gab Schüler, die alles machten, was er verlangte. Die waren seine Lieblinge. Und dann gab es Schüler, die nicht immer gleich g'sprungen sind, wenn er was g'sagt hat.«

»Sie waren eher bei der zweiten Kategorie, vermute ich.«

»Ganz genau, Herr Kiermeier. Sie kennen mich ja auch schon ein paar Tage.«

»Dann werde ich mich heute Abend überraschen lassen. Ihnen, Herr Huber, wünsche ich einen schönen Urlaub, und von Ihnen, Frau Hanke, würde ich mir wünschen, dass Sie bei der Einbruchsserie vorankommen.«

»Das wünsche ich mir auch. Spuren gibt es so gut wie keine, und die Hinweise aus der Nachbarschaft der Geschädigten haben auch nichts ergeben. Wir wissen nur, dass der oder die Täter mit einem Moped oder Motorrad unterwegs ist beziehungsweise sind. Ich hoffe, dass wir die Einbrecher über die Beute bekommen. Wir haben schon die Pfandleihhäuser und die Juweliere in ganz Bayern und auch in Österreich verständigt und ihnen Fotos von den gestohlenen Schmuckstücken geschickt«, erklärte Mandy.

»Sehr gut, Frau Hanke. Dann hoffe ich, dass wir die Täter bald dingfest machen können.«

Damit wollte sich Kiermeier von seinen beiden Ermittlern verabschieden, als der Kollege Karl Auer ins Büro stürmte. Der Polizeihauptmeister war überrascht, dass er neben Thomas und Mandy auch den Leiter der Polizeiinspektion im Raum vorfand. »Das trifft sich gut, dass ich alle wichtigen Leute gleich antreff, dann brauch ich die Nachricht nur einmal erzählen«, begann Auer.

»Mach's ned so spannend, Karl. Was ist los?«, unterbrach ihn Thomas ungeduldig.

»Wir haben wieder einen Einbruch. Diesmal in der Franziskanerstraße.«

»Verdammt noch mal, das gibt's ja nicht. Das kann nicht so weitergehen. Wir müssen die Täter erwischen, bevor ganz Pfarrkirchen nervös wird«, kommentierte Kiermeier die Hiobsbotschaft.

»Hast du die Spurensicherung schon informiert, Karl?«, fragte Thomas als Erstes. Er erhielt einen aufmunternden Blick von Mandy, denn er war es gewesen, der den Kollegen der Spurensicherung bei einem Mordfall im letzten Jahr fast zu spät Bescheid gegeben hatte.

»Ja, die sind schon unterwegs«, antwortete der Polizeihauptmeister.

»Waren die Besitzer des Hauses wieder im Urlaub?«, hakte Mandy nach.

»Ja, die sind gerade vom Italien-Urlaub nach Hause gekommen«, bestätigte Auer.

»Dann haben wir es höchstwahrscheinlich mit denselben Tätern zu tun«, vermutete Thomas.

»Notfalls müssen Sie Ihren Urlaub verschieben, Herr Huber. Die Sicherheit von Pfarrkirchen steht auf dem Spiel«, ordnete der Polizeichef an und verließ den Raum.

DREI

Als Mandy und Thomas in die Franziskanerstraße unterhalb der Wallfahrtskirche Gartlberg einbogen, standen schon zwei Polizeiautos vor dem Haus, in das eingebrochen worden war. Thomas parkte den Dienstwagen unmittelbar hinter den beiden Autos.

Der junge Kollege Stefan Wegerer kam sofort aus dem schmucken Einfamilienhaus, als er Mandy und Thomas kommen sah.

»Griaß euch. Es schaut alles danach aus, dass wir es mit denselben Tätern wie beim letzten Mal zu tun haben«, informierte der Polizeiobermeister die beiden Kripobeamten.

»Das heißt?«, fragte Thomas kurz und knapp.

»Der oder die Täter sind wieder über den Kellerschacht eing'stiegen, haben das Fenster eing'schlagen und sind so ins Haus 'kommen. Die Kollegen der SpuSi sind schon bei der Arbeit.«

»Was wurde gestohlen?«, wollte Mandy wissen.

»Auch wieder Schmuck, wie bei den letzten Malen. Genaueres könnt ihr gleich das Ehepaar Schindler selbst fragen. Die sind im Wohnzimmer.«

»Ja, das machen wir. Und du, Stefan, befragst die Nachbarn, ob die was g'hört oder g'sehen haben«, ordnete Thomas an.

»Alles klar, Thomas, mach ich.«

Sowohl Hans Schindler als auch seine Ehefrau Rita, beide um die 60 Jahre alt, saßen völlig geknickt im Wohnzimmer, als das Pfarrkirchner Ermittlerduo eintrat. Die

Schranktüren waren geöffnet und die Schubläden herausgezogen. Verschiedene Gegenstände wie Vasen oder Gläser lagen teilweise zerbrochen am Boden. Ein Kollege der SpuSi war gerade dabei, nach Spuren zu suchen.

»Grüß Gott, mein Name ist Huber und das ist meine Kollegin Hanke. Wir sind von der Kripo Pfarrkirchen«, stellte sich Thomas vor.

Hans Schindler stand sofort auf und gab den beiden die Hand, während seine Frau auf dem schwarzen Ledersofa sitzen blieb.

»Wir sind entsetzt, dass in unser Haus eingebrochen wurde«, stammelte Rita Schindler.

»Das können wir uns gut vorstellen, Frau Schindler«, antwortete Mandy sehr einfühlsam.

»Wir sind gerade von unserem Italien-Urlaub heimgekommen. Der ganze Schmuck ist weg«, erklärte der Ehemann nüchtern und resigniert zugleich.

»Da können wir von Glück reden, dass wir gestern Nacht nicht zu Hause waren«, ergänzte Frau Schindler. »Das hätte ich nicht überlebt, wenn uns die Einbrecher im Schlafzimmer überrumpelt hätten.«

»Die Täter haben immer nur zugeschlagen, wenn die Bewohner im Urlaub waren«, erklärte Mandy.

»Warum glauben Sie, dass die Einbrecher ausgerechnet letzte Nacht ein'brochen sind?«, hakte Thomas bei der Hausherrin nach.

»Weil uns gestern Nachmittag unsere Zugehfrau noch eine Nachricht geschickt hat, dass alles in Ordnung ist.«

»Können Sie uns die Kontaktdaten Ihrer Zugehfrau aufschreiben?«, fragte Mandy, die die Angaben überprüft haben wollte.

Rita Schindler stand gleich auf, holte sich einen Zettel

aus dem Schrank, schrieb Namen, Adresse und Handynummer ihrer Putzhilfe auf und übergab ihn Mandy.

»Können Sie uns sagen, was alles gestohlen wurde?«, wollte Thomas als Nächstes wissen.

»Es waren insgesamt zehn Schmuckstücke. Drei Colliers, zwei Armbänder und fünf Ringe.«

»Von welchem Wert sprechen wir da ungefähr?«

»Ich schätze den Gesamtwert auf um die 20.000 Euro.«

»Haben Sie Fotos von den Schmuckstücken?«

»Ich glaube, die zwei wertvollsten Colliers haben wir fotografiert, oder, Hans?« Die Hausherrin sah dabei ihren Mann an.

»Ja, die Colliers habe ich mal fotografiert. Die Bilder müssten noch auf dem PC sein.«

»Drucken Sie uns diese bitte aus«, bat Mandy.

Hans Schindler verließ das Wohnzimmer und machte sich auf den Weg in sein Büro.

Thomas wandte sich dem Kollegen der SpuSi zu, der während des gesamten Gesprächs weiterhin seiner Arbeit nachgegangen war. »Richard, habt ihr schon irgendwelche Spuren g'funden?«

»Nein, Thomas, bis jetzt noch ned. Ich vermute stark, dass die Täter wieder Handschuhe tragen haben.«

In der Zwischenzeit unterhielt sich Mandy mit Frau Schindler. »Wer wusste davon, dass Sie im Urlaub waren?«

»Wir haben aus unserem Toskana-Urlaub kein Geheimnis gemacht. Unsere Nachbarn, viele unserer Freunde und einige Arbeitskollegen meines Mannes wussten davon.«

»Wo ist Ihr Mann beschäftigt?«

»Mein Mann arbeitet als Beamter im Finanzamt Eggenfelden.«

»Und wie lange ist Ihre Zugehfrau schon bei Ihnen angestellt?«

»Die Margit putzt bei uns schon über zehn Jahre. Die ist absolut zuverlässig.«

Mit zwei ausgedruckten Bildern in der Hand betrat der Hausherr wieder das Wohnzimmer. »Das sind die beiden Colliers. Das eine habe ich meiner Frau zum 50. Geburtstag geschenkt und das andere zu unserer Silberhochzeit«, informierte der Finanzbeamte.

Mandy und Thomas begutachteten zusammen die Bilder und waren sich auf den ersten Blick sicher, dass diese beiden Colliers einen erheblichen Wert darstellten. Das erste Halsband bestand aus einer Goldkette und einem in Gold gefassten Rubin-Cabochon, das andere hatte an der Goldkette einen Brillanten als klassischen Solitäranhänger in einer Balkenfassung. Thomas nahm die beiden Bilder an sich und fragte sicherheitshalber nochmals nach, ob es nicht noch Fotos der anderen Schmuckstücke gebe. Leider war dies nicht der Fall.

»Ich würd jetzt gerne den Tathergang rekonstruieren. Können wir in den Keller gehen?«, schlug Thomas vor.

»Natürlich, wir machen alles, damit die Täter schnell gefasst werden«, sagte Hans Schindler, der sich sehr kooperativ zeigte.

Die vier stiegen die Treppe zum Keller hinab und begutachteten die Einstiegsstelle der Einbrecher. Die Glasscherben des Kellerfensters lagen noch auf dem Boden. Nachdem Thomas den Kellerschacht und das Fenster in Augenschein genommen hatte, hielt er seinen üblichen Vortrag und redete den Hausbesitzern ins Gewissen. Er empfahl ihnen, Kontakt mit einer Sicherheitsfirma aufzunehmen, denn das Nachrüsten von mechanischer Sicherheitstechnik koste nicht die Welt. Das Ehepaar nickte und erweckte den Eindruck, als ob es sich gleich morgen darum kümmern würde. Mandy schlug außerdem vor, die einzelnen Kellertüren zuzuschließen, damit Einbrecher es künftig schwerer haben würden, ins Erd- beziehungsweise Obergeschoss zu gelangen. Inzwischen hatte das Pfarrkirchner Ermittlerduo schon eine gewisse Routine bezüglich der Tipps zur Vorbeugung von Einbrüchen. Sowohl Mandy als auch Thomas brachten ihre Empfehlungen kompetent an den Mann beziehungsweise an die Frau, auch wenn der aktuelle Einbruch damit nicht mehr rückgängig gemacht werden konnte.

»Gott sei Dank hatten wir kein Bargeld im Haus«, resümierte Hans Schindler, als sich das Quartett den Rest des Hauses genauer ansah.

Im Schlafzimmer, das sich im Obergeschoss befand, war noch ein Kollege der Spurensicherung bei der Arbeit. In diesem Zimmer war die Unordnung am größten. Die Schubladen der Schränke lagen am Boden, außerdem mehrere Schatullen und viele Wäscheteile.

»Wie schaut's aus, Gerhard, hast du schon was g'funden?«, fragte Thomas, als die vier das Schlafzimmer betraten.

»Nein, die Einbrecher haben bestimmt wieder Handschuhe getragen und ich glaub, auch Schuhüberzieher«, antwortete der Kollege resigniert.

»Hast alles fotografiert?«

»Logisch.«

»Dann glaub ich, kannst Feierabend machen.«

»Gerhard, du könntest dich noch draußen rund um das Grundstück umsehen, vielleicht findest da was«, bat Mandy.

»Ja gut, das mach ich.«

»Dann solltest du dir auch unbedingt noch die Reifenspuren vor dem Nachbargrundstück anschauen. Ich glaub, die stammen von einem Zweirad«, fügte der Kollege Stefan Wegerer hinzu, der jetzt auch ins Schlafzimmer gekommen war.

»Wo hast du die g'sehen?« Thomas schaute Stefan erstaunt an.

»Auf dem Grünstreifen zwischen der Straße und dem Nachbargrundstück.«

»Gerhard, geh gleich hin und mach einen Gipsabdruck, das könnt uns weiterhelfen.«

Der SpuSi-Kollege packte seinen Koffer zusammen und machte sich auf den Weg.

»Haben die Nachbarn etwas mitbekommen, Stefan?«, fragte Mandy.

»Der Nachbar da drüben hat ungefähr um 23 Uhr ein Mopedgeräusch g'hört.«

»Dann dürfte der Einbruch tatsächlich gestern um diese Zeit stattg'funden haben«, schlussfolgerte Thomas, der daraufhin gleich den nächsten Auftrag für seinen Kollegen hatte. »Stefan, ruf doch bitte bei der Zugehfrau des Hauses an und frag sie, ob gestern Mittag im Schlafzimmer tatsächlich noch alles in Ordnung war.«

Mandy übergab ihm den Zettel mit den Kontaktdaten der Putzhilfe.

»Sie können Ihre Sachen jetzt wieder in die Schränke räumen. Falls noch irgendwas fehlt, melden Sie sich bitte bei uns«, wandte Mandy sich abschließend an das Ehepaar Schindler.

»Wir schicken Ihnen den Polizeibericht zu. Den können S' dann bei der Hausratversicherung vorlegen«, stellte Thomas in Aussicht.

»Und vergessen Sie bitte nicht, eine Sicherheitsfirma zu kontaktieren«, erinnerte Mandy die Eheleute, die sich bei den Kripobeamten bedankten.

VIER

»Ich kann doch jetzt nicht in den Urlaub gehen und dich mit den Einbrechern allein lassen«, sagte Thomas zu Mandy, als sie wieder in ihrem Büro waren.

»Doch, Thomas, das kannst du. Du machst jetzt erstmal Ferien, und die Kollegen und ich werden in der Zwischenzeit die Einbrecher stellen.« Mandy war optimistisch.

»Aber wenn du mich brauchen solltest, ruf mich einfach an, ich bin zu Hause«, bot Thomas an.

»Ja klar, das mach ich.«

»Jetzt lass uns die Einbruchsserie noch mal rekapitulieren.« Thomas musterte den Stadtplan von Pfarrkirchen, der an der Wand ihres Büros hing. »Der erste Einbruch war am 4. Juli in einem Wohnhaus in der Bruckbauerstraße, der zweite am 10. Juli in der Moosäckerstraße, der dritte am 23. Juli in der Einsteinstraße und der vierte gestern in der Franziskanerstraße.« Er steckte jeweils eine Stecknadel auf die entsprechende Stelle im Stadtplan.

»Eine Vorliebe für einen bestimmten Stadtteil lässt sich nicht erkennen. Die Einbrüche verteilen sich über das gesamte Stadtgebiet. Jedes Mal war es ein Einfamilienhaus, und jedes Mal waren die Bewohner im Urlaub«, stieg Mandy ein. »Das heißt, die müssen vorher gut recherchiert haben.«

»Genau, und bei allen Einbrüchen wurde Schmuck entwendet, die Einbruchszeit war immer zwischen 23.00 und 24.00 Uhr und der oder die Täter sind mit einem Moped oder Motorrad unterwegs. Nachdem die Zeugen immer nur ein Zweirad gehört haben, gehe ich von einem, maximal zwei Tätern aus.« Thomas wandte sich erwartungsvoll an Mandy. Diese nickte nachdenklich.

»Sie sind immer über die Kellerfenster ins Haus 'kommen. Die müssen ganz schön gelenkig sein.«

»Ich hoffe schwer, dass uns die Reifenabdrücke weiterbringen. Das sind bis jetzt unsere einzigen Spuren.«

»Ja, das hoff ich auch. Das Problem ist, dass morgen die großen Ferien beginnen und noch mehr Leute in den Urlaub fahren und unsere Einbrecher wieder zuschlagen werden. Genau deswegen werd ich meinen eigenen Urlaub verschieben.« Sich seines Entschlusses sicher, ging Thomas wieder an seinen Schreibtisch zurück, wo er sich mit einem Seufzen auf den Stuhl sinken ließ.

»Das kommt gar nicht in Frage. Du gehst in den Urlaub, basta. Das Wetter ist schön, es ist heiß draußen, du kannst baden, Motorrad fahren und außerdem hast du viel Arbeit daheim. Ich werde heute noch eine Pressemeldung verfassen und darauf hinweisen, dass die Leute ihre Kellerfenster sichern und ihren Schmuck in Sicherheit bringen sollen, bevor sie in Urlaub fahren«, sagte Mandy bestimmt.

»Das ist eine gute Idee. Und schreib noch rein, dass sich

die Leute das Kennzeichen notieren sollen, wenn sie ein fremdes Moped oder Motorrad in der Siedlung sehen. Die zwei Fotos der Colliers sollten wir auch noch an sämtliche Juweliere und Leihhäuser schicken«, ergänzte Thomas.

»Ja, das mach ich. So, jetzt will ich dich hier nicht mehr sehen. Du hast ab sofort Urlaub, mein Lieber«, sagte Mandy, stand auf und komplimentierte ihren Kollegen aus dem Büro.

Thomas gab sich geschlagen. Er erhob sich und ging auf Mandy zu. Sie verabschiedeten sich mit einer innigen Umarmung.

»Kommst du mich mal am Sacherl besuchen?«, fragte Thomas fast flüsternd.

»Ja, das kann gut sein«, antwortete die Thüringerin zum Leidwesen ihres Kollegen sehr unverbindlich.

Er erinnerte sich wieder an Hildes Worte, doch er wusste nicht einmal, ob Mandy wieder eine Beziehung haben wollte. Außerdem hatte er keine Ahnung, ob er für sie als Lebensgefährte überhaupt in Frage kam. Und er war sich definitiv nicht sicher, ob neben einer Partnerschaft in der Arbeit auch eine im privaten Bereich funktionieren würde. Kommt Zeit, kommt Rat, dachte Thomas. Eines war ihm allerdings klar: Mandy war ihm ans Herz gewachsen.

FÜNF

Samstag

An seinem ersten freien Tag genoss Thomas ein ausgiebiges Frühstück auf der Terrasse seines Sacherls. Sogar ein weiches Ei hatte er sich zur Feier des Tages gekocht. Er lehnte sich zufrieden zurück, trank ein Glas Orangensaft, aß ein Schinkenbrot und genoss seine Freiheit. Die Vorfreude des Kriminalbeamten auf drei unbeschwerte Wochen, in denen er tun und lassen konnte, was er wollte, war groß. Niemand würde ihm Vorschriften machen.

Dies war sein erster längerer Urlaub als Single, nachdem er von seiner Frau verlassen worden war. Gut, er hatte schon noch einige Dinge zu erledigen, aber er konnte das Wann und das Wie selbst bestimmen.

Als Erstes nahm er sich die Bierfallen vor, die ihm Hilde so dringend für den Kampf gegen die Schnecken empfohlen hatte. Das erste Problem stellten dabei die benötigten leeren Blechbüchsen dar. Er konnte nicht irgendwelche Konservendosen der Speisekammer öffnen und deren Inhalt entsorgen, nur damit er an die Büchsen kam. Eine andere Lösung musste her, und die hatte Thomas schnell parat: der Wertstoffhof.

Nachdem die Hitzewelle in Niederbayern auch an diesem Tag weiter anhielt, entschied sich Thomas, gleich nach dem Frühstück auf den Pfarrkirchner Wertstoffhof zu fahren, um die heißen Temperaturen am Nachmittag zu umgehen. Als anständiger Bürger fragte er zunächst eine der Angestellten, ob er sich Weißblechdosen aus dem Container entnehmen dürfe.

»Natürlich dürfen S' ein paar Dosen mitnehmen. Hochzeit oder Geburt?«, fragte die Frau kryptisch. Thomas brauchte einen Moment, um zu verstehen, was die Dame damit meinte.

»Schnecken«, antwortete Thomas kurz und knapp, als ihm einfiel, worauf sein Gegenüber angespielt hatte. Denn in Niederbayern war es oft üblich, Dosen an ein Brautfahrzeug zu hängen oder bei der Geburt eines Mädchens unzählige Büchsen vor dem Haus der Eltern aufzustellen.

»Was? Schnecken?«

Die Verwirrung stand der Frau ins Gesicht geschrieben.

»Ich bau Bierfallen für meine Schnecken im Gartl«, erklärte Thomas, der sich schon auf den Weg zum Container machte.

»Ach so, gute Idee«, stimmte die Angestellte anerkennend zu.

Zu Thomas' Glück war der Container bereits randvoll, sodass es für ihn ein Leichtes war, an die gewünschten Dosen zu kommen.

Als er seine Büchsen über die Stahltreppe nach unten zu seinem Auto bringen wollte, klingelte sein Handy. Er stellte die kleinen Blechbehälter am Boden ab und kramte sein Telefon aus der Hosentasche.

»Guten Morgen, Thomas«, meldete sich Mandy am anderen Ende der Leitung, »Stell dir vor, ich habe schon Sehnsucht nach dir.«

»Das freut mich aber. So früh hab ich damit noch gar ned g'rechnet«, scherzte Thomas zurück.

»Du, ich möchte dein Angebot annehmen.«

»Welches Angebot?«, fragte der verdutzte Thomas.

»Dein Angebot für die Verschiebung deines Urlaubs.«

»Ist was passiert?«

»Kann man so sagen. Vor wenigen Minuten wurde ein Mann erstochen aufgefunden.«

»Ein Mord?« Thomas riss die Augen auf.

»Ja, du kennst den Ermordeten sogar.«

Entsetzt fasste sich Thomas mit der Hand an seinen Mund. »Wer ist es?«

»Doktor Volker Rausch, der Direktor des Gymnasiums.«

»Das gibt's ned. Wo bist du?«

»In seinem Büro.«

Damit war der Urlaub erst mal vom Tisch. »Ich bin in fünf Minuten da.«

Das Gebäude war Thomas sehr vertraut, hatte er doch vor 17 Jahren in genau diesen Räumen sein Abitur gemacht. Obwohl es schräg gegenüber von seinem jetzigen Arbeitsplatz an der Arnstorfer Straße lag, hatte Thomas das Gymnasium seit dieser Zeit nicht mehr betreten.

An der Eingangstür begrüßte ihn ein Kollege. »Servus, Thomas. Die sind alle im Sekretariat und im Büro des Direktors.«

»Danke, Franz, ich weiß. Ich kenn den Weg«, entgegnete er.

Ihn beschlich ein komisches Gefühl, als er die Schule, in der er so viel erlebt hatte, wieder betrat. Vieles war noch so, wie er es von früher her kannte. Der Anlass für seine Rückkehr war allerdings alles andere als erfreulich. Er konnte nicht fassen, dass sein ehemaliger Mathelehrer umgebracht worden war.

Vor dem Sekretariat kam ihm Mandy entgegen. »Servus, Thomas. Schön, dass du so schnell kommen konntest.«

Wegen seiner Anspannung hielt sich Thomas nicht weiter mit Begrüßungsfloskeln auf und kam gleich zum Thema. »Ist die Spurensicherung schon da?«

»Ja klar, die arbeiten schon, genau wie unser Rechtsmediziner.«

»Hat der Doktor Tremmel schon was sagen können?«

»Der ist wieder ziemlich genervt, wie beim letzten Mal. Wir sollen uns noch gedulden, hat er gemeint«, erklärte Mandy.

»Der soll sich nicht so anstellen«, bemerkte Thomas trocken. Mandy ignorierte seinen scharfen Unterton und winkte ihn weiter. »Komm, lass uns reingehen.«

Im Büro des Direktors war Thomas noch nie gewesen. Er wunderte sich über die sehr edle Ausstattung des Raumes. In der Mitte stand ein übergroßer, antiker Mahagoni-Schreibtisch. An den Wänden hingen verschiedene Ölgemälde. Ein weiterer antiker Tisch stand, umgeben von sechs braunen Ledersesseln, an der Fensterseite. Wenn man es nicht besser gewusst hätte, hätte man annehmen können, hier hätte ein Industriemagnat und kein Beamter regiert.

Am Boden des ehrwürdigen Zimmers lag die Leiche des Direktors Doktor Volker Rausch blutüberströmt auf einem kostbaren Perserteppich.

Doktor Tremmel war gerade dabei, sie zu inspizieren, als er Thomas an der Tür des Büros entdeckte.

»Das freut mich aber, dass Sie auch schon da sind«, grüßte Doktor Tremmel in seiner süffisanten Art.

Allein diese Aussage genügte, um Thomas auf 180 zu bringen. Bei Doktor Tremmel verstand er keinen Spaß. »Ich wurde vor zehn Minuten ang'rufen und jetzt bin ich da«, rechtfertigte er sich.

»Immerhin ist die Spurensicherung heute ausnahmsweise mit dabei«, frotzelte Doktor Tremmel, in Erinnerung an Thomas' Fauxpas vom letzten Mal.

Thomas ging nicht weiter auf die Stichelei ein. »Und trotzdem haben wir den Fall damals auf'klärt.« Er wollte sich auf die gegenwärtigen Dinge, sprich die neue Leiche, konzentrieren.

Doch der Rechtsmediziner ließ nicht locker. »Das war ja eher das Verdienst Ihrer Kollegin, wie man so gehört hat.«

Spätestens jetzt war Thomas klar, dass er und Doktor Tremmel in diesem Leben keine Freunde mehr werden würden. Mandy, um Deeskalation bemüht, ergriff das Wort. »Können Sie uns jetzt schon erste Erkenntnisse mitteilen?«

Der Mediziner beugte sich übertrieben seufzend über die Leiche und begutachtete erneut die tödliche Wunde am Hals des Opfers. »Ermordet wurde er mit einem spitzen Gegenstand. Es könnte ein Messer gewesen sein, aber auch ein Brieföffner oder Ähnliches. Das Tatwerkzeug traf ihn genau in die Halsschlagader. Der Einstich muss eine ziemliche Blutfontäne verursacht haben. Ich glaube, eine Blutspurenmusteranalyse können wir uns hier sparen, weil offensichtlich ist, dass das Opfer genau an dieser Stelle umgebracht worden sein muss.«

»Das heißt, der Täter könnte von dem Blut etwas abbekommen haben?«, schlussfolgerte Mandy.

Doktor Tremmel bejahte. »Das kann gut sein.«

Etwas beleidigt hörte Thomas nur mit einem Ohr den Ausführungen des Arztes zu. Stattdessen inspizierte er den überdimensionalen Schreibtisch und entdeckte dort ein gerahmtes Bild, auf welchem Rausch bei einem Festakt einen auffallenden Gegenstand überreicht bekam. Er nahm das Bild und zeigte es Doktor Tremmel. »Könnt es zufällig dieser Brieföffner g'wesen sein?«

Der Angesprochene schaute Thomas von oben bis unten an. »Ich bin Rechtsmediziner und kein Hellseher.«

Thomas war randvoll bedient von der Aussage seines »Lieblingsarztes«, aber anstelle eines Gegenangriffs wandte er sich ab und überließ die weitere Diskussion seiner Kollegin. Vorsorglich machte er jedoch noch mit seinem Handy ein Foto von dem Bild.

»Wie sieht es mit dem Tatzeitpunkt aus?«, wollte Mandy wissen.

»Er starb bereits gestern Abend. Ich schätze mal vorsichtig so zwischen 21.00 und 23.00 Uhr. Genaueres kann ich Ihnen nach der Obduktion sagen. Dann kann ich Ihnen auch mitteilen, ob die Tatwaffe ein Messer oder ein Brieföffner war«, stellte Doktor Tremmel in Aussicht.

Thomas, der nur noch mit halbem Ohr zuhörte, wandte sich einem Kollegen der SpuSi zu, der im weißen Overall geräuschlos seine Arbeit verrichtete. Er zeigte ihm das Foto. »Hast du diesen Brieföffner gesehen?«

Der Angesprochene betrachtete das Foto und schüttelte den Kopf.

»Habt ihr sonst was Brauchbares g'funden?«

»Einen Haufen Fingerabdrücke haben wir schon, aber die müssen wir erst sortieren.«

»Nehmt bitte seinen PC mit, den soll sich der Stefan anschauen«, ordnete Thomas an.

»Alles klar, machen wir.«

»Habt ihr sein Handy g'funden?«

»Nein, bisher ned, aber wir sind auch noch ned fertig.«

»Ist die Eingangstür auf'brochen worden?«

»Nein, die war unversperrt.«

Thomas bedankte sich und gab Mandy mit einem Kopfnicken in Richtung Tür zu verstehen, dass sie hier erst einmal fertig waren.

»Der Chef hat doch gestern erzählt, dass er am Abend zu der Buchvorstellung des Direktors wollte«, begann Mandy Thomas auf dem Weg in die Aula von ihren Überlegungen zu erzählen.

»Ja, das hat er. Ich hab ihm noch viel Spaß g'wunschen«, erinnerte sich Thomas.

»Dann ist der Rausch gestern unmittelbar nach dieser Veranstaltung getötet worden.«

»Hat der Tremmel das g'sagt?«, fragte Thomas erstaunt.

»Ja, zwischen 21.00 und 23.00 Uhr sei er gestorben«, belehrte Mandy ihn leicht genervt. »Du musst ihm nur besser zuhören!«

»Ich hab keine Lust, mich ständig dumm ansprechen zu lassen, und das auch noch im Urlaub«, rechtfertigte sich Thomas.

»Irgendetwas hat er gegen dich.«

»Ja, aber ich weiß nicht, was. Ist mir auch wurscht«, entgegnete Thomas lapidar.

Just in diesem Moment kam den beiden Karl Auer entgegen.

»Wo kommst du denn her?«, begrüßte Thomas seinen Kollegen.

»Ich hab grad die Nachbarn befragt.«

»Und, hast was raus g'funden?«

»Ned wirklich. Gestern Abend war ja wegen der Buchvorstellung ein ziemlicher Auflauf im Gymnasium und bis heut früh hat niemand was g'hört«, berichtete der Polizist.

»Wer hat eigentlich den Toten g'funden?«, fiel Thomas Huber ein.

»Sorry, Thomas, das hab ich vergessen, dir zu erzählen«, entschuldigte sich Mandy. »Das war die Putzfrau, die Hildegard Rohrmoser, die hat heute Morgen um halb acht den Toten entdeckt.«

»Ja, die ist ganz aufgelöst zu uns in die Inspektion rüberg'laufen. Ich hab sie erst beruhigen müssen«, ergänzte Karl.

»Ich habe mit Frau Rohrmoser schon gesprochen. Sie hat um 7.00 Uhr begonnen, im Lehrerzimmer zu putzen, und ist dann gegen 7.30 Uhr ins Büro des Direktors gekommen«, fügte Mandy hinzu.

»Ist die Frau Hiermer schon da?«, wechselte Karl das Thema, »die habe ich vor einer halben Stunde ang'rufen.«

»Wer ist Frau Hiermer?« Thomas runzelte die Stirn. Dieser Name war bisher noch nicht gefallen. Oder hatte er nur wieder nicht richtig zugehört, wie Mandy es ihm immer vorwarf?

»Das ist die Stellvertreterin vom Rausch«, erklärte Karl Auer beiläufig, richtete seine Aufmerksamkeit aber weiterhin auf Mandy. Die beantwortete mit einem »Ich habe generell noch niemanden von der Schule gesehen« seine ursprüngliche Frage.

»Und du, Karl, hast unseren Chef schon ang'rufen?«, fragte Thomas nach.

»Sch… hätt ich beinahe g'sagt. Das hab ich vergessen«, gestand der Polizeihauptmeister mit schlechtem Gewissen.

»Dann mach das bitte gleich, noch dazu, wo unser Chef ein wichtiger Zeuge sein könnt«, forderte Thomas seinen Kollegen auf. Dieser zückte gleich sein Handy.

Eine bildhübsche junge Frau mit blondem Haarschopf, gekleidet in einen grauen Hosenanzug, betrat schnellen

Schrittes und mit sehr ernster Miene die Aula. Sie ging schnurstracks auf die Polizisten zu. »Entschuldigen Sie, mein Name ist Angela Hiermer. Ich bin die stellvertretende Schulleiterin. Sind Sie die zuständigen Kripobeamten?«

»Ja, das sind wir. Mein Name ist Thomas Huber und das ist meine Kollegin Mandy Hanke.« Thomas war geplättet von der Schönheit der stellvertretenden Direktorin.

»Ich kann es nicht glauben, dass Herr Doktor Rausch tot sein soll«, gestand die attraktive Enddreißigerin.

Mandy wollte gerade zu einer Antwort ansetzen, doch Thomas war schneller. »Leider ist das traurige Gewissheit. Er ist in seinem Büro erstochen aufg'funden worden. Können wir uns vielleicht irgendwo ungestört unterhalten?«

»Ja klar. Gehen wir in mein Büro«, bot Frau Hiermer an.

Das Zimmer der stellvertretenden Direktorin war weitaus schlichter und kleiner als das ihres Chefs. Ein ganz normaler Funktionsschreibtisch mit Laptop stand am hinteren Ende des Raumes. Seitlich befand sich ein moderner kleiner Tisch mit vier einfachen Stühlen für Besprechungen.

Die Verschiedenheit der Dienstzimmer brachte Thomas als Erstes zum Ausdruck. »Ihr Büro schaut aber ganz anders aus als das Ihres Chefs.«

»Das kann man so sagen. Wir haben einen etwas unterschiedlichen Einrichtungsgeschmack«, untertrieb die smarte Lehrerin.

Mandy, die sich während des Dialogs der beiden an alte Zeiten erinnert fühlte, in denen sie bei den Gesprächen oft von ihrem Kollegen übergangen worden war, brodelte innerlich.

Deshalb übernahm sie gleich das Wort, sobald die drei am Besprechungstisch Platz genommen hatten. »Waren Sie gestern bei der Buchvorstellung mit dabei, Frau Hiermer?«

»Ja, natürlich war ich dabei. Unser Chef legte großen Wert darauf, dass seine Mitarbeiter bei solchen Gelegenheiten anwesend waren.«

»Wie lief diese Veranstaltung ab?«

»Die Präsentation begann um 19.00 Uhr. Doktor Rausch begrüßte seine Gäste, erzählte von seinen Beweggründen, warum er das Buch geschrieben hatte, und las dann einige Seiten daraus vor«, fasste Frau Hiermer kurz zusammen.

»Wie viele Gäste waren ungefähr anwesend?«, fragte Thomas.

»Es dürften rund 100 Gäste gewesen sein. Doktor Rausch hat die ganze Prominenz der Stadt eingeladen. Übrigens, Ihr Chef müsste auch anwesend gewesen sein.«

»Ja, das wissen wir. Der wird auch bald hier sein. Und wie lange hat die Veranstaltung ’dauert?«, wollte Thomas wissen, während er sich weit über den Tisch beugte.

»So bis ungefähr 20.30 Uhr würde ich sagen.«

»Und wie ging es dann weiter?«, mischte sich Mandy wieder ins Gespräch ein.

»Einige der Gäste blieben noch kurz auf einen Umtrunk, aber die meisten sind gleich nach der Lesung nach Hause gegangen«, erzählte Frau Hiermer.

»Und Sie?«, hakte Mandy nach.

»Ich, ich blieb auch noch kurz, bin aber bald heimgegangen, um mich frisch zu machen und umzuziehen. Es war ja extrem heiß. Ich war zu Fuß da. Nachher habe ich mich noch mit einigen meiner Kolleginnen und Kollegen im Biergarten beim ›Schachtl‹ getroffen.«

»Kann jemand bezeugen, dass Sie zu Hause waren?«, fragte Mandy nach dem Alibi und fing dabei einen fragenden Blick ihres Kollegen ein.

»Nein, das kann keiner bestätigen. Ich bin Single und

wohne alleine. Um ungefähr 21.30 Uhr war ich im Biergarten«, gab die junge Frau an. »Herr Doktor Rausch wollte eigentlich auch noch nachkommen, ist aber nicht mehr erschienen.«

»Haben Sie sich keine Sorgen gemacht, weil er nicht mehr gekommen ist?« Mandy hatte ein ungutes Gefühl bei Frau Hiermer. Sie konnte sich nur noch nicht erklären, warum.

»Nein, es kam öfters vor, dass er Termine nicht eingehalten hat. Wir haben uns gedacht, dass er von seinen Gästen aufgehalten wurde.«

»Können Sie uns eine Gästeliste der Veranstaltung und eine Liste der Kolleginnen und Kollegen, die im Biergarten anwesend waren, zuschicken?«, bat Mandy.

»Ja, das kann ich machen. Ich sende Ihnen die Zusammenstellung spätestens am Montag zu, wenn Sie mir Ihre E-Mail-Adresse geben.«

Thomas hatte natürlich sofort seine Visitenkarte parat und drückte sie ihr in die Hand. »Um was geht es in diesem Buch eigentlich?«, wollte Thomas wissen.

»Das Buch heißt ›Der pädagogische Kick‹. Ich würde mal so sagen: Es gibt Hilfestellungen, wie lethargische und desinteressierte Schüler dazu motiviert werden können, Verantwortung zu übernehmen. Es geht dabei viel um Projektarbeit«, führte die stellvertretende Schulleiterin kurz und knapp aus.

»Aha«, antwortete Thomas. Er hatte sich Spannenderes erhofft.

Nun brachte Mandy sich wieder ins Gespräch. »Was war Doktor Rausch eigentlich für ein Chef?«

Diese Frage machte die ansonsten sehr eloquente Pädagogin sehr verlegen. Sie schaute aus dem Fenster und überlegte. »Wie soll ich es ausdrücken?«, fing sie an, bevor sie von Thomas unterbrochen wurde.

»Wenn er jemanden mögen hat, dann war er ganz bestimmt ein guter Chef, und wenn nicht, hatte derjenige ein Problem«, warf Thomas zum Ärger von Mandy ein, die eigentlich die Antwort der Stellvertreterin erwartet hatte.

»Ach, Sie kannten Doktor Rausch, Herr Huber?« fragte Frau Hiermer, offensichtlich froh um die Unterstützung.

»Ja schon, ich war auch mal Schüler an diesem Gymnasium und hatte dabei Herrn Doktor Rausch als Lehrer. Lang, lang ist's her«, bestätigte Thomas und lächelte dabei.

»Dann kannten Sie ihn besser als ich. Ich bin erst vor einem Jahr von Burghausen nach Pfarrkirchen versetzt worden.«

Mandy versuchte das Gespräch wieder auf eine für sie produktive Ebene zu leiten, bevor Thomas noch anfing, in Erinnerungen an seine Schulzeit zu schwelgen. »Mein Kollege hatte ihn vor langer Zeit als Lehrer. Sie hatten ihn ganz aktuell als Vorgesetzten. Meine Frage war, wie er sich als Chef verhielt, nicht, wie er mit seinen Schülern umging.«

Frau Hiermer überlegte erneut. »Er war ein sehr charismatischer Vorgesetzter. Diejenigen, die er mit seinem Charisma in seinen Bann gezogen hatte, konnten mit ihm gut leben, die anderen weniger.«

»Hat er es bei Ihnen g'schafft?«, hakte Thomas nach.

»Ich bin ein sehr kritischer Mensch. Das hat ihm weniger gut gefallen, aber wir waren gerade dabei, die Stärken des jeweils anderen schätzen zu lernen.«

»Was hatte er für Stärken?«

»Er war extrem gut vernetzt und legte großen Wert auf Öffentlichkeitsarbeit. Die Schule hat einen hervorragenden Ruf. Das war sein Verdienst«, lobte ihn seine Stellvertreterin.

»Und welche Schwächen hatte er?«, legte Mandy nach.

»Dies zu beurteilen, steht mir nicht zu und außerdem habe ich schon anklingen lassen, dass er sehr polarisierend war. Mehr werden Sie von mir dazu nicht zu hören bekommen«, erklärte die Pädagogin sehr diplomatisch.

Die beiden Polizisten merkten, dass sie in dieser Hinsicht nichts mehr aus der loyalen Stellvertreterin herausbekommen würden.

Deswegen wechselte Thomas zur nächsten Frage. »Herr Doktor Rausch ist unmittelbar nach der Buchpräsentation um'bracht worden und so wie es ausschaut, im Affekt. Hat es bei dieser Veranstaltung irgendwelche Zwischenfälle 'geben?«

»Nein, überhaupt nicht. Es war alles ganz harmonisch.«

»Hatte Herr Doktor Rausch eine Sekretärin?«

»Soweit ich weiß, sind unsere beiden Verwaltungsangestellten Frau Bruckmeier und Frau Loos, die mit Herrn Doktor Rausch eng zusammengearbeitet haben, gestern am späten Nachmittag mit ihren Männern in den Urlaub nach Teneriffa geflogen.«

»Und wie schaut's mit der Familie von Doktor Rausch aus?«, fragte Thomas, wurde aber durch ein Türklopfen unterbrochen.

Ein unscheinbar wirkender Mittfünfziger mit grauer Halbglatze betrat den Raum. Er trug ein einfaches graues Hemd mit kurzen Ärmeln zu einer billig wirkenden Jeans.

»Hallo, Martin, schön, dass du kommen konntest«, begrüßte ihn Frau Hiermer.

»Entschuldige, Angela, aber ich war gerade bei meinem Bruder in Eggenfelden, als du mich angerufen hast.«

»Kein Problem.« Frau Hiermer wandte sich wieder an die zwei Polizisten. »Darf ich Ihnen Herrn Studiendirektor Doktor Martin Lehner vorstellen?«

»Sind Sie auch Direktor hier?«, fragte Mandy verwundert.

»Nein, Studiendirektor ist nur meine Berufsbezeichnung. Der Direktor unserer Schule ist, äh, war, Oberstudiendirektor Doktor Volker Rausch und seine Stellvertreterin ist Studiendirektorin Angela Hiermer. Ich bin nur Mitarbeiter der Schulleitung«, erklärte Doktor Lehner die Hierarchie an der Schule.

Er gab zunächst Mandy die Hand, die sich kurz vorstellte, bevor er sich Thomas zuwandte.

»Grüß Gott, Herr Doktor Lehner«, sagte Thomas zu seinem ehemaligen Lehrer, der ihn schließlich als seinen früheren Schüler erkannte.

»Hallo, Thomas, ah, ich sag lieber Herr Huber. Es ist ja schon so lange her, seit wir miteinander zu tun hatten. So sieht man sich wieder.«

»Leider zu einem solch traurigen Anlass«, entgegnete Thomas.

»Ja, das stimmt. Ich kann immer noch nicht glauben, dass unser Chef tot sein soll.«

»Ich auch nicht. Gestern war er noch so voller Tatendrang«, wandte Frau Hiermer ein. »Ich habe Herrn Doktor Lehner angerufen, weil er quasi mein Stellvertreter ist, seit über 20 Jahren an dieser Schule unterrichtet und unseren Chef am besten kannte. Ihre letzte Frage an mich kann Ihnen Herr Doktor Lehner sicher besser beantworten.«

Äußerlich unterschiedlicher konnten die beiden Mitglieder der Schulleitung kaum sein. Sie, die junge, attraktive, stilsicher gekleidete Frau. Er, der in die Jahre gekommene, unscheinbar wirkende und anscheinend auf das Äußere keinen großen Wert legende Glatzenträger. Aber sie scheinen sich zu verstehen, dachte Mandy.

»Ah, welche Frage war das gleich wieder?«, stammelte Thomas, der sich nicht mehr daran erinnern konnte, was er Frau Hiermer vor dem Eintreffen ihres Stellvertreters gefragt hatte.

»Es war die Frage nach der Familie unseres Chefs.«

»Genau, danke, Frau Hiermer. Soweit ich mich erinnern kann, war Herr Rausch verheiratet und hatte ein Kind, stimmt's, Herr Doktor Lehner?« In seinem übereifrigen Redeschwall legte Thomas Doktor Lehner die Antwort auf seine eigene Frage selbst in den Mund.

»Das stimmt schon, aber von der Ehefrau ist er schon länger geschieden, und seine Tochter Sara ist mittlerweile um die 30 Jahre alt und wohnt in Passau. Eine Adresse habe ich allerdings nicht«, gab der Pädagoge an.

»Sehen Sie, Herr Doktor Lehner weiß weit mehr über unseren Chef als ich. Daher würde ich mich jetzt gerne verabschieden«, schlug Angela Hiermer vor.

»Ja, ich denke, im Moment brauchen wir Sie nicht mehr. Aber lassen Sie uns bitte ihre Kontaktdaten da und denken S' an die Listen«, entschied Thomas im Alleingang.

Frau Hiermer zückte eine Visitenkarte aus ihrer Handtasche und übergab sie dem ehemaligen Abiturienten. Sichtlich zufrieden steckte Thomas die Karte der hübschen Lehrerin in seinen Geldbeutel. Mandy blieb ganz und gar nicht verborgen, dass ihr Kollege von der aparten Frau beeindruckt war.

Nachdem sich die stellvertretende Direktorin verabschiedet hatte, fragte Mandy Doktor Lehner, ob auch er bei der Buchvorstellung anwesend gewesen sei.

»Natürlich war ich auch dabei. Dass die Lehrerschaft seine Projekte unterstützt, war unserem Chef sehr wichtig«, erklärte Doktor Lehner.

Plötzlich flog die Tür des Büros auf und Polizeichef Josef Kiermeier stürmte unwirsch in den Raum, ohne auch nur ans Anklopfen zu denken.

»Herr Huber, Frau Hanke. Kommen S' bitte mit. Ich muss Sie sprechen!«, ordnete er unmissverständlich und mit scharfer Zunge an. Die Angesprochenen, die nichts Gutes ahnten, standen sofort auf und folgten ihrem Chef hinaus auf den Flur.

»Warum werde ich erst jetzt informiert, wenn eine hochgestellte Persönlichkeit unserer Stadt ermordet wird, noch dazu, wo ich wahrscheinlich einer der Letzten bin, der den Ermordeten lebend gesehen haben dürfte?«, brüllte er die beiden an.

»Es ist noch nicht so lange her, dass wir von dieser Tat erfahren haben. Der Rechtsmediziner und die Kollegen von der Kriminaltechnik sind schon bei der Arbeit. Als wir uns ein Bild am Tatort g'macht haben, haben wir Sie gleich ang'rufen. In der Zwischenzeit konnten wir auch schon Befragungen durchführen«, entgegnete Thomas, der sich schützend vor Mandy stellte. War sie es doch, die vor ihm am Tatort gewesen und damit für dieses Dilemma verantwortlich war.

»Das mag ja alles sein!«, polterte Kiermeier weiter. »Aber in so einem Fall muss ich als Erster angerufen werden. Ist das klar?«

»Dann müssen wir eine allgemeine Dienstanweisung an alle Kollegen der Inspektion herausgeben, dass Sie bei Verdacht eines Kapitalverbrechens als Erster angerufen werden müssen«, schlug Mandy vor.

»Das besprechen wir im Nachgang … Bitte bringen Sie mich jetzt auf den aktuellen Ermittlungsstand«, befahl Kiermeier.

»Also, wir wissen bis jetzt, dass Herr Doktor Rausch gestern so zwischen 21.00 und 23.00 Uhr um'bracht worden ist. Die Tatwaffe war ein spitzer Gegenstand, vermutlich ein Messer oder ein Brieföffner«, fasste Thomas kurz und bündig zusammen.

»Das war ja kurz nach der Buchvorstellung, dann könnte der Täter unter den Gästen gewesen sein«, kombinierte Josef Kiermeier erschrocken.

»Das könnte gut sein. Eine Liste aller Gäste haben wir schon ang'fordert«, bestätigte Thomas.

»Können Sie uns kurz schildern, wie die Buchvorstellung ablief?«, fragte Mandy ihren Chef.

»Um kurz nach 19.00 Uhr hat Herr Doktor Rausch seine Gäste begrüßt, die Ehrengäste hat er namentlich erwähnt, mich übrigens auch, und dann hat er aus seinem Buch vorgelesen. Ansonsten war alles ganz harmonisch und gesittet«, fasste Kiermeier die Veranstaltung aus seiner Sicht kurz zusammen.

»Und sonst ist Ihnen nichts aufgefallen?«

»Nein, nichts Erwähnenswertes. Herr Doktor Rausch war voll in seinem Element. Voller Begeisterung und Inbrunst hat er aus seinem Buch vorgelesen und sein Publikum hat zugehört.«

»Was haben S' nach der Veranstaltung g'macht?«

»Da bin ich zu ihm gegangen, hab mich für seine Einladung bedankt und ihm ein Buch abgekauft, wie so viele seiner Gäste. Danach bin ich gegangen und hab mir in der Stadt noch ein Eis gegönnt. Es war so heiß gestern Abend.«

Dann hat er also kein Alibi, dachte Thomas, wagte es aufgrund der angespannten Stimmung aber nicht, den Gedanken tatsächlich laut auszusprechen. Dieser Scherz würde bei Herrn Kiermeier jetzt nicht sonderlich gut ankommen.

»Welche Thematik behandelt das Buch eigentlich?«, fragte Mandy, die weitere Details vom Inhalt des Werkes erfahren wollte.

»Ich hab das Buch noch nicht gelesen. Ich hab es gestern meiner Frau gegeben«, gab der Polizeichef zu.

»Aber bei der Vorstellung gestern haben Sie doch sicher etwas vom Inhalt mitbekommen?« Mandy war noch nicht zufrieden mit seiner Antwort.

»Ja, natürlich war ich anwesend, aber ich habe nicht immer aufgepasst. Ich hatte eine anstrengende Woche und meine Gedanken waren schon im Wochenende«, versuchte sich Kiermeier zu rechtfertigen. Mandys hartnäckige Fragerei gefiel dem Polizeichef ganz und gar nicht. Er wechselte das Thema. »Weiß eigentlich die Familie unseres Mordopfers schon Bescheid?«

»Nein, noch nicht. Wir haben eben erst erfahren, dass Doktor Rausch geschieden ist und eine erwachsene Tochter hat«, antwortete Mandy. Jede weitere Frage zum Buchinhalt war wohl zwecklos.

»Dann geben Sie bitte der Tochter sofort Bescheid, sonst erfährt sie es über die Medien«, ordnete der Leiter der Polizeiinspektion an. »Und noch etwas: Morgen früh um neun treffen wir uns in meinem Büro. Wir besprechen den Obduktionsbericht und die Ergebnisse der Kriminaltechnik. Meine Herrschaften, ich weiß, morgen ist Sonntag. Ich hoffe, Ihnen ist klar, dass bei so einem Kapitalverbrechen an einer hochgestellten Persönlichkeit der Stadt die üblichen Arbeitszeiten aufgehoben sind.« Die beiden Ermittler schauten sich kurz an, aber keiner wagte zu widersprechen.

»Gut, dann fahren wir gleich nach Passau«, gab Thomas klein bei.

Bevor sie sich aber auf den Weg machten, gingen die

beiden Ermittler nochmals zu Doktor Lehner. Von ihm ließen sie sich seine Telefonnummer und seine Adresse für mögliche weitere Fragen geben und bedankten sich. Gerade als sie das Schulgebäude verlassen wollten, trafen sie auf ihren Kollegen Stefan Wegerer, den Thomas bei dieser Gelegenheit gleich noch mit neuen Aufgaben versorgte. »Du könntest dich mal in der Nachbarschaft vom Doktor Rausch umhören und fragen, mit wem er so Kontakt und eventuell Streit hatte. Seinen PC musst dir dann auch noch anschauen, aber das kannst du auf der Dienststelle machen. Noch was, Stefan. Frau Hiermer hat g'sagt, dass die beiden Sekretärinnen, eine Frau Bruckmeier und eine Frau Loos, gestern Nachmittag in den Urlaub g'flogen sind. Bitte überprüf das und telefonier mit den beiden, wenn möglich, und frag sie über Doktor Rausch aus.«

»Alles klar, mach ich«, bestätigte der Polizeiobermeister.

SECHS

»Hast du den Kiermeier jemals schon so nervös g'sehen wie heute?«, eröffnete Thomas das Gespräch mit Mandy, als sie sich im Auto auf dem Weg in die Drei-Flüsse-Stadt befanden.

»So ähnlich habe ich ihn schon letztes Jahr beim Stau-dinger-Fall erlebt.«

»Na, so krass war der damals nicht drauf wie heut.«

»Du warst aber heute auch ziemlich nervös«, warf ihm Mandy vor.

»Wie meinst du das?«, fragte Thomas verdutzt.

»Ich finde, dass du vor allem im Beisein von dieser Frau Hiermer sehr aufgewühlt warst.«

»Hä, wie kommst du denn da drauf?«, bellte Thomas zurück.

»Da bin ich kaum zu Wort gekommen. Ich schätze, die hat dich tief beeindruckt.« Mandy gab sich betont gleich-gültig.

»So ein Schmarrn! Die Frau ist halt sympathisch und könnt eine wichtige Zeugin sein, da kann man auch mal ein wenig freundlich sein.«

»Die Frau könnte aber ein Motiv haben. Vielleicht wird sie jetzt Leiterin der Schule«, behauptete Mandy.

»Und wenn? So eine Frau macht doch so oder so ihren Weg.«

»Siehst du, da haben wir's. Die Frau hat dich tief beein-druckt.«

Da Angriff bekanntlich die beste Verteidigung ist, schoss Thomas provokant zurück. »Hör ich da etwa einen Anflug von Eifersucht raus?«

»Eifersucht?«, empörte sich Mandy. »Wieso soll ich einen Grund zur Eifersucht haben?«

»Ich mein ja nur.«

Die knappe Stunde Fahrt nach Passau zog sich in die Länge. Die Überbringung einer Todesnachricht zählte für die bei-den Ermittler bestimmt nicht zu ihren liebsten Aufgaben.

Deshalb hielt sich die Vorfreude auf das Gespräch in Grenzen.

In Passau angekommen, fuhren sie bis zur Schanzlbrücke an der Donau entlang, bogen zunächst auf die Fritz-Schäffer-Promenade und später auf die Untere Donaulände ein. Von dort war es nicht mehr weit zum Steinweg, in dem die Wohnung von Sara Rausch lag. Frech stellten sie ihr Auto neben der Straße ab und hofften, dass es deswegen auf der engen Gasse zu keinem Verkehrschaos kommen würde.

Die Hausnummern waren hier leicht zu lesen, sodass sie das gesuchte Haus schnell fanden. Neben der Klingel war ein Schild mit der Aufschrift »Rausch/Laubner« angebracht. Wenige Sekunden nachdem sie geläutet hatten, öffnete eine junge brünette Frau um die 30 die Haustür.

»Grüß Gott, ich nehme an, Sie sind Sara Rausch?«, begrüßte Thomas die vermeintliche Tochter des Ermordeten. Nachdem die Angesprochene genickt hatte, fuhr Thomas fort. »Mein Name ist Thomas Huber und das ist meine Kollegin Mandy Hanke. Wir sind von der Kripo Pfarrkirchen.«

Ihre Gesichtszüge froren ein, wie bei so vielen Menschen, wenn sie das Wort Kripo hörten.

»Ist was passiert?«, fragte Sara Rausch besorgt.

»Können wir drinnen weitersprechen?«

Sara Rausch führte sie zunächst durch einen lichtdurchfluteten Raum, in dem mehrere Staffeleien mit Leinwänden standen. Der Geruch von Farbe stieg ihnen in die Nase. Mehrere abstrakte Bilder lehnten an den Wänden, die Thomas und Mandy interessiert betrachteten.

»Sind die von Ihnen?«, fragte Thomas neugierig.

»Ja, ich habe in Dresden Kunst studiert und arbeite jetzt hier in Passau. Aber deswegen sind Sie sicher nicht zu mir gekommen, oder?« Die junge Frau beäugte die Kripobeamten misstrauisch.

Thomas und Mandy blieben stumm, musterten nur weiterhin die avantgardistischen Gemälde, die im Atelier ausgestellt waren. Erst als sie im Wohnzimmer im ersten Stock des modern eingerichteten Hauses angekommen waren und sich gesetzt hatten, überbrachte Mandy die Hiobsbotschaft. »Wir müssen Ihnen leider mitteilen, dass Ihr Vater heute früh tot in seinem Büro aufgefunden wurde. Alle Indizien weisen bislang darauf hin, dass es sich um einen Mord handelt.«

»Was? Mein Vater tot? Ermordet? Das kann doch nicht sein!«, rief die geschockte Tochter aus. »Ich habe ihn gestern noch bei seiner Buchvorstellung gesehen.«

»Kurze Zeit später wurde er in seinem Büro erstochen«, bestätigte Thomas.

Sara stand auf und ging zum Fenster. Sie sagte nichts und starrte minutenlang auf die Straße.

Nach einer Weile unterbrach Mandy die Stille. »Sie würden uns eine Menge Zeit ersparen, wenn Sie uns jetzt einige Fragen über Ihren Vater beantworten könnten«, bat Mandy Sara sanft und dachte dabei an die einstündige Anreise, die sie ja auch wieder retour mussten.

»Entschuldigung … es geht schon«, stammelte die Künstlerin, aus deren Augen Tränen flossen. Sie drehte sich um und setzte sich wieder zu den zwei Beamten an den Wohnzimmertisch.

»Haben Sie gestern nach der Autorenlesung noch mit Ihrem Vater gesprochen?«

»Ja, ich bin zu ihm an den Tisch gegangen und hab ihm zu seinem Buch gratuliert. Ich wollt noch mit ihm reden, aber der Andrang war so groß, dass ich gegangen bin. Zum

Abschied hat er mir noch ein Buch geschenkt«, schluchzte die Tochter des Opfers.

»Wann genau haben Sie das Gymnasium verlassen?«

»Es dürfte kurz vor 21.00 Uhr gewesen sein.«

»Und was haben S' dann g'macht?«

»Ich bin nach Hause gefahren. So gegen 22.00 Uhr war ich daheim.«

Die Frage nach dem Alibi beziehungsweise einer Person, die ihre Aussage bestätigen konnte, verkniffen sich die beiden Ermittler aus Pietätsgründen zu diesem Zeitpunkt.

»Was hatten Sie für ein Verhältnis zu Ihrem Vater?«, wollte Thomas als Nächstes wissen.

»Bis zur Scheidung von meiner Mutter war es ein sehr gutes. Aber danach war es eher schwierig.«

»Was heißt schwierig?«

»Ich konnte lange nicht verstehen, dass er mit seinen ständigen Affären die Ehe aufs Spiel gesetzt hatte. Meine Mutter hat dann verständlicherweise vor zehn Jahren die Reißleine gezogen, als sie ihn wiederholt mit einer jüngeren Frau erwischt hatte. Nach der Scheidung habe ich ihn einige Jahre nicht mehr gesehen«, erklärte Sara, die kein Geheimnis daraus machte, dass sie über das Verhalten ihres Vaters und über das Scheitern der Ehe ihrer Eltern sehr enttäuscht war.

»Aber in letzter Zeit hatten Sie wieder mehr Kontakt zu ihm, oder?«

»Ja, die letzten Jahre haben wir häufiger miteinander gesprochen. Wir haben öfter telefoniert und drei- oder viermal im Jahr haben wir uns auch getroffen, so wie gestern zum Beispiel.«

»Haben Sie eine Ahnung, wer Ihren Vater umgebracht haben könnte?«, fragte Mandy, die keine Umschweife machte und gleich auf den Punkt kam.

»Nein, habe ich überhaupt nicht. Ich kann mir nicht vorstellen, wer zu so einer schrecklichen Tat fähig ist, und außerdem weiß ich nicht, mit wem mein Vater in letzter Zeit verkehrte.«

»Hatte Ihr Vater eine Lebensgefährtin?«

»Das weiß ich auch nicht. Das Thema war bei uns beiden tabu. Ich kann es mir aber gut vorstellen, da er schon immer eine Affinität zu jüngeren Frauen hatte, wie Ihnen meine Mutter sicherlich bestätigen kann. Er ist zwar schon in die Jahre gekommen, aber seine Position machte ihn für viele sexy«, entgegnete die junge Frau despektierlich.

»Was macht Ihre Mutter?«

»Meine Mutter wohnt mit ihrem neuen Lebensgefährten seit acht Jahren in Landshut. Sie hatte meines Wissens keinen Kontakt mehr zu meinem Vater.«

»Apropos Lebensgefährten. Wie wir Ihrem Türschild entnommen haben, wohnen Sie in diesem Haus nicht alleine?«

»Ja, das stimmt. Mein Freund Felix lebt hier bei mir.«

»Was macht Ihr Lebensgefährte beruflich?«

»Er ist selbstständiger Finanzberater.«

»Ah ja, da wird er wohl viel zu tun haben. Man weiß heutzutage gar nicht, wo man sein Geld anlegen soll, stimmt's?«, fragte Mandy ins Blaue hinein, ohne die Branche genau zu kennen.

»Das kann man wohl sagen. Daher ist Felix auch immer viel unterwegs.«

Thomas ließ sich die Visitenkarte der jungen Künstlerin geben. Er kündigte an, dass sie in den nächsten Tagen sicherlich weitere Fragen haben würden, und bat Sara, sich zu ihrer Verfügung zu halten. Beim Verlassen des Hauses ließen die beiden Polizisten ihren Blick nochmals über die bunten Kunstwerke der Malerin schweifen.

»Was hältst du von der Künstlerin?«, wollte Mandy wissen, als sie wieder im Auto saßen und den Heimweg antraten.

»Das weiß ich noch ned. Ich weiß nur, dass mir ihre Bilder ned g'fallen.«

»Mir geht es genauso. Ich kann mir schwer vorstellen, dass sie mit der Malerei ihren Lebensunterhalt bestreiten kann«, vermutete Mandy. »Dann wird vermutlich der Finanzberater gut verdienen, sonst könnten sie sich dieses Haus in der Altstadt wohl nicht leisten.«

»Das werden wir herausfinden, aber heut nimmer. Ich denk, im Moment richten wir eh nichts mehr aus. Ich hoff, dass uns die Spurensicherung weiterhelfen kann.«

»Das hoffe ich auch. Aber auf die Besprechung morgen könnte ich schon verzichten.«

»Ich freu mich drauf. Es gibt doch nichts Schöneres, als mit dir den Sonntagmorgen zu verbringen, auch wenn du manchmal eifersüchtig bist«, flachste Thomas und lächelte seiner Kollegin zu, die daraufhin sichtlich verlegen wurde.

SIEBEN

Die Ermordung des Direktors des hiesigen Gymnasiums hatte sich an diesem Samstag in dem 12.000-Einwohner-Städtchen Pfarrkirchen wie ein Lauffeuer herumgesprochen. Natürlich war die Kunde auch zu Helmut Drexler, dem besten Freund des Kommissars Thomas Huber, durchgedrungen. Genau wie Huber war der Bankangestellte ein ehemaliger Schüler des Pfarrkirchner Gymnasiums. Beide hatten den Ermordeten vor ungefähr 20 Jahren als Lehrer im Fach Mathematik genießen dürfen.

Helmut wusste genau, dass Thomas mit detaillierten Informationen in einer laufenden Ermittlung immer nur sehr zögerlich herausrückte. Anrufen wollte er ihn nicht. Aber die Neugier war zu groß. Deshalb schwang er sich noch am Samstagabend auf sein Fahrrad und machte sich auf nach Aign, zum Sacherl seines besten Freundes. Der Banker hatte Glück. Thomas war zu Hause. Er arbeitete gerade in seinem Bauerngarten und hatte eine Blechbüchse in der Hand, als Helmut mit seinem Rad in den Hof fuhr.

»Servus, Thomas. Was machst du denn da mit den Büchsen im Garten?«

»Das willst du gar nicht wissen, Helmut. Sei froh, dass du dich um keinen Garten kümmern musst«, antwortete der frischgebackene Hobby-Gartler, der vom unangemeldeten Besuch ziemlich überrascht war.

»Lass mich nicht dumm sterben. Jetzt sag schon, was machst du da?«

»Die Hilde hat g'meint, ich soll Fallen für die Schnecken aufstellen, weil die sonst mein ganzes Gmias zamfressen.«

»Dann tust du ned nur Verbrecher jagen, sondern auch Schnecken«, resümierte Helmut mit deutlich ironischem Unterton.

»Das kann man so sagen. Heutzutag muss man flexibel sein«, flachste Thomas zurück.

Kurze Zeit später saßen die beiden Freunde auf der Terrasse und ließen sich den Wurstsalat, den Thomas fix zubereitet hatte, schmecken. Dazu schenkte er sich und seinem Gast ein Kößlarner Weißbier ein.

»Du, Thomas, sag mal. Stimmt das wirklich mit dem Rauschi?«, fragte Helmut, nachdem sie angestoßen hatten.

»Ich hab mir schon denkt, dass du deswegen zu mir 'kommen bist.«

»Ned nur. Ich wollt schon auch mal schauen, wie es dir so geht.«

»Wer's glaubt, wird selig«, antwortete der Kriminalbeamte flapsig.

Sein Freund hatte ihn in der Vergangenheit oft mit wertvollen Tipps bei seinen Ermittlungen unterstützt. Genau deswegen entschied er, gegenüber Helmut offen zu reden. Er hatte schon einen Gedanken im Hinterkopf. »Ja, Helmut. Den Rauschi haben s' heut in der Früh in seinem Büro erstochen aufg'funden.«

»Dann ist's doch wahr. Ich hab's ned recht glauben können, wie ich das g'hört hab. Weiß man scho, wer's war?«

»Na, weiß man noch ned.«

»Habt ihr wenigstens schon eine Spur?«

»Was ich dir jetzt sag, darfst du ned weiterplappern«, zog Thomas seinen Freund ins Vertrauen.

»Du weißt, dass du dich auf mich verlassen kannst, und außerdem beruht das auf Gegenseitigkeit.«

»Wir haben noch überhaupt keine Spur. Heute haben wir grad einmal mit seiner Tochter g'sprochen und morgen früh bekommen wir erst den Bericht der Spurensicherung und den vom Gerichtsmediziner.«

»Da habt ihr noch viel Arbeit. Ich möcht ned in deiner Haut stecken«, meinte Helmut süffisant und nahm noch einen Schluck von seinem Bier. Doch Thomas riss ihn schnell aus seiner Schadenfreude. »Du, Helmut, du könntest schon mal prophylaktisch die Kontodaten vom Rauschi checken, ob dir dabei irgendwas auffällt.«

»Das hab ich mir 'dacht, dass du mich wieder einspannen willst. Aber ich hab am Montag einen freien Tag. Frühestens am Dienstag.«

»Ja, das passt … Das ist schon Wahnsinn, dass ausg'rechnet ich den Mörder vom Rauschi finden muss, so wie uns der damals in der Schule getriezt hat.«

»Mehr dich als mich.«

»Ja«, lenkte Thomas ein, »dich hat er einigermaßen mögen, aber mich hat er absolut ned leiden können. Kannst dich noch erinnern, wie der mich an der Tafel vorg'führt hat, als ich wieder mal die Gleichung nicht auflösen konnte? Am Schluss hab ich eins und eins nicht mehr zusammenzählen können. Wie oft hab ich ihm damals g'wünscht, dass ihm was Schreckliches passiert, und jetzt ist es tatsächlich g'schehen.«

»Dann bist du also einer der Hauptverdächtigen!«, frotzelte Helmut.

»Haha«, sagte Thomas und lächelte seinen Freund müde an.

Neugierig geworden fragte Helmut: »Wie ist es dir gegangen, als du das Gymnasium wieder betreten hast?«

»Es war schon ein komisches G'fühl, als ich nach so langer Zeit wieder in der Aula stand.«

»Aber eine schöne Schulzeit hatten wir damals scho, oder?«

»Wie man's nimmt. Für dich war die Zeit bestimmt schöner als für mich. Ich hab da einige Krisen durchg'macht. Das brauch ich nimmer.«

»Aber Krisen machen einen doch nur stärker. Das hab ich bei dir nach der Trennung von deiner Frau g'spürt.«

»Krisen sind nur gut, wenn man's überwunden hat. Wenn man mittendrin ist, machen die garantiert keinen Spaß«, gab Thomas zu bedenken.

»Hast von den alten Lehrern jemanden 'troffen?«

»Ja, mit dem Schotten hab ich schon g'sprochen.«

Helmut wusste sofort, wer damit gemeint war. Doktor Lehner hatte diesen Spitznamen wegen seiner ausgeprägten Sparsamkeit bereits zu Thomas' und Helmuts Schulzeit erhalten.

»Und, hat er dich noch 'kennt?«

»Am Anfang hat er ein wenig komisch g'schaut, aber dann hat er mich gleich mit meinem Namen begrüßt. Gesiezt hat er mich.«

»Ist der immer noch so sparsam wie früher?«, wollte Helmut wissen.

»Ich glaub schon. Der hat exakt dieselben Klamotten wie damals an. Dabei hat er eigentlich gar keinen Grund mehr für seine Sparsamkeit, der ist nämlich Mitarbeiter der Schulleitung 'worden. Er ist zum Studiendirektor aufg'stiegen.«

Helmut schüttelte lachend den Kopf. »Der wird sich nimmer ändern.«

»Weißt du, wen ich noch 'troffen hab?« Thomas lehnte sich verschwörerisch zu seinem Freund hinüber.

»Du wirst es mir hoffentlich gleich sagen?«

»Die neue stellvertretende Schulleiterin.«

»Wer ist das?« Helmut fragte sich stirnrunzelnd, ob er die Dame kennen müsste. So wie Thomas sich gerade benahm, war das ja ein ganz brisantes Thema.

»Das ist eine Frau, sag ich dir.« Thomas ließ sich wieder zurück in seinen Stuhl fallen und seufzte leicht. »Eine Figur wie ein Model, ein G'sicht wie ein Engel und dann ist die noch g'scheid und, man glaubt's kaum, auch noch nett.« Er schwärmte in den höchsten Tönen.

»Du redest ja wie ein verliebter Gockel«, erkannte Helmut amüsiert.

»So ein Schmarrn. Bei der hab ich den Arsch bestimmt zu weit unten«, wiegelte Thomas ab und nahm noch einen Schluck von seinem Bier.

ACHT

Sonntag

»Schön, dass der Herr Huber auch schon da ist«, begrüßte Polizeichef Josef Kiermeier seinen Mitarbeiter mit säuerlichem Unterton, als dieser zehn Minuten nach 9.00 Uhr in seinem Büro eintraf. Alle anderen Geladenen, inklusive Mandy, saßen bereits an dem ovalen Besprechungstisch in seinem Büro im Polizeigebäude an der Arnstorfer Straße.

Pünktlichkeit hatte noch nie zu den Stärken des jungen Kommissars gehört, schon gar nicht am Sonntagmorgen. Er setzte sich mit einem leisen »Entschuldigung« auf den letzten freien Stuhl am Tisch.

»Außergewöhnliche Vorfälle erfordern außergewöhnliche Maßnahmen. Ich brauche Ihnen wohl nicht zu erläutern, dass die Ermordung des Direktors des hiesigen Gymnasiums absolut kein normales Tagesgeschäft ist.«

Diese einführenden Worte könnte sich Kiermeier sparen, das wissen bereits alle am Tisch, sinnierte Thomas, der die Angespanntheit und Nervosität seines Chefs deutlich spüren konnte.

»Der Herr Doktor Tremmel hat mir heute früh schon den Obduktionsbericht gemailt. In diesem Bericht steht, dass Herr Doktor Rausch am Freitagabend zwischen 21.00 und 22.00 Uhr erstochen wurde. Der Stich traf genau die Halsschlagader, sodass das Blut gleich wie eine Fontäne aus seinem Körper ausgetreten sein muss. Durch diesen enormen Blutverlust war er innerhalb weniger Minuten tot. Nachdem die Tatwaffe sehr spitz, aber auf den Seiten stumpf war, dürfte es sich dabei um kein Messer, sondern um einen Brieföffner oder so etwas Ähnliches handeln«, berichtete Kiermeier.

Sag ich doch, dachte Thomas in Erinnerung an das Bild in Rauschs Arbeitszimmer. Ohne die kleinste Spur falscher Bescheidenheit machte Thomas seine Kollegen in fast astreinem Hochdeutsch auf seine gestrige Entdeckung aufmerksam: »Auf dem Schreibtisch des Opfers stand ein Bild, auf dem Herr Doktor Rausch einen historischen Brieföffner überreicht bekam. Von diesem Brieföffner fehlt jede Spur. Das könnt doch die Tatwaffe sein.« Er kramte sein Handy aus der Hosentasche und zeigte den Anwesenden das Bild mit dem Brieföffner, welches er gestern am Tatort gemacht hatte.

»Dann fahren Sie morgen gleich zu Doktor Tremmel in die Rechtsmedizin nach Passau und klären mit ihm die genauen Todesumstände«, forderte der Polizeioberrat.

So schnell Thomas' Höhenflug gekommen war, so schnell verpuffte er bei dieser Aussage auch wieder. Das hat man nun davon, dachte Thomas, der sich aus zweierlei Gründen vor einem Besuch in der Pathologie drücken wollte. Erstens hielt er Doktor Tremmel für absolut unsympathisch, und zweitens fühlte er sich beim Anblick einer Leiche alles andere als wohl, noch dazu, wenn ihm der Tote persönlich bekannt war.

Deswegen versuchte er den ungeliebten Termin vielleicht doch noch mit einer kleinen Notlüge zu umgehen. »Das hat mir der Herr Doktor Tremmel gestern am Tatort schon bestätigt.«

»Wir brauchen das fundierter, Herr Huber. Also fahren Sie mit Frau Hanke nach Passau und lassen sich Ihren Verdacht bestätigen«, ordnete der Polizeichef unmissverständlich an.

Thomas gab sich geschlagen.

»Wenn beim Einstich in die Halsschlagader tatsächlich Blut gespritzt ist, müsste der Täter doch Blutspritzer abbekommen haben«, wiederholte Mandy ihre Vermutung von gestern. »Dann könnte das Oberteil des Täters ein eindeutiger Beweis für die Tat sein, weil sich die Blutspuren in jedem Fall nachweisen lassen würden.«

»Ja genau. Sehr gute Idee, Frau Hanke. Mir fällt ein, dass am Freitagabend ein Mitarbeiter des ›Rottaler Anzeigers‹ ständig Fotos geschossen hat. Holen Sie sich die Fotos, und wenn Sie einen Anfangsverdacht gegen eine

Person haben, dann lassen Sie sich das Oberteil, das der- oder diejenige an diesem Abend getragen hat, geben und bringen es gleich in die Kriminaltechnik. Ich kann mir nicht vorstellen, dass bei diesem heißen Wetter einer der Gäste eine Jacke oder dergleichen angehabt hat. Ich denke, wir dürfen den Täter im Bekanntenkreis des Opfers ver- muten, oder wie sehen Sie das?«, fragte Kiermeier in die Runde.

»Das sehe ich genauso«, antwortete Thomas. »Wenn wir davon ausgehen, dass der Brieföffner auf dem Schreib- tisch die Tatwaffe ist, haben wir höchstwahrscheinlich genau wie beim letzten Fall eine Tat im Affekt und kei- nen geplanten Mord.«

»Da sind wir einer Meinung.« Der Polizeichef nickte zufrieden und wandte sich an den ebenfalls anwesenden Hartmut Rieger. »Jetzt lassen wir mal den Kollegen der Kri- minaltechnik zu Wort kommen. Herr Rieger, was haben Sie herausgefunden?«

»Wir haben eine Menge Fingerabdrücke im Büro des Opfers g'funden, wobei wir diese noch nicht zuordnen konnten. Ich fürchte, dass uns dies auch nicht weiter- hilft, da in diesem Büro eine Menge Menschen verkehr- ten. Die Fingerabdrücke könnten von sämtlichen Leh- rern, von den Verwaltungsangestellten, von Schülern und Besuchern stammen. Und außerdem wurde in diesem Büro schon länger nicht mehr richtig geputzt, da am Samstag eine Generalreinigung geplant gewesen wäre. Einbruchs- spuren konnten wir nicht feststellen, daher können wir davon ausgehen, dass der Täter oder die Täterin, genau wie die Gäste der Buchvorstellung, durch die offene Ein- gangstür rein- und rausgegangen ist. Die vermeintliche Tat- waffe, also diesen alten Brieföffner, konnten wir nicht finden, genauso wenig wie ein Handy des Opfers«, berichtete Hartmut Rieger enttäuscht.

»Das Thema Fingerabdrücke würde ich zurückstellen, da der Aufwand extrem hoch ist. Da binden wir zu viel Kapazität. Was ist mit seinem PC?«, fragte Kiermeier den hauseigenen IT-Experten Stefan Wegerer.

»Der ist in meinem Büro. Ich bin dran, aber bisher hab ich das Passwort noch nicht knacken können. Die Festplatte ist verschlüsselt«, erklärte dieser kleinlaut.

»Das ist aber dünn, dünner geht's ja nimmer«, monierte Kiermeier frustriert in die Runde. »Wir haben gar nichts, wir haben keine verwertbaren Spuren, kein Motiv, kein Handy, keine Tatwaffe, nothing, niente, nada! Wir konnten auch noch keinen E-Mail-Verkehr inspizieren. Was, glaubt ihr, soll ich am Montag früh bei der Pressekonferenz sagen? Das ist eine reine Bankrotterklärung!« Der Polizeichef schlug mit beiden Händen auf den Tisch. Klar, dass alle Anwesenden nach dieser Ansage betretene Mienen bekamen. Nach einigen Schweigesekunden fuhr Kiermeier in einem gemäßigteren Ton fort. »Ich hoffe, Sie haben gleich die Ortung des Handys veranlasst.«

Hartmut Rieger wurde immer verlegener und wusste gar nicht recht, was er darauf antworten sollte.

Nach weiteren Sekunden des Schweigens sprach der Polizeichef Rieger direkt an: »Herr Rieger, haben Sie eine Ortung des Handys durchgeführt?«

»Nein, haben wir nicht«, flüsterte Rieger betreten in die Runde.

Kiermeier blieb besorgniserregend ruhig. »Warum nicht?«

»Weil wir keine Handynummer des Ermordeten hatten.«

Die Sicherung des Polizeichefs brannte endgültig durch.

Er bekam Schnappatmung, stand auf und ging zum Fenster. Seine Mitarbeiter saßen so still am Tisch, dass man eine Stecknadel hätte fallen hören können. Dann drehte er sich um und holte zur Standpauke aus: »Das kann doch alles nicht wahr sein! Ich glaube, ich bin im falschen Film. Da wird eine hochgestellte Persönlichkeit der Stadt in unmittelbarer Nähe unserer Polizeiinspektion umgebracht und niemand kümmert sich um sein Handy. Das Handy kann heutzutage bei jedem Verbrechen ein wichtiges Beweismittel sein und meine Mitarbeiter ignorieren dies komplett! Das sind Anfängerfehler, meine Herrschaften! Anfängerfehler!«, kanzelte er die Anwesenden ab.

Thomas versuchte vergebens seinen Chef wieder etwas zu beruhigen und behauptete fälschlicherweise, die Handynummer bereits in Erfahrung gebracht zu haben.

»Und warum haben Sie die Ortung des Handys nicht veranlasst, Huber?«, fragte Kiermeier scharf zurück.

»Wir haben gar ned g'wusst, dass sein Handy nicht g'funden worden ist. Wir sind ja gleich zur Tochter g'fahren«, versuchte sich Thomas zu rechtfertigen.

»Das gibt's doch nicht, Leute. Bin ich denn hier vielleicht in einer Irrenanstalt? Ihr müsst miteinander sprechen. Heutzutage gibt es da Möglichkeiten. Das darf doch alles nicht wahr sein!«, brüllte Kiermeier noch lauter als vorher und schüttelte seinen Kopf. Nach ein paar tiefen, sichtlich kontrollierten Atemzügen setzte sich der wütende Polizeichef wieder an den Besprechungstisch zu seinen Leuten.

»Herr Rieger, bitte veranlassen Sie die Ortung des Handys, und Sie, Herr Huber, geben ihm die Handynummer«, ordnete der Polizeioberrat an.

»Die Handynummer hab ich im Büro«, schwindelte Thomas.

»Auf was warten Sie dann noch?«

Thomas stand auf und ging mit erhöhtem Puls in sein Büro. Er zückte sofort die Visitenkarte von Sara Rausch, tippte ihre Nummer in sein Handy ein und betete, dass sie gleich abheben würde. Doch es meldete sich nur die Mailbox. »Verdammt noch mal«, murmelte Thomas leise vor sich hin. Was sollte er auf die Schnelle tun, um nicht als Lügner entlarvt zu werden. Ihm fiel eine weitere Visitenkarte ein, die er gestern noch bekommen hatte. Die von der charmanten stellvertretenden Direktorin. Er tippte mit nervösem Finger die Nummer in sein Handy. Gott sei Dank, sie meldete sich mit ihrer angenehmen Stimme. »Entschuldigen Sie die Störung am Sonntag, aber Sie könnten mir einen großen Gefallen tun, Frau Hiermer«, begann Thomas das Gespräch.

»Für Sie tu ich mein Möglichstes«, entgegnete die Pädagogin vielversprechend.

»Haben Sie die Nummer von Doktor Rauschs Handy?«

»Natürlich habe ich die Nummer«, antwortete Angela Hiermer.

Nachdem er die Zahlen auf einem Zettel aufgeschrieben hatte, war Thomas die Erleichterung ins Gesicht geschrieben. Er hätte gerne noch länger mit Frau Hiermer telefoniert, doch Kiermeier und seine Kollegen warteten auf ihn.

Bevor er jedoch auflegen konnte, sagte die stellvertretende Direktorin noch einen Satz, über den er noch länger zu grübeln hatte. »Sie können mich gerne wieder anrufen.«

Nach dem erfolgreichen Telefonat übergab Thomas die Handynummer von Rausch an Hartmut Rieger. Dieser machte sich gleich auf den Weg, um die nächsten Schritte einzuleiten, während Thomas sich wieder zu den anderen in Kiermeiers Büro gesellte.

Mandy, die sich bisher während der gesamten Besprechung zurückgehalten hatte, suchte nun das Gespräch mit ihrem Chef. Inzwischen hatte der sich wieder von seinem Wutausbruch beruhigt. »Ganz so schwarz sehe ich die Situation nicht, Herr Kiermeier. Wir sind ja erst am Anfang unserer Ermittlungen. Ich denke, die Kollegen der Kriminaltechnik werden uns bei den Kleidungsstücken nächste Woche bestimmt weiterhelfen, und außerdem könnten wir mit der Ortung des Handys Glück haben.«

»Ihr Wort in Gottes Ohr, Frau Hanke. Vielleicht spielt es uns in die Karten, dass morgen der erste Ferientag und die Schule dementsprechend verwaist ist. Wie hat eigentlich Frau Rausch auf den Tod ihres Vaters reagiert?«

Thomas und Mandy berichteten ausführlich über ihren Besuch bei der Künstlerin in Passau.

Um das Gespräch abzurunden, befragte Kiermeier die beiden Kollegen Karl Auer und Stefan Wegerer nach weiteren nützlichen Informationen, die sie in den Ermittlungen weiterbringen würden.

»Die Nachbarn des Gymnasiums haben überhaupt nichts mitbekommen, die habe ich alle befragt«, berichtete Karl Auer enttäuscht.

»Das hätte mich gewundert. Wir selbst, als unmittelbarer Nachbar der Schule, haben ja auch nichts mitbekommen«, kommentierte Kiermeier die Aussage Auers sarkastisch. »Und Sie, Herr Wegerer?«

»Ich hab die Nachbarn von Doktor Rausch g'fragt. Der Rausch wohnt erst seit fünf Jahren in dem Haus, hat einer g'sagt. Als Nachbar war er sehr ruhig und unauffällig. Ein anderer hat g'sagt, dass er in letzter Zeit öfter von seiner Tochter Besuch bekommen hat«, führte Wegerer aus, wurde aber von Thomas unterbrochen, der mit finsterer Miene den Ausführungen seines Kollegen gelauscht hatte.

»Da stimmt was nicht. Das kann nicht sein. Seine Tochter hat uns gestern erzählt, dass sie ihn lediglich drei bis vier Mal im Jahr besucht hätte.«

»Das ist richtig«, bestätigte Mandy.

»Der hat bestimmt seine Geliebte als seine Tochter aus'geben«, vermutete Thomas.

Mandy konnte dem nur beipflichten. »Ja genau, die Tochter sprach von einer Affinität zu jungen Frauen.«

»Wir müssen in jedem Fall herausfinden, wer diese Frau ist. Herr Wegerer, fahren Sie sofort wieder zu den Nachbarn und haken Sie nach. Vielleicht hat sich jemand ein Autokennzeichen gemerkt, und wenn nicht, fertigen Sie ein Phantombild an. Sie beherrschen ja die Software, oder?«

»Natürlich beherrsche ich ›FaceGen‹, Herr Kiermeier. Eine Info hab ich noch: Frau Bruckmeier und Frau Loos sind gestern um 17.35 Uhr nach Teneriffa geflogen. Ich hab mit der Fluggesellschaft telefoniert, aber erreicht habe ich die beiden noch nicht. Ich bleib dran«, sagte Wegerer und machte sich gleich auf den Weg zu Rauschs Nachbarschaft.

»Bestellen Sie für morgen die Tochter des Opfers zu uns in die Inspektion. Wir müssen unbedingt das Haus vom Doktor Rausch durchsuchen, vielleicht finden wir dort ein mögliches Motiv für die Tat. Die Tochter sollte währenddessen anwesend sein. Und jetzt machen wir eine Stunde Mittagspause und hoffen, dass wir im Anschluss die Ergebnisse der Ortung und der Befragung der Nachbarn haben«, ordnete der Polizeichef an.

Mandy und Thomas war der Appetit nach der morgendlichen Besprechung gründlich vergangen. Um wenigstens den Kopf frei zu kriegen, machten sie sich aber dennoch auf den Weg in die Stadt.

Vor dem Café »il2« am Pfarrkirchner Stadtplatz wurde gerade ein Tisch frei. Die beiden setzten sich und bestellten jeweils ein Sandwich.

»Ehrlich g'sagt, hätte ich mir den Sonntagvormittag mit dir irgendwie gemütlicher vorgestellt«, sagte Thomas, als die beiden sich mit ihrer Apfelsaftschorle zuprosteten.

»Ich mir auch. Das können wir ja mal nachholen.«

»Das machen wir. Dann gehen wir zum ›Luibl‹ nach Eggenfelden gemütlich frühstücken.«

»Da fahren wir aber schon mit dem Fahrrad hin«, stellte Mandy klar.

»Wenn's denn sein muss.« Thomas verdrehte theatralisch die Augen. »Aber vorher müssen wir noch den Fall aufklären, weil sonst der Kiermeier immer nervöser wird.«

»Ich hoffe schwer, dass die Handyortung was bringt.«

»Und ich hoffe schwer, dass wir bald den Fall lösen, damit wir beide zum Frühstücken fahren können«, sagte Thomas und lächelte seine Kollegin an, die dabei ganz verlegen wurde.

Genau eine Stunde nachdem sie den Besprechungstisch im Büro des Chefs verlassen hatten, saßen die beiden Kripobeamten wieder am selbigen. Im Gegensatz zu Thomas legte Mandy nämlich großen Wert auf Pünktlichkeit. Kurz darauf gesellte sich auch Kiermeier wieder zu seinen beiden Ermittlern. Er erkundigte sich sofort nach Rieger, der just in diesem Moment an der Tür klopfte und mit versteinerter Miene das Büro betrat.

»Herr Rieger, was haben Sie herausgefunden?«, kam Kiermeier gleich auf den Punkt.

»Also, das Smartphone konnte nicht geortet werden. Es ist zuletzt gestern Abend um 18.00 Uhr in der Funkzelle, die das Gymnasium abdeckt, eing'schalt g'wesen. Zum Zeitpunkt der Tat war es auch in dieser Funkzelle«, berichtete Rieger, dem die Standpauke des Polizeichefs vom Vormittag immer noch anzumerken war.

»Das heißt also für uns, dass der Herr Doktor Rausch sein Handy vorgestern auf alle Fälle dabeigehabt hat und dass es sich mindestens bis gestern um 18.00 Uhr im Gymnasium befand oder der Akku um diese Zeit leer wurde«, schlussfolgerte Kiermeier, der auf Zustimmung wartete. Seine Mitarbeiter bestätigten diese These mit einem leichten Kopfnicken.

»Ja, dann filzen Sie jetzt das ganze Gymnasium und finden Sie dieses verdammte Handy«, polterte der Polizeichef, der noch einmal nachlegte: »Wenn ihr die Ortung gestern schon veranlasst hättet, dann hätten wir dieses Smartphone schon.« Der letzte Satz traf nicht nur den geknickten Hartmut Rieger, sondern auch Mandy und Thomas wie ein spitzer Pfeil.

»Auf was warten Sie noch?«, forderte Kiermeier den Leiter der Kriminaltechnik Rieger unmissverständlich auf, sich auf die Suche zu machen.

Auch Mandy stand auf und zeigte sich solidarisch. »Ich helfe beim Suchen mit.«

Noch bevor sie den Satz zu Ende gebracht hatte, kam Stefan Wegerer mit einem Blatt Papier in das Büro des Chefs.

»Die angebliche Tochter fuhr einen dunklen Kleinwagen, aber an ein Autokennzeichen konnten sich die Nachbarn nicht erinnern. Ich hab mit deren Hilfe ein Phantombild dieser Frau am Computer erstellt«, verkündete der Polizeiobermeister stolz. Er hielt ein Blatt in die Höhe und zeigte es den Anwesenden. Auf dem Bild war eine junge, attraktive Frau mit schmächtigem Gesicht und langen glatten blonden Haaren, die zu einem Seitenscheitel frisiert waren, zu sehen. Sie trug eine Brille mit einem dunklen, massiven Gestell.

»Kennt jemand diese Frau?«, fragte Kiermeier seine anwesenden Mitarbeiter, die alle den Kopf schüttelten. »Wer könnte sie kennen?«

»Der Doktor Lehner ist derjenige, der den Rausch am längsten kannte, haben wir gestern erfahren«, antwortete Thomas.

Kiermeier hörte diesen Namen zum ersten Mal. »Wer ist Doktor Lehner?«

»Der ist seit über 20 Jahren am Gymnasium und Mitglied der Schulleitung«, erklärte Thomas seinem Chef.

»Gut, Herr Huber, dann fahren Sie zu diesem Doktor Lehner und Sie, Frau Hanke, helfen Herrn Rieger und den anderen Kollegen bei der Suche nach dem verdammten Handy im Gymnasium«, ordnete Kiermeier unmissverständlich an.

Wenig später stand Thomas Huber mit dem Phantombild in der Hand vor dem Reihenhaus von Doktor Martin Lehner in der Sankt-Nikolaus-Straße. Dieses einfache, schmucklose Haus mit kleinem Vorgarten aus den 1970er-Jahren passt zu Doktor Lehner, dachte Thomas, als er an der Haustür läutete. Doch es meldete sich niemand. Auch beim zweiten Klingeln öffnete ihm sein ehemaliger Lehrer nicht.

Ernüchtert ging er zurück zu seinem Wagen. Da kam

ihm der Gedanke, dass es noch eine andere Person neben Lehner gab, die ihm weiterhelfen könnte. Er rief die Frau an, die ihm heute schon mal aus der Patsche geholfen hatte und die ihm am Schluss ihres morgendlichen Gesprächs gesagt hatte, dass er gerne wieder anrufen könne. Vielleicht kannte sie die Frau auf dem Phantombild.

Thomas wählte also ihre Nummer, die er bereits eingespeichert hatte. Doch auch nach dem zehnten Läuten meldete sich Frau Hiermer nicht. Frustriert fuhr er unverrichteter Dinge in die Polizeiinspektion zurück.

Nachdem er den Dienstwagen auf dem Parkplatz hinter dem Polizeigebäude abgestellt hatte, begab er sich zunächst in sein Büro und hoffte, dass Mandy oder die anderen Kollegen das Handy in der Zwischenzeit gefunden hatten. Doch seine Hoffnung erfüllte sich nicht. Weder Mandy noch Karl Auer oder Stefan Wegerer waren in ihren Büros anzutreffen.

Darum ging er ebenfalls über die Straße ins Gymnasium. Die Eingangstür war offen, also mussten die anderen noch im Schulgebäude sein. Als er in der Aula stand, war es ruhig und kein Mensch zu sehen.

»Mandy, Karl, Stefan, wo seid ihr?«

Nach wenigen Sekunden tauchte Mandy in der Aula auf. »Weißt du schon, wer die Frau auf dem Phantombild ist?«

»Nein, leider nicht, der Lehner war nicht zu Hause und die Hiermer nicht zu erreichen«, berichtete Thomas frustriert.

Auch Mandy war die Enttäuschung anzusehen.

»Und ihr? Habt ihr das Handy schon g'funden?«

»Nein, leider nicht.« Sie waren also keinen Schritt weiter.

»Dann helfe ich euch beim Suchen.«

Nach weiteren zwei Stunden gaben die Polizisten auf,

wohl wissend, dass ihr Chef alles andere als erfreut über diese Nachricht sein würde. Das Handy blieb nach wie vor verschwunden.

NEUN

Diesen Sonntag hatte sich Thomas anders vorgestellt. Er hätte ja eigentlich Urlaub bei dem herrlichen Wetter gehabt. Stattdessen musste er sich wie ein Schulbub, der etwas ausgefressen hatte, von Kiermeier zusammenstauchen lassen. Auch die vergebliche Suche nach dem Handy in dem Schulgebäude, in dem er seine Jugendzeit verbracht hatte, war nicht gerade erbauend gewesen. Und dank des immer noch verschollenen Handys hatte er zusätzlich ein ungutes Gefühl im Magen, wenn er an morgen dachte und er diesen Umstand seinem Chef beichten musste. Doch dieser frustrierende Tag sollte noch eine positive Überraschung für den alleinstehenden Polizisten bereithalten.

Als er es sich in seiner Wohnstube auf dem Sofa gemütlich machen und sich bei der Sportschau erholen wollte, läutete sein Handy. »Hallo Herr Huber, hier spricht Angela Hiermer. Sie hatten mich noch mal angerufen?«

»Ah, Frau Hiermer, das ist aber nett von Ihnen, dass Sie mich zurückrufen«, erwiderte Thomas sichtlich erfreut.

»Ich war gerade mit dem Motorrad unterwegs, als Sie mich kontaktiert hatten, deswegen konnte ich nicht rangehen.«

»Was, Sie fahren Motorrad?«

»Ja, ich fahr schon seit über 15 Jahren eine BMW Cruiser. Fahren Sie etwa auch?«

»Klar. Ich fahr ebenfalls eine BMW, eine GS. Da könnten wir mal gemeinsam eine Runde drehen«, schlug Thomas spontan vor.

»Das können wir gerne machen, aber deswegen haben Sie mich vermutlich heute nicht angerufen?«

Thomas hatte fast vergessen, weshalb er die attraktive Karrierefrau sprechen wollte.

»Nein, natürlich nicht. Ich wusste ja gar nicht, dass Sie Motorrad fahren. Ich hab Sie angerufen, weil Sie mich nochmals unterstützen könnten. Es geht um ein Phantombild, das wir heute von einer wichtigen Zeugin erstellt haben«, erklärte Thomas.

»Ein Phantombild? Und Sie meinen, ich könnte Ihnen dabei behilflich sein?«

»Ja, vielleicht. Es könnte durchaus sein, dass sich die gesuchte Frau im Umfeld des Gymnasiums bewegt und Sie sie kennen.«

»Ich würde Ihnen gerne helfen. Das Dumme ist nur, ich bin in Burghausen bei meinen Eltern und werde dort auch übernachten.«

»Das ist wirklich blöd, wir bräuchten unbedingt den Namen dieser Zeugin«, sagte Thomas enttäuscht, dem natürlich bewusst war, dass er ihr das Bild auch auf elektronischem Weg schicken könnte. Insgeheim war ihm aber ein persönlicher Kontakt mit der attraktiven Frau definitiv lieber.

»Warten Sie, Herr Huber. Sie könnten sich doch auf Ihre Maschine schwingen und nach Burghausen fahren. Dann essen wir gemeinsam zu Abend, wenn Sie wollen.«

»Das ist eine hervorragende Idee, ich hab eh einen richtigen Hunger und das Wetter passt ebenfalls. Wo treffen wir uns?« Thomas freute sich unglaublich, dass sein Plan aufgegangen war.

»Ich würde vorschlagen, am Stadtplatz beim Hotel Post.«

»Ja, das kenne ich. Ich bin in einer Stunde dort.«

»Super, dann bis später.«

Thomas wusste nicht, ob er gerade einen Termin mit einer Zeugin oder ein Date mit einer zauberhaften Frau vereinbart hatte. Auf alle Fälle kreisten viele Gedanken in seinem Kopf, während er sich in seine Motorradklamotten hineinzwang. In der Aufregung hätte er beinahe das Phantombild vergessen.

Die Strecke von Pfarrkirchen nach Burghausen kannte er bereits. Die herrliche Stadt an der Salzach gehörte schon seit Jahren zu seinen begehrtesten Zielen mit dem Motorrad. Dass er dieses Mal auf dem Weg zu einer Verabredung mit Frau Hiermer war, machte die Fahrt mit seinem geliebten Zweirad in Richtung Oberbayern nur umso schöner. Natürlich fuhr er nicht lange auf der Staatsstraße 2112, sondern bog nach wenigen Kilometern in Richtung Walburgskirchen ab. Dort konnte er mit seinem Motorrad deutlich mehr Kurven fahren als auf der viel befahrenen Staatsstraße in Richtung Simbach am Inn. Wenig später durchquerte er den alten Wallfahrtsort Tann mit dem lang gezogenen, rechteckigen Marktplatz, auf dem früher bestimmt mehr Leben gewesen war als heute.

Er fuhr weiter in Richtung Schildthurn. Der dortige

Kirchturm, der in jedem Rottalführer abgelichtet war, galt mit seinen 78 Metern als einer der höchsten Dorfkirchtürme in ganz Deutschland. Auf der Bundesstraße 20 blieb Thomas nur wenige Kilometer, bevor er in Richtung Marktl abbog. Kurz vor dem kleinen Marktflecken musste Thomas den steilen Berg ins Tal hinunterfahren. Während dieser drei, vier engen Serpentinen fühlte er sich jedes Mal wie am italienischen Stilfser Joch. Die Ortschaft Marktl wurde Mitte der 2000er-Jahre weltweit bekannt, als der dort geborene Kardinal Joseph Ratzinger in Rom zum Papst gewählt wurde. Doch der Hype um den mittlerweile emeritierten Papst war längst verflogen. Nur sein Geburtshaus, welches als Museum betrieben wurde, und die über vier Meter hohe Benedikt-Säule am Marktplatz erinnerten an den großen Sohn der kleinen Gemeinde.

Von Marktl aus waren es nur noch ungefähr acht Kilometer bis zur alten Grenzstadt Burghausen an der Salzach. Schon von Weitem sah er die riesengroßen Industrieanlagen der »Wacker Chemie«. Wenn man die schmucklose Neustadt durchquerte, konnte man nicht erahnen, dass man sich wenig später auf einem der schönsten Altstadtplätze in ganz Bayern befand. Jedes Mal, wenn er entlang der längsten Burganlage der Welt in die Altstadt hinunterfuhr, musste er an Napoleon Bonaparte denken. Der französische Feldherr, der Anfang des 19. Jahrhunderts an der Salzach weilte, hatte Burghausen als die Stadt unter der Erde bezeichnet, weil sich der Stadtplatz etliche Höhenmeter unterhalb der Burg befand.

Obwohl der historische Platz an diesem herrlichen Sonntagabend sehr gut besucht war, bekam Thomas einen Parkplatz in unmittelbarer Nähe des Hotel Post. Im dortigen Biergarten war seine Verabredung noch nicht zu sehen.

Thomas setzte sich an einen der letzten freien Tische,

streifte seine Motorradjacke ab und bestellte sich eine erfrischende Apfelsaftschorle. Irgendwie glich die Situation seinem ersten Rendezvous, das er als 16-Jähriger mit einem Mädchen aus seiner Parallelklasse gehabt hatte. Die Schmetterlinge in seinem Bauch dürften jedenfalls dieselben gewesen sein.

Deren Anzahl stieg rasant, als er eine elfenbeinfarbene BMW Cruiser auf den Biergarten zukommen sah.

Thomas erkannte Angela Hiermer, die ihr Motorrad direkt neben seinem parkte. Sie stieg ab, nahm den ebenfalls elfenbeinfarbenen Helm herunter, schüttelte ihren Blondschopf und betrat in ihrem hautengen schwarzen Lederkombi den Biergarten.

Was für ein Anblick, dachte Thomas, stand auf und winkte ihr zu.

»Hallo, Frau Hiermer, schön, dass Sie es einrichten konnten«, begrüßte Thomas seine Gesprächspartnerin und schüttelte ihr artig die Hand.

Angela Hiermer lächelte ihn warm und freundlich an. »Ich möchte mich bei Ihnen bedanken, dass Sie nach Burghausen gekommen sind.«

»Ich komme gerne hierher, weil mir die Stadt sehr gut gefällt, und außerdem möchte ich was von Ihnen«, entgegnete Thomas, der schnell merkte, dass sein letzter Halbsatz durchaus auch anders zu interpretieren war. Das war ja ein richtiger Freudscher Versprecher, dachte er.

Frau Hiermer überging die Zweideutigkeit höflich und setzte sich Thomas gegenüber. »So, jetzt bin ich sehr gespannt auf Ihr Phantombild.«

Thomas holte das Blatt Papier aus seiner Motorradjacke, die er vorher über seinen Stuhl gehängt hatte, faltete es auf und zeigte es ihr.

»Ja klar, die Dame sieht der Elke Moosburger sehr ähnlich«, rief Angela Hiermer überrascht aus, »Frau Moosburger ist Referendarin am Gymnasium und unterrichtet die Fächer Biologie und Chemie.«

»Sind Sie sich sicher?«

»Ja, schon. Das Bild schaut ihr auf alle Fälle sehr ähnlich. Die Frisur, die Brille, das alles passt«, versicherte Frau Hiermer.

»Wie war das Verhältnis zwischen Frau Moosburger und Herrn Doktor Rausch?«

»Ich glaube, gut. Frau Moosburger ist eine ruhige, angenehme Pädagogin, die nirgends aneckt, auch nicht bei Doktor Rausch.«

»War sie bei der Buchvorstellung am Freitag?«

»Lassen Sie mich überlegen.« Angela tippte sich nachdenklich ans Kinn, dann schüttelte sie den Kopf. »Nein, ich glaube nicht, dass sie da war. Das wundert mich eigentlich, weil sie sonst immer bei solchen Anlässen zugegen ist.«

Thomas bedankte sich erfreut. »Super, Sie haben mir heut schon zweimal g'holfen.«

»Das mach ich doch gerne. Die Gästeliste der Buchvorstellung und die Namen der Kolleginnen und Kollegen, die mit mir im Biergarten waren, schicke ich Ihnen morgen zu«, schloss die Pädagogin das dienstliche Gespräch. »So, und jetzt können wir uns doch per Du weiterunterhalten. Das macht man doch unter Motorradfahrern so, oder nicht?«

Mit so einer Offerte hatte Thomas, vor allem zu diesem Zeitpunkt, nicht gerechnet. Jetzt war er in der Bredouille. Natürlich wollte er dieses Angebot einerseits nicht abschlagen, andererseits war sie Zeugin in einem Mordfall. Was würde Mandy dazu sagen?

»Ja, gerne. Ich bin der Thomas.«

»Und ich bin die Angela.«

Die beiden gaben sich die Hand und lächelten sich an. Ganz wohl war ihm bei der Sache allerdings immer noch nicht. »Es könnt allerdings sein, dass mir wieder das Sie rausrutscht, sollten wir im Beisein meines Chefs oder meiner Kollegin eine weitere offizielle Befragung haben.«

Sie unterhielten sich noch bis zum Einbruch der Dunkelheit über Gott und die Welt. Diesen spannenden Abend zu Füßen der imposanten Burganlage würde der junge Pfarrkirchner Polizist so schnell nicht vergessen.

ZEHN

Montag

»Guten Morgen, liebste Mandy«, grüßte Thomas überschwänglich, als er wie gewohnt nach ihr das gemeinsame Büro betrat. Obwohl Thomas in dieser Nacht fast kein Auge zugemacht hatte – zu sehr war er noch mit der Nachbetrachtung des abendlichen Treffens beschäftigt gewesen – zeigte er sich entgegen seiner sonstigen Gewohnheiten am Montagmorgen, bestens gelaunt.

»Gibt's was zu feiern?«, fragte Mandy irritiert.

Die gute Stimmung ihres Schreibtischnachbarn war ihr suspekt.

»Nein, zu feiern gibt es nichts, aber schlechte Laune hilft uns heut auch nicht weiter.«

»Das stimmt, noch dazu wo uns heute eine weitere Standpauke durch unseren Chef bevorstehen dürfte«, befürchtete Mandy.

Thomas grinste. »Ich hätt einen Vorschlag, wie wir dem zumindest temporär entgehen könnten.«

»Ich höre.«

»Wir fahren gleich zu der Frau auf dem Phantombild.«

»Wie? Du weißt, wer die Frau ist?«, fragte Mandy überrascht.

»Ja, das weiß ich. Gestern Abend hat mich die stellvertretende Direktorin zurückgerufen.«

»Du hast dich gestern Abend noch mit der Hiermer getroffen?«

»Musst ich ja, sonst würd ich jetzt nicht wissen, wer die junge Frau ist.«

»Wo habt ihr euch getroffen?« fragte Mandy. Das Treffen zwischen Thomas und der hübschen Pädagogin schien ihr weit interessanter als das Phantombild.

»Ah, wir haben uns gestern Abend kurz am Stadtplatz 'troffen«, erklärte Thomas lapidar, der seine Kollegin eigentlich nicht anlügen wollte. Trotzdem wollte er ihr auch nicht auf die Nase binden, dass er gestern in der romantischen Altstadt von Burghausen einen wunderbaren Abend mit Angela Hiermer verbracht hatte. Kurz ist ein sehr dehnbarer Begriff und Stadtplatz stimmt ja auch, dachte Thomas, der endlich auf das eigentliche Thema zu sprechen kommen wollte. »Willst du denn gar ned wissen, wer die Frau auf dem Phantombild ist?«

»Natürlich will ich das wissen. Sag schon«, entgegnete Mandy, nicht zu 100 Prozent von Thomas' Bericht über den vergangenen Abend überzeugt.

»Sie heißt Elke Moosburger und ist Referendarin am Gymnasium. Von einem Verhältnis mit dem Rauschi hat Frau Hiermer nichts g'wusst.«

»Das werden wir herausfinden. Ich suche gleich mal die Adresse.« Mandy wandte sich ihrem Computer zu. »Und was machen wir mit dem Kiermeier?«

»Wir haben doch jetzt gar keinen Termin mit ihm, oder?«

»Nicht dass ich wüsste. Gehst du trotzdem mal kurz zur Hilde und sagst ihr, dass wir wegen einer wichtigen Zeugenbefragung außer Haus sind?«

»Ja, das ist eine gute Idee«, meinte Thomas und machte sich gleich auf den Weg ins Sekretariat.

Wenig später standen die beiden Ermittler vor dem dreistöckigen Wohnblock in der Sankt-Ägidius-Straße. Bereits nach dem ersten Läuten hörten die Polizisten Elke Moosburgers Stimme durch die Sprechanlage. Als sich Thomas als Beamter der Kripo Pfarrkirchen zu erkennen gab, ertönte das Surren des Türöffners. Die junge Referendarin stand bereits vor ihrer Wohnung im ersten Stock und erwartete Thomas und Mandy. Beim ersten Anblick der jungen Frau verglich Thomas sein Gegenüber vor seinem inneren Auge mit dem Phantombild und zollte dem Kollegen Stefan Wegerer gedanklich Respekt für seine gute Arbeit. Wie immer stellten sich die beiden Ermittler namentlich vor und gaben der Referendarin die Hand.

»Ich nehme an, es geht um den Tod unseres Direktors«, sagte Elke Moosburger und bat die zwei Beamten in ihre bescheidene Zweizimmerwohnung.

»Ja, wir ermitteln im Mordfall Doktor Rausch. Sie haben schon davon gehört?«

»Natürlich. Solch eine Nachricht spricht sich in einer Kleinstadt wie ein Lauffeuer herum. Heutzutage geht dies über die sozialen Medien noch schneller als früher«, erklärte die junge Lehramtsanwärterin sachlich.

»Wie haben Sie auf diese Nachricht reagiert?«

Elke Moosburger wirkte konzentriert. »Ich war und bin immer noch schockiert. Wie würden Sie reagieren, wenn Ihr Vorgesetzter ermordet worden wäre?«

Nachdem Elke Moosburger ihr vermeintliches Verhältnis zu ihrem Chef nicht von sich aus angesprochen hatte, war es für Thomas an der Zeit, den eigentlichen Grund ihres Besuchs anzusprechen. »War Doktor Rausch tatsächlich nur Ihr Chef?«

»Wie meinen Sie das?«, fragte Elke Moosburger mit unschuldiger Miene zurück.

»Sie haben doch vorher gerade sinngemäß g'sagt, dass sich in der kleinen Stadt Pfarrkirchen vieles sehr schnell herumspricht.«

Nach diesem Satz wusste die angehende Studienrätin, dass die Kripo, woher auch immer, über ihr Verhältnis mit dem Direktor informiert und ein Abstreiten zwecklos war. Eine erste Träne rollte unter ihrer Brille über ihr schmales Gesicht. Die sorgfältig aufrechterhaltene Fassung begann zu bröckeln.

»Ja, es stimmt. Wir beide waren seit einigen Monaten ein Paar. Aber von dem Verhältnis wusste niemand, dachte ich zumindest bis jetzt«, schluchzte die junge Frau.

»Warum haben Sie Ihr Verhältnis geheim gehalten?«, fragte Mandy.

»Eine Beziehung zwischen dem Direktor und einer Referendarin innerhalb der gleichen Schule kann in Bayern sowohl dem Direktor als auch der Referendarin die Karriere kosten«, stotterte die junge Frau weinend. Die beiden Ermittler warteten mit weiteren Fragen, bis sich Elke Moosburger wieder etwas beruhigt hatte.

»Wir haben uns geliebt. Im nächsten Jahr wollten wir unsere Beziehung bekannt geben und wären zusammengezogen«, fuhr Elke Moosburger schluchzend fort.

»Wäre Doktor Rausch dann als Direktor zurückgetreten?«, fragte Mandy nach.

»Nein, natürlich nicht. Ich hatte die Absicht zum nächsten Halbjahr ins Gymnasium nach Eggenfelden zu wechseln. Volker hat das eingefädelt«, erklärte die Referendarin.

»Waren Sie am Freitag bei der Buchvorstellung Ihres Lebensgefährten?«, wollte Thomas als Nächstes wissen.

»Nein, ich war nicht da. Natürlich wollte ich zu Volkers Veranstaltung gehen, aber ich hatte schwere Migräne und habe den ganzen Abend mein Bett nicht verlassen.«

»Haben Sie eine Vorstellung, wer zu so einer Tat fähig sein könnte?«

Elke Moosburger blickte ins Leere und überlegte, ob sie etwas sagen sollte oder nicht. Das bemerkte auch Mandy, die daher ihre Frage etwas umformulierte. »Mit wem hatte Ihr Lebensgefährte in letzter Zeit Ärger?«

»Es ist kein Geheimnis, dass Volker und der Kollege Gerhard Berger großen Streit miteinander hatten.«

»Um was ging es bei diesem Streit?«, hakte Mandy nach.

»Es ging um den Sohn von Gerhard, der ebenfalls Schüler am Gymnasium war. Gerhards Sohn ist schon öfter negativ aufgefallen. Kurz vorher hatte es eine Serie von Diebstählen gegeben. Überwiegend wurden Geldbeutel von verschiedenen Schülern gestohlen. Als vor einigen Monaten Andreas mit einem gestohlenen Geldbeutel auf dem

Schulgelände erwischt wurde, war das Fass übergelaufen. Volker hat dafür gesorgt, dass er von der Schule geschmissen wurde.«

»Und wie hat Herr Berger auf den Rauswurf seines Sohnes reagiert?«

»Den hätten Sie hören müssen. Vor dem ganzen Kollegium hat er Volker lautstark beschimpft und ihm gedroht, dass er diese Entscheidung noch bereuen werde. Seitdem haben die beiden kein Wort mehr miteinander gesprochen. Aber bitte, lassen Sie mich da aus dem Spiel.« Die junge Frau war völlig aufgelöst.

»Da können Sie beruhigt sein, aber halten Sie sich zu unserer Verfügung. Vermutlich werden wir noch einige Fragen an Sie haben. Können Sie uns Ihre Handynummer geben?«, bat Mandy. Elke Moosburger schrieb ihre Nummer auf einen Zettel und übergab diesen Mandy. Anschließend verabschiedeten sich die beiden Ermittler und verließen die Wohnung.

Auf dem Weg zum Auto konnte sich Thomas eine Frage nicht verkneifen. »Manchmal kann ich die Frauen nicht verstehen. Kannst du mir sagen, warum eine so junge, durchaus attraktive Frau wie die Moosburger sich mit einem 25 Jahre älteren Mann einlässt?«

»Seine Tochter hat es doch gesagt. Seine Position hat ihn sexy gemacht. Aber das ist noch lange kein Grund, weswegen du dich um einen Chefposten bewerben müsstest«, scherzte Mandy und grinste ihren Kollegen an, der nicht wusste, ob diese Bemerkung als Kompliment gedacht war oder nur ein kleiner Hinweis auf seine bestimmende Art sein sollte. Aber davon ließ er sich nicht aus der Ruhe bringen.

»Findest du dann den Kiermeier auch sexy?«, stichelte Thomas zurück.

»Haha, da kann ich mich noch gerade so beherrschen«, entgegnete die Thüringerin mit einem müden Lächeln.

ELF

»Grüß Gott, Frau Kommissarin«, ertönte hinter ihnen eine Frauenstimme, als die beiden Ermittler das Polizeigebäude an der Arnstorfer Straße wieder betreten wollten. Mandy drehte sich um und erkannte gleich die Putzfrau Hildegard Rohrmoser wieder, die am Samstag die Leiche von Doktor Rausch gefunden hatte.

»Hallo, Frau Rohrmoser, wie kann ich Ihnen helfen?«, grüßte die Angesprochene zurück.

»I woaß jetzt ned, ob des wichtig is, aber i hab grad in einem Abfalleimer vor dem Gymnasium a Handy g'funden«, sagte die Putzfrau und kramte das besagte Objekt aus ihrer blauen Kittelschürze.

Bei den beiden Polizisten schrillten die Alarmglocken. »Wo haben Sie das gefunden?«, fragte Mandy aufgeregt.

»Da drüben«, antwortete Frau Rohrmoser und zeigte auf einen Papierkorb, der sich in unmittelbarer Nähe zum

Haupteingang des Gymnasiums befand. Mandy holte ein Plastiktütchen aus ihrer Jeansjacke, öffnete es und bat Frau Rohrmoser, das Telefon in die Tüte zu legen.

»Heut ist ja der erste Ferientag, da geht das Putzen normalerweise so richtig an, aber nachdem ihr das ganze Gymnasium abg'sperrt habt, hab ich mit dem Außenbereich ang'fangen«, erklärte die Putzfrau.

»Danach haben wir gestern überall gesucht. Da sind wir Ihnen zu großem Dank verpflichtet, Frau Rohrmoser«, bedankte sich Mandy. Sie atmete erleichtert auf und zwinkerte ihrem Partner zu.

Frau Rohrmoser war sichtlich stolz darauf, unbewusst einen Teil zu den Ermittlungen beigetragen zu haben. »Gibt's da a an Finderlohn?«

Thomas zückte sofort seinen Geldbeutel und übergab der Reinigungskraft bereitwillig einen 20-Euro-Schein. Zufrieden verabschiedete sich Hildegard Rohrmoser und ging über die Straße in Richtung des Gymnasiums.

»Den Zwanziger zahl ich gerne aus meiner Privatschatulle«, freute sich Thomas über den unverhofften Fund.

»Freu dich nicht zu früh. Wir wissen ja noch gar nicht, ob es überhaupt das Handy vom Rausch ist«, bremste Mandy die Euphorie ihres Kollegen.

»Da verwette ich meinen Arsch.«

»Um den wäre es schade«, schmunzelte Mandy. »Jetzt geben wir das Handy in die Kriminaltechnik und in ein paar Stunden wissen wir mehr.«

Die gute Laune der beiden verfinsterte sich nach Betreten des Polizeigebäudes jedoch schlagartig beim Anblick des ernst blickenden Polizeichefs Josef Kiermeier. Dieser kam geradewegs auf das Ermittlerduo zu. »Herr Huber, Frau Hanke, ich hoffe, Sie haben einen Grund für Ihre gute

Laune. Die Pressekonferenz gerade war für mich absolut kein Vergnügen. Also, was gibt's Neues?«

»Wir haben gerade mit der Geliebten des Opfers g'sprochen«, berichtete Thomas.

»Sie meinen die Frau auf dem Phantombild?«

»Ja genau. Es handelt sich um die Referendarin Elke Moosburger. Sie unterrichtet am Gymnasium Chemie und Biologie und hatte seit einigen Monaten ein geheimes Verhältnis mit dem Opfer.«

»Hat sie ein Motiv?«

»Wir haben noch keines entdeckt.«

»Apropos entdecken. Haben Sie das Handy gefunden?«, fragte Kiermeier ungeduldig.

»Ja, das haben wir«, antwortete Thomas und Mandy hielt die Tüte mit dem Corpus Delicti triumphierend in die Höhe.

Kiermeier wirkte deutlich erfreut. »Wo haben Sie das entdeckt?«

»Es war im Papierkorb vor dem Gymnasium. Heut früh hatte ich so eine Eingebung, dass das Handy auch außerhalb des Gebäudes sein könnte. Da haben wir das Außengelände durchsucht«, log Thomas, der bei seinem Vorgesetzten wieder Punkte sammeln wollte.

»Und jetzt bringen wir es erst mal zu den Kollegen der Kriminaltechnik, da wir noch nicht sicher sein können, dass es sich wirklich um das Handy des Opfers handelt«, dämpfte Mandy Thomas' Überschwang ein wenig.

»Machen Sie das. Gute Arbeit, meine Herrschaften«, lobte Kiermeier sein Ermittlerteam und verschwand durch die Tür.

»Hat das wirklich sein müssen?« Mandy wandte sich anklagend an Thomas.

»Was meinst du?«, hakte der vermeintlich Ahnungslose nach.

»Ich meine deine Geschichte gerade.«

»Das ist mir grad spontan eing'fallen. Ist doch egal, wer
das Handy g'funden hat. Hauptsach es ist da und ein wenig
Lob tut uns ja auch ganz gut«, rechtfertigte sich Thomas.

»Ich schmücke mich nicht gerne mit fremden Federn«,
rüffelte Mandy ihren Kollegen.

»Bleib locker, Mandy, und bring das Ding zu den Tech-
nikern. Du wirst sehen, es ist das Handy vom Rauschi und
wir kommen der ganzen Sach einen großen Schritt näher.
Vermutlich hat es der Mörder nach der Tat in den Abfalleimer g'schmissen, deswegen brauchen wir unbedingt auch
die Fingerabdrücke auf dem Smartphone.«

»Da könntest du recht haben, aber die Fingerabdrücke
von der Putzfrau sind in jedem Fall auch darauf. Übrigens darfst du deinen Fund selbst zur KTU bringen«, sagte
Mandy. Sie hatte nicht die Absicht, sich wieder zur Befehls-
empfängerin degradieren zu lassen. Also drückte sie ihm
die Tüte mit einem gequälten Grinsen in die Hand und ging
in Richtung ihres Büros. Thomas eilte indes in den ersten
Stock zu den Kriminaltechnikern.

»Am Nachmittag kriegen wir die Ergebnisse der Handy-
auswertung. Ich hab da ziemlich Druck g'macht«, setzte
Thomas Mandy in Kenntnis, nachdem er wieder ins Büro
gekommen war.

»Dann war es doch gut, dass du selber hingegangen bist.
Ich hätte das nicht geschafft«, entgegnete die Thüringerin
immer noch ziemlich beleidigt.

Thomas verstand diese Reaktion überhaupt nicht. Zum
Frauenversteher würde er in diesem Leben nicht mehr wer-

den, so viel war ihm klar. »Ich weiß gar ned, was du hast. Wir sind einen Riesenschritt weiter und du machst so ein G'sicht.«

»Du weißt ganz genau, warum.«

»Sorry, ich hab dich wieder mal wie eine Azubine behandelt. Ich werde an mir arbeiten, ich versprech's«, versuchte sich Thomas zu entschuldigen. Doch Mandy beachtete ihn gar nicht mehr.

Es wurde still in ihrem gemeinsamen Büro. Sowohl Mandy als auch Thomas starrten in ihren PC. Letzterer checkte seine E-Mails und fand in seinem Posteingang zwei interessante Nachrichten. Zuerst las er sich gespannt die der stellvertretenden Direktorin durch: »Lieber Thomas, anbei die zwei versprochenen Listen und nochmals vielen Dank für den wunderschönen Abend gestern. Ganz liebe Grüße, Angela.« Die Schmetterlinge in seinem Bauch meldeten sich wieder. Thomas strahlte innerlich, nur durfte er es Mandy gegenüber nicht zeigen. Deswegen druckte er umgehend die Gästeliste der Buchvorstellung und die Anwesenheitsliste des anschließenden Biergartenbesuchs im Gasthof »Schachtl« aus. Mandy wollte er die E-Mail keinesfalls weiterleiten, sonst würde sie ihn nur wegen des lockeren Umgangs mit Angela rügen.

»Schau her, ich hab grad die beiden Listen von Frau Hiermer bekommen. Du kannst sie haben«, bot Thomas an, der ihr die Aufstellungen auf den Schreibtisch legte.

Kein Problem hatte er hingegen mit der Weiterleitung von Karl Auers Nachricht. Diese enthielt die lang ersehnten Fotos der Buchvorstellung im Anhang.

Gemeinsam betrachteten die beiden die ungefähr dreißig Fotos, die ein Reporter des »Rottaler Anzeigers« am Freitagabend in der Aula des Gymnasiums geschossen hatte.

Auf den meisten war der Buchautor hinter seinem Redner-pult zu sehen, allerdings hatte der Journalist auch einige Bilder vom Publikum gemacht, die für die Ermittlungen relevant sein könnten. Ein Schnappschuss zeigte ihren Chef, der in der zweiten Reihe sitzend seine Augen geschlossen hatte.

»Jetzt weiß ich auch, warum der Kiermeier nichts über den Inhalt des Buches weiß«, feixte Thomas, ein breites Grinsen im Gesicht. »Schau mal hin, Mandy, der ist ja richtig eingenickt.«

»Er hatte eben eine anstrengende Woche«, verteidigte ihn Mandy augenzwinkernd.

Auf den weiteren Fotos waren auch Doktor Lehner sowie die stellvertretende Direktorin in einem eleganten schwarzen Etuikleid zu sehen. Durch dieses dunkle Outfit kamen ihre langen blonden Locken noch besser zur Geltung, was weder Thomas noch Mandy entging.

»Deine stellvertretende Direktorin hat sich ganz schön aufgetakelt«, bemerkte Mandy süffisant.

»Erstens ist sie nicht ›meine‹ stellvertretende Direktorin und zweitens würdest du in diesem Kleid genauso gut ausschauen.« Thomas wollte nicht näher darauf eingehen und wechselte sicherheitshalber das Thema. »Ich würde vorschlagen, wir machen erst Mittag und fahren dann zu diesem Gerhard Berger. Ich such schon mal die Adresse raus.«

»Die habe ich schon. Du kannst nach dem Mittagessen schon mal das Auto vorfahren«, brüstete sich Mandy mit einem breiten Grinsen im Gesicht.

Dem perplexen Thomas blieb keine Zeit zu antworten, weil Mandys Handy in diesem Moment zu läuten begann.

Stefan Wegerer meldete sich am anderen Ende. »Servus, Mandy, ich hab das Passwort vom PC entschlüsseln können und mir gleich seinen E-Mail-Verkehr ang'schaut.«

»Mach es nicht so spannend, Stefan!«

»Eine Mail, die ein Gerhard Berger geschrieben hat, dürft euch besonders interessieren. Der hat den Rausch ganz schön attackiert«, berichtete der IT-Experte.

»Von dem haben wir schon gehört. Kannst du uns die Mail gleich weiterleiten?«

»Ja klar, mach ich sofort.«

»Hast du sonst noch was Interessantes gefunden?«

»Nein, hab ich ned, aber ihr könnt euch den PC gerne selber anschauen«, bot Wegerer an.

»Vielleicht später, jetzt fahren wir erst mal zu diesem Berger.«

Gerade als sie sich auf den Weg zu Gerhard Berger machen wollten, kam Sara Rausch ins Büro der beiden Ermittler.

»Guten Tag, ich wurde herbestellt. Ich glaub, Sie wollten das Haus meines Vaters in meinem Beisein durchsuchen. Könnten wir das zügig erledigen? Ich habe nachmittags noch einen Termin in Passau.« Die Tochter des Ermordeten sah die Ermittler mit aufforderndem Blick an. Wohl oder übel musste die Vernehmung Bergers verschoben werden.

Obwohl die Bruder-Konrad-Straße nur einen Katzensprung von der Polizeiinspektion entfernt war, nahmen sie den Dienstwagen. Auch der Polizist Auer begleitete die Kommissare, um sie beim Durchforsten des Hauses zu unterstützen.

Thomas parkte das Auto vor der Doppelgarage, dann gingen sie durch ein schmiedeeisernes Tor zur rundbogigen Eingangstür aus dunkel lasierter Eiche. Bevor Mandy den Schlüssel, der bei dem Toten gefunden worden war, herauskramen konnte, hatte Sara Rausch ihren bereits griffbereit.

»Hat noch jemand einen Schlüssel zum Haus Ihres Vaters?«, fragte Mandy ohne konkreten Belang.

»Meines Wissens nicht, allerdings kenne ich den Umgang meines Vaters mit seinen Gespielinnen nicht. Vielleicht sind da ja noch weitere Exemplare im Umlauf.«

Die vier traten in den breiten Flur. Das geräumige Gebäude war eine reine Verschwendung für eine einzige Person. Mandy fröstelte bei der Vorstellung, hier allein wohnen zu müssen.

Karl Auer schlug vor, das obere Stockwerk zu übernehmen, also knöpften sich die Kommissare den Raum vor, den Sara Rausch ihnen als Büro und Lebensmittelpunkt ihres Vaters anzeigte. Dort vermuteten sie am ehesten noch, zu irgendwelchen Aufschlüssen zu kommen oder mit der Tat zusammenhängende Hinweise zu finden.

Ohne Frage liebte der Hausherr eine repräsentative Wohnkultur, die dem Besucher das Selbstverständnis des Besitzers vor Augen führen sollte. Der wuchtige Schreibtisch nach altdeutscher Art stand vor einer ausladenden Bücherwand mit zahlreichen mehrbändigen Werken. Thomas öffnete die etwas zu dunkel geratenen Gardinen im Landhausstil, da kaum Licht in das Zimmer drang. Alles schien an seinem Platz zu stehen. Offensichtlich hatte seit dem Mord kein Unbefugter die Räumlichkeiten betreten oder zumindest jede Spur beseitigt. Auf dem Schreibtisch lagen wenige Papiere und Utensilien, deren Durchsicht nichts erbrachte. Umso interessanter war der geöffnete Laptop, den Thomas umgehend an sich nahm. »Benutzte Ihr Vater ein Passwort dafür und kennen Sie es vielleicht?«

»Wo denken Sie hin? Ich wusste noch nicht einmal, dass er so einen Laptop bei sich zu Hause hat. Obwohl das bei seinem Beruf natürlich normal ist.«

»Wir checken den Rechner. Später bekommen Sie ihn wieder zurück.«

»Kein Problem. Ich weiß sowieso nicht, wie ich mit all dem hier umgehen soll. Wenn ich daran denke, dass mein Vater vor nicht allzu langer Zeit womöglich noch auf diesem Stuhl gesessen hat, könnte ich einfach losheulen.« Frau Rausch wirkte sichtlich berührt. »Sehen Sie sich alles an, was Sie ansehen müssen. Ich geh raus in den Garten. Hier drin halte ich es nicht länger aus.«

Mandy und Thomas streiften durch die übrigen Räume des Erdgeschosses. Überall bot sich dasselbe Bild strenger Ordnung in gediegenem, aber altväterlichem Ambiente. Auf echte Wohnlichkeit schien der Direktor keinen großen Wert gelegt zu haben.

Mit dem Laptop, aber ohne sonstige weiterführende Erkenntnisse verließen die drei Beamten das Wohnhaus und kehrten mit der noch immer emotionalen Sara Rausch zur Polizeiinspektion zurück.

Dort setzten die beiden Kommissare Karl Auer und die Tochter des getöteten Direktors ab. Im Moment hatten sie keine weiteren Fragen mehr. Auer erhielt den Auftrag, den Laptop umgehend den Kriminaltechnikern zu übergeben, während sie selbst sich endlich auf den Weg zu Gerhard Berger machten.

ZWÖLF

Gerhard Berger blickte ziemlich unerfreut, als sich Mandy und Thomas bei ihm vor der Eingangstür seines Einfamilienhauses in der Wittelsbacherstraße vorstellten.

»Was wollen Sie von mir?«, zischte Berger unfreundlich.

Der 50-jährige Oberstudienrat hatte anscheinend keine große Lust, mit den beiden Kripobeamten zu sprechen, gab ihnen nicht einmal die Hand. Ihm war offensichtlich von vornherein klar, warum die Polizei vor seiner Haustür stand.

»Können wir ins Haus gehen oder sollen wir zwischen Tür und Angel sprechen?«, fragte Mandy ebenso distanziert.

Der Lehrer lenkte ein und bat die beiden nolens volens in sein Wohnzimmer.

Noch bevor die drei sich einen Platz auf dem Sofa gesucht hatten, begann Berger, seiner Abneigung gegenüber dem Ermordeten Luft zu machen. »Ich sag es Ihnen gleich, ich weine dem Rausch keine Träne nach.«

»Uns ist zu Ohren gekommen, dass Sie einen handfesten Streit mit Ihrem Vorgesetzten hatten.«

»Das war in der Schule kein Geheimnis. Dieser arrogante Schnösel. Immer ging es nur nach ihm, andere Meinungen hat er nie akzeptiert. Ich war so ziemlich der Einzige, der ihm regelmäßig die Stirn geboten hat«, erzählte der Oberstudienrat offen.

»Haben S' ihm auch die Entlassung Ihres Sohnes zu verdanken?«, kam Thomas schnell zur Sache.

»Ja klar! Er hat den Disziplinarausschuss dermaßen

beeinflusst, ich würde schon fast sagen eingeschüchtert, dass dort einstimmig für die Entlassung von Andreas gestimmt wurde. Das war eine klare Retourkutsche gegen mich. Sie müssen sich vorstellen, Andreas stand kurz vor dem Abitur«, klagte Gerhard Berger.

»Was wurde Ihrem Sohn konkret vorgeworfen?«, bohrte Mandy nach.

»Sie haben einen gestohlen gemeldeten Geldbeutel in der Schultasche meines Sohnes gefunden. Andreas hat keinerlei kriminelle Neigung. Ich bin fest davon überzeugt, dass ihm der Geldbeutel untergeschoben wurde. Der Rausch hat ihn gleich als Serientäter abgestempelt.« Der Pädagoge war aufgebracht.

»Dann haben S' wohl eine Stinkwut auf den Direktor g'habt«, sprach Thomas das Offensichtliche aus und versuchte ihn so aus der Reserve zu locken.

»Haben Sie Kinder?«, fragte Gerhard Berger zurück.

Sowohl Mandy als auch Thomas schüttelten den Kopf.

»Wochenlang habe ich nimmer schlafen können. Das können S' mir glauben. Der Rausch hat das Leben meines Sohnes verpfuscht. So sieht's aus ... Aber umgebracht hab ich ihn deswegen nicht, um gleich Ihre nächste Frage zu beantworten. Daran gedacht hab ich schon, das gebe ich zu, aber mehr nicht.«

»Was macht Ihr Sohn jetzt?«

»Andreas jobbt derzeit als Zusteller bei der Post und ich hoff, dass er nächstes Jahr in Eggenfelden sein Abitur nachholen kann.«

»Waren Sie am Freitagabend auch bei der Buchvorstellung vom Doktor Rausch?« Thomas wollte sich langsam der Frage nach dem Alibi nähern.

»Nein, natürlich nicht. Das wäre noch schöner, wenn ich

ihm am Abend, während meiner Freizeit, auch noch huldigen würde. Darauf konnte ich gerne verzichten!«

Jetzt war es für Mandy an der Zeit, konkret zu werden. »Wo waren Sie dann am Freitagabend, so zwischen 21.00 und 22.00 Uhr?«

»Ich war zu Hause, hab gelesen und ferngesehen.«

»Kann das jemand bezeugen?«

Gerhard Berger dachte kurz nach, bevor er antwortete. »Meine Frau war an diesem Abend bei einer Frauenbund-Versammlung, aber mein Sohn, der Andreas, der war am Freitagabend daheim. Er war in seinem Zimmer und hat am Computer gespielt.«

»Können wir mit Ihrem Sohn sprechen?«

»Jetzt nicht, der ist noch in der Arbeit.«

»Wann kommt er nach Hause?«

»Das kann ich Ihnen nicht genau sagen. Der macht ganz unterschiedlich Feierabend, je nachdem wie viel Post er auszutragen hat.«

»Bitte richten Sie ihm aus, dass er sich bei uns melden soll, wenn er zu Hause ist«, sagte Mandy und überreichte ihm ihre Visitenkarte.

Thomas konnte die Aussagen Bergers über seinen Vorgesetzten Doktor Rausch durchaus nachvollziehen, behielt seine persönlichen Erfahrungen mit dem unbeliebten Lehrer dieses Mal allerdings für sich. »Wer außer Ihnen hatte noch Stress mit Herrn Rausch?«

»Oje, das waren viele. Ich würde sagen, das halbe Kollegium hatte immer wieder mal Ärger mit ihm, aber gegen ihn traute sich keiner so richtig zu opponieren. Auch mit seinen beiden Stellvertretern gab es ab und zu Stress.«

»Da müssen Sie schon etwas konkreter werden.« Mandy witterte eine weitere mögliche Spur.

»Der Schotte hat ihm die ganze Arbeit getan, aber bei dem kleinsten Fehler hat der Rausch ihn vor dem versammelten Kollegium ausgelacht und ihn als unfähigen Dilettanten hingestellt.«

»Wer um Himmels Willen ist der Schotte?«, hakte Mandy nach.

»Der Schotte ist der Doktor Lehner. Die ganze Schule kennt ihn unter diesem Spitznamen«, erklärte Thomas und biss sich fast auf die Zunge, weil ihn noch während seiner Erklärung Mandys böser Blick getroffen hatte. Eigentlich war die Frage an den Verdächtigen gerichtet gewesen.

»Ah, da waren Sie wohl auch an der Schule«, schlussfolgerte Gerhard Berger treffend.

»Ja schon, das ist aber fast 20 Jahre her.«

»Dann müssen Sie ja den Rausch auch noch kennengelernt haben.«

»Ja, das zweifelhafte Vergnügen hab ich g'habt.«

»In dem Fall wissen Sie ja, was er für ein Mensch war«, hoffte Berger auf Zustimmung.

Bevor Thomas antworten konnte, sprang Mandy in die Bresche, um ein gemeinsames Klagelied von Gerhard Berger und ihrem Kollegen auf den Ermordeten zu verhindern. »Welchen Streit gab es zwischen Doktor Rausch und Frau Hiermer?«

»Komischerweise gab es zwischen den beiden keinen offenen Streit, aber irgendetwas muss vorgefallen sein. Sie ist ja erst ein Jahr an unserer Schule. Am Anfang schwänzelte der Rausch um sie rum, das können Sie sich gar nicht vorstellen. Die Hiermer versteht es wie keine Zweite, die Männer um den Finger zu wickeln, das kann ich Ihnen sagen. Das ist ihr beim Rausch gleich von Anfang an gelungen. Die hat alle beeindruckt, auch die Schüler. Sie sollten mal sehen, wie ihr die Schüler nachpfeifen, wenn sie mit ihrem Motorrad vorfährt«, schilderte Gerhard Berger, wurde aber von Mandy unterbrochen.

»Die Hiermer fährt also Motorrad?«, fragte die Thüringerin überrascht und sah dabei Thomas an. Dieser stellte sich völlig ahnungslos und zuckte mit den Schultern.

»Ja, sie fährt eine BMW. So eine karrieregeile Frau habe ich noch nie erlebt. Sie ist oft schon um 5.00 Uhr morgens im Büro und manchmal noch bis spät am Abend in der Schule. Sie werden sehen, in ein paar Jahren wird die bayerische Bildungsministerin oder sowas Ähnliches«, führte Gerhard Berger aus.

Mandy hatte genug gehört und versuchte, nun wieder aufs Wesentliche zurückzukommen. »Welcher Vorfall könnte denn zu einem Zerwürfnis zwischen Doktor Rausch und Frau Hiermer geführt haben?«

»Das weiß ich nicht. Aber von einem auf den anderen Tag war ihr Verhältnis deutlich abgekühlt. Sie haben nur noch das Nötigste miteinander gesprochen. Das ist so ziemlich jedem im Kollegium aufgefallen. Es war ungefähr im November. Dann dauerte es einige Wochen, bis sie wieder mehr miteinander kommuniziert haben. Ein Herz und eine Seele wie am Anfang sind die beiden nicht mehr geworden. Aber was da vorgefallen ist, kann ich Ihnen absolut nicht sagen. Im Kollegium ist damals viel getuschelt worden, aber keiner hat gewusst, was da war, und es hat sich auch keiner getraut zu fragen. Am besten Sie konsultieren die Hiermer selber«, schlug der 50-jährige Familienvater vor.

»Das werden wir auch tun«, bestätigte Thomas und vermied es, Mandy dabei anzusehen. Die ganze Sache wurde langsam unangenehm.

»Aber bitte lassen Sie mich dabei aus dem Spiel. Ich gehe davon aus, dass die Hiermer jetzt Direktorin wird, deswegen will ich es mir mit ihr nicht verscherzen, wenn Sie verstehen, was ich meine.«

»Wir haben schon verstanden und werden keine Namen nennen. Bitte halten Sie sich zu unserer Verfügung, vermutlich werden wir noch einige Fragen an Sie haben. Vergessen S' auch nicht, Ihren Sohn zu informieren«, erinnerte Thomas, bevor sich die beiden von dem Oberstudienrat verabschiedeten.

Schon auf der Straße bekam Thomas von Mandy zu hören, was er befürchtet hatte.

»Hast du es gehört? Die Hiermer wickelt alle Männer um den Finger und bei dir hat sie es auch schon geschafft«, stichelte Mandy.

»Hat sie nicht«, schwindelte Thomas.

»Spätestens wenn sie dich zu einer gemeinsamen Motorradtour einladen würde, hätte sie es geschafft.«

Nun war der Punkt erreicht, an dem Thomas die Diskussion vollends zuwider war. Deshalb versuchte er abzulenken. »Die E-Mail haben wir ihm gar nicht vorhalten müssen, der hat von Anfang an den Streit mit dem Rauschi zu'geben, aber mit dem Mord will er nichts zu tun haben. Trotzdem steht für mich der Berger auf unserer Liste ganz oben. Der hat ein handfestes Motiv und sein Alibi kannst auch vergessen, selbst wenn der Sohn es bestätigen würd.«

»Dicht gefolgt von deiner Motorradfahrerin und dem Doktor Lehner. Anscheinend haben die alle ein Motiv und kein Alibi.«

»Natürlich werden wir mit denen auch noch sprechen

müssen, aber zuerst schauen wir mal, was die Auswertung des Handys ergeben hat«, schlug Thomas vor.

DREIZEHN

Zurück in der Polizeiinspektion machten sich Mandy und Thomas sofort auf den Weg zu den Kollegen der Kriminaltechnik im ersten Stock. Thomas fiel ein Stein vom Herzen, als ihm Hartmut Rieger bestätigte, dass das herrenlose Smartphone Doktor Rausch gehört hatte. Zufrieden nickte er in Richtung seiner Kollegin. Seine Stimmung hob sich um eine weitere Stufe, als Hartmut Rieger über die Details berichtete, die bei der Überprüfung ans Licht gekommen waren. »Also, auf dem Smartphone konnten wir drei verschiedene Fingerabdrücke feststellen. Einer stammt vom Opfer, den haben wir schon verglichen.«

»Dann müssten die zweiten Abdrücke von der Frau Rohrmoser stammen und die dritten könnten vom Mörder sein«, schlussfolgerte Thomas.

»Ich rufe die Frau Rohrmoser gleich an und bestell sie zu euch, damit ihr ihre Fingerabdrücke zuordnen könnt«, schlug Mandy vor.

»Aber das Beste kommt noch. Wir haben die WhatsApp-

Nachrichten gecheckt. Da könnt euch eine ganz besonders interessieren.«

»Jetzt spann uns ned so auf die Folter«, forderte Thomas ungeduldig.

»Diese Nachricht wurde am Freitagabend um 20.45 Uhr von diesem Handy an eine Elke Moosburger abgeschickt. ›Hallo Elke, hiermit möchte ich unsere Beziehung beenden. Vielen Dank für die schöne Zeit. Liebe Grüße Volker‹.«

Mandy und Thomas staunten nicht schlecht über diese Zeilen, die keine Fragen offenließen und dabei ziemlich viel über den Charakter des Verstorbenen aussagten.

»Wow, das ist der Hammer. Um die Zeit hat der Rauschi definitiv noch gelebt. Das geht sich aus. Als die Moosburgerin diese Nachricht um 20.45 Uhr erhalten hat, ist sie gleich ins Gymnasium g'fahren – sie wusste ja, wo er war – und wollt ihn zur Rede stellen. Es kam zum Streit, sie sah den Brieföffner und verlor die Nerven«, schlussfolgerte Thomas überzeugt.

»So könnte es gewesen sein«, stimmte Mandy dem Gedankenspiel ihres Kollegen zu. »Dann müssten die Fingerabdrücke im Prinzip von ihr sein.«

»Das werden wir umgehend herausfinden. Ich sag dem Karl Bescheid, dass er die Moosburgerin in die Inspektion bringen soll. Bei diesem Tatverdacht möchte ich sie im Vernehmungsraum verhören, dann können wir auch gleich die Fingerabdrücke vergleichen«, schlug Thomas vor.

»Danke, Hartmut, gute Arbeit«, lobte Mandy ihren Kollegen.

»Keine Ursache, Mandy. Ich checke in der Zwischenzeit noch die Telefonverbindungen.«

Thomas vermutete sich aufgrund dieser überraschenden Erkenntnisse schon ein großes Stück näher an der Lösung des Falls.

Eine Stunde später saß Elke Moosburger zusammen mit Karl Auer, der wie immer den Stuhl am Eingang besetzte, im Vernehmungsraum.

»Ich hätte nicht erwartet, dass wir uns so schnell wiedersehen«, sagte Mandy, nachdem sie mit Thomas eingetreten war.

»Mir geht es genauso«, antwortete die vermeintlich Ahnungslose. Mandy und Thomas setzten sich zu ihr an den Tisch.

»Ich gehe davon aus, Sie sind damit einverstanden, dass wir das Gespräch aufnehmen«, sagte Mandy und drückte anschließend den Knopf des Aufnahmegerätes.

Thomas begann mit der ersten Frage. »Sie können sich ned vorstellen, warum wir Sie so kurzfristig herholen haben lassen?«

»Nein, überhaupt nicht.«

»Dann werden wir Ihnen auf die Sprünge helfen. Die Kollegen der Kriminaltechnik haben heute das Handy Ihres Lebensgefährten untersucht und uns über eine sehr brisante WhatsApp-Nachricht informiert«, offenbarte Mandy sehr direkt.

Elke Moosburger wurde ziemlich blass um die Nase. Nach einigen Sekunden des Schweigens fing sie an zu schluchzen. »Ich kann mir das immer noch nicht erklären. Wir haben uns geliebt, wir wollten zusammenziehen und unsere Beziehung öffentlich machen. Dann kam aus dem Nichts so eine Nachricht. Noch dazu eine so unpersönliche. Mir hat es die Beine weggezogen, als ich den Text gelesen habe. Ich war völlig fertig«, weinte Elke Moosburger. Sie nahm ein Tuch aus ihrer Tasche und trocknete ihre Tränen.

»Und dann sind Sie ins Gymnasium g'fahren, haben ihn zur Rede g'stellt und dabei ist es zum Streit 'kommen«, argwöhnte Thomas.

»Nein, bin ich nicht«, schrie die junge Frau, die noch heftiger zu weinen begann.

Jetzt war Mandys Einfühlungsvermögen gefragt. Sie versuchte, die junge Frau zu beruhigen, während sich Thomas zurücklehnte.

Nach einigen Minuten hatte sich Elke Moosburger einigermaßen gefangen. »Ich bin nicht ins Gymnasium gefahren, ich war gar nicht in der Lage dazu, weil ich so starke Migräne hatte, und außerdem wusste ich, dass sich dort ungefähr 100 Leute aufhielten. Schon allein deswegen machte es keinen Sinn, dorthin zu fahren. Ich habe ihn am Samstagvormittag mindestens zehn Mal angerufen, aber es hat sich immer nur die Mailbox gemeldet«, schluchzte die junge Geliebte des Opfers.

»Frau Moosburger, wir würden das Gespräch gerne kurz unterbrechen«, sagte Thomas, und auch Mandy nickte. Die beiden Kommissare standen auf, während die junge Referendarin mit Karl Auer im Vernehmungsraum blieb.

»Ich würd gerne checken, ob die Moosburger tatsächlich am Samstag beim Rauschi so oft angerufen hat, wie sie g'sagt hat«, erklärte Thomas.

»Daran habe ich auch schon gedacht«, stimmte Mandy zu.

Glücklicherweise war Hartmut Rieger noch anwesend, als die beiden Ermittler das Büro der Kollegen von der Kriminaltechnik betraten. Danach gefragt, hatte er den Verbindungsnachweis von Rauschs Handy gleich parat.

Thomas musste ans Fenster gehen, damit er die kleingedruckte Liste lesen konnte. »Tatsächlich, am Samstag hat die Moosburger in der Zeit zwischen 9.12 Uhr und 14.23 Uhr insgesamt elf Mal auf diesem Handy ang'rufen. Sie hat aber keine Nachricht hinterlassen. Also hat sie uns wegen der Anrufe ned ang'logen«, stellte Thomas fest.

»Das könnte natürlich auch ein geschicktes Ablenkungsmanöver von ihr gewesen sein«, mutmaßte Mandy.

»Hältst du die Moosburger für so durchtrieben?«

»Eigentlich nicht. Wir sollten jetzt die Fingerabdrücke von ihr nehmen, dann wissen wir mehr und brauchen nicht mehr zu mutmaßen«, schlug Mandy vor.

»Ja, das machen wir. Ich ruf den Karl an, der soll mit der Moosburger zu uns kommen und dann, Hartmut, kannst du ihr die Fingerabdrücke selber abnehmen«, bat Thomas seinen Kollegen, der daraufhin nur mit einem stummen Nicken antwortete.

»War übrigens die Frau Rohrmoser schon da?«, fragte Mandy ihren Kollegen der Kriminaltechnik.

»Ja, Mandy, die war schon da. Die Fingerabdrücke sind abgeglichen und identifiziert.«

»Dann haben wir noch einen unbekannten Abdruck. Und wenn der auf die Moosburger zutrifft, wird es ernst. Wie lange brauchst du für den Abgleich, Hartmut?«

»Nicht lange, so eine halbe Stunde vielleicht.«

Wenig später klopfte es an der Tür. Karl Auer betrat mit der sichtlich verunsicherten Referendarin den Raum.

»Frau Moosburger, Sie haben bestimmt nichts dagegen, wenn wir von Ihnen Fingerabdrücke nehmen?«, fragte Mandy gleich zu Beginn.

»Sie behandeln mich also jetzt schon wie eine Schwerverbrecherin«, stellte Elke Moosburger beleidigt fest.

»Nein, das tun wir nicht. Die Fingerabdrücke können uns eventuell beweisen, dass Sie mit dem Mord nichts zu tun haben«, erklärte Mandy.

»Zu verbergen habe ich wirklich nichts, also gut, machen wir das«, stimmte die junge Lehramtsanwärterin letztlich zu.

Nachdem ihr Hartmut Rieger die Fingerabdrücke abgenommen hatte, schickte Thomas seinen Kollegen Karl Auer mit Frau Moosburger wieder in den Vernehmungsraum. Sie sollten dort warten, bis die Ergebnisse feststanden. Mandy und Thomas gingen in der Zwischenzeit in ihr Büro, um die weitere Vorgehensweise zu besprechen.

»Also, wenn die Fingerabdrücke übereinstimmen, lassen wir sie da. Dann ist sie dringend tatverdächtig«, resümierte Thomas.

»Und wenn nicht, müssen wir sie wieder freilassen. Dann könnte ihre Aussage stimmen«, zeigte Mandy die zweite Alternative auf.

»Wie machen wir dann morgen weiter?«

»Wir müssen unbedingt die Fingerabdrücke von der Hiermer und dem Lehner nehmen und die Klamotten einholen.«

»Gute Idee. Lass uns das getrennt machen, damit wir schneller sind. Ich übernehm den Schotten und du sprichst mit der Hiermer, damit du mir nicht wieder vorwerfen kannst, dass ich mich von ihr um den Finger wickeln lass«, schlug Thomas vor.

So konnte er gleich zwei Fliegen mit einer Klappe schlagen. Er umging ein dienstliches Gespräch mit Angela und Mandy würde sich etwas beruhigen, was ihre – zugegebenermaßen gerechtfertigten – Befürchtungen rund um Thomas' amouröse Interessen bei der stellvertretenden Direktorin anging.

»Okay, wenn du meinst. Dann übernehme ich die Hiermer.«

»Übrigens, hat sich eigentlich der Berger junior schon bei dir gemeldet?«, fiel Thomas ein.

Mandy nahm das Handy aus der Hosentasche und sah nach, ob sie etwas übersehen hatte. »Nein, ich habe keinen unbekannten Anruf drauf. Der hat noch nicht reagiert.«

»Dann müssen wir uns den morgen auch vornehmen. Übrigens, den Helmut hab ich am Samstag noch gebeten, dass er das Konto vom Rauschi mal checkt.«

»Sehr gut, Thomas, so was kann nie schaden.«

Kurze Zeit später kam Hartmut Rieger in das Büro der beiden. »Also, es ist eindeutig. Die dritten Fingerabdrücke auf dem Handy des Opfers stammen definitiv nicht von Frau Moosburger.«

»Ganz sicher?« Die Enttäuschung war Thomas deutlich anzuhören.

»Absolut sicher«, bestätigte Rieger.

»Okay, danke, Hartmut. Wir müssen Frau Moosburger wohl wieder gehen lassen. Aber eine Idee hätte ich noch. Könntest du ein Bewegungsprofil vom Handy der Moosburger erstellen. Mich würde interessieren, wo ihr Handy am Freitagabend zur Tatzeit eing'loggt war«, bat Thomas.

»Eine gute Idee, aber wenn sie ohne Handy ins Gymnasium gefahren ist, hilft uns das auch nicht weiter«, entgegnete Mandy.

»Schon klar, aber wenn das Smartphone zur Tatzeit in der Funkzelle, die das Gymnasium abdeckt, eing'loggt war, dann wär sie überführt«, hielt Thomas dagegen. »Also, Hartmut, kannst du das machen?«

»Kann ich schon machen, aber das dauert. Das schaffe ich frühestens bis morgen Nachmittag.«

»Ja gut, dann entlassen wir die Moosburger jetzt, die läuft uns schon nicht weg.«

Auf dem Weg in den Vernehmungsraum läutete das Handy der jungen Ermittlerin. Sie nahm das Gespräch an, drehte sich währenddessen um und ging in die andere Richtung, damit Thomas nichts von dem Gespräch mit Helmut Drexler mitbekam. Dieser hatte nämlich ohne Thomas' Wissen immer mal wieder eine Radtour mit ihr unternommen. Davon musste sein naseweiser bester Freund aber nichts erfahren. Auf die zu erwartenden nervigen Fragen ihres Kollegen hatte Mandy nämlich definitiv keine Lust.

Auch diesmal fragte der Banker, ob sie heute Abend mit ihm eine kleine Runde drehen wolle. Mandy sagte zu, zumal sie als Zugezogene immer noch keinen großen Freundeskreis in Niederbayern hatte. Außerdem zeigte ihr Helmut während der Fahrt immer interessante Sehenswürdigkeiten und brachte sie so ihrer neuen Heimat näher.

»Hat sich der junge Berger gemeldet?«, fragte Thomas neugierig, nachdem Mandy das Telefonat beendet hatte.

»Nein, leider nicht. Es war nur eine Nachbarin, die mit mir heute Rad fahren will«, log Mandy, die sich dabei absolut nicht wohl in ihrer Haut fühlte.

Elke Moosburger hingegen war sichtlich erleichtert, dass sie nach Hause gehen durfte. Sie musste sich allerdings zur Verfügung halten und durfte die Stadt in den nächsten Tagen nicht verlassen, so waren die Auflagen.

»Und jetzt dürfen wir beide vor Feierabend noch einen

wunderschönen Trip nach Passau zu unserem Freund Doktor Tremmel machen«, stellte Mandy mit ironischem Unterton fest.

Thomas verdrehte die Augen. »Auf diesen Ausflug hab ich mich schon den ganzen Tag g'freut.«

VIERZEHN

Sowohl Thomas als auch Mandy hofften während der Fahrt nach Passau, dass dieser Termin möglichst schnell vorbei sein würde. Die Räume der Rechtsmedizin hatten Thomas noch nie behagt, vor allem nicht in Anwesenheit seines Lieblingsdoktors Tremmel. Mandy hingegen hatte ein zeitliches Problem: die für den Abend vereinbarte Radtour. Deswegen klagte sie nicht, als Thomas mit dem Dienstwagen etwas schneller als erlaubt fuhr.

Die Strecke nach Passau kannte er in- und auswendig, wobei er bisher sehr selten den Weg zur Rechtsmedizin gefunden hatte. Ihm war schon klar, dass ihnen nützliche Hinweise aus der Forensik oft zur Ergreifung des Täters verhalfen. Aber ein ausführlicher Obduktionsbericht hätte es doch auch getan, dachte Thomas. Oft konnte er sich vor dem Besuch drücken. Dank der klaren Ansage vom Chef war das dieses Mal leider unmöglich.

Bereits beim ersten Läuten öffnete Doktor Tremmel, bekleidet mit einem weißen Arztkittel, und begrüßte die beiden Kommissare in seiner typisch hochnäsigen Art. »Ja, die Kollegen aus dem Rottal sind auch schon da.«

Grad dass er nicht gesagt hat »die Kollegen aus der Provinz«, ärgerte sich Thomas still über den unsympathischen Mediziner.

»Wir sind fast nach Passau geflogen«, übertrieb Mandy und gab ihm ihre Hand. Jetzt sah sich Thomas zu seinem Bedauern genötigt, ihm ebenfalls die Hand zu reichen.

»Dann schauen wir uns den Toten doch schnell an«, schlug Doktor Tremmel vor und bat die Polizisten ins Gebäude. Das Wort »schnell« gab Thomas die Hoffnung, dass der Termin tatsächlich nicht allzu lange dauern würde.

Schon beim Betreten des schmucklosen Funktionsgebäudes stieg ihm dieser eigenartige Geruch von einer Mischung aus Desinfektionsmittel und vergammeltem Kühlschrank in die Nase. Dabei stellte es ihm jedes Mal die Nackenhaare auf.

Die Leiche von Doktor Rausch lag bereits auf einem Tisch in der Mitte des Sektionssaals.

Als Tremmel das weiße Leintuch lüftete, das den Toten bedeckte, vermied es Thomas, seinem ehemaligen Lehrer ins Gesicht zu schauen.

»Wie ich schon im Obduktionsbericht geschrieben habe, ist er durch einen spitzen, sehr harten, an den Seiten aber stumpfen Gegenstand gestorben«, begann Doktor Tremmel seine Ausführungen und zeigte auf die Wunde, die auf der linken Seite des Halses klar zu erkennen war. »Seine Hände weisen keine Abwehrspuren auf. Das deutet darauf hin, dass sich das Opfer nicht gewehrt hat. Offensichtlich wurde er kalt erwischt.«

»Dann können wir also von diesem historischen Brieföffner als Tatwaffe ausgehen?«, mutmaßte Mandy.

»Haben Sie die Maße dieses antiken Stückes recherchiert, Frau Hanke?«, fragte der Arzt zurück.

Mandy überlegte kurz, bevor sie antwortete.

»Der Brieföffner dürfte nach unseren Recherchen vier Zentimeter breit und 18 Zentimeter lang gewesen sein«, schwindelte Mandy, die sich keine Blöße vor dem arroganten Mediziner geben wollte. Ein »Haben wir vergessen« hätte garantiert wieder eine herablassende Reaktion mit sich gebracht.

Thomas wunderte sich, woher seine Kollegin diese Info hatte, und sandte einen anerkennenden Blick in Richtung Mandy.

»Das kommt hin. Dann dürfte der Brieföffner mit an Sicherheit grenzender Wahrscheinlichkeit die Tatwaffe sein«, bestätigte Doktor Tremmel.

»Und wie hoch ist aus Ihrer Sicht die Wahrscheinlichkeit, dass der Täter Blutspritzer abbekommen hat?«, bohrte Mandy nach, während sich Thomas diplomatisch zurückhielt.

»Der Täter dürfte frontal zu seinem Opfer gestanden haben. Ich würde meinen, sehr hoch, um die 90 Prozent etwa, aber definitiv kann ich es Ihnen nicht sagen. Was ich aber ganz sicher sagen kann, ist, dass der Täter Rechtshänder war«, führte Doktor Tremmel aus.

»Das ist aber eine neue Erkenntnis, davon habe ich im Obduktionsbericht nichts gelesen«, wunderte sich Mandy.

»Ja, stimmt, das ist mir heute erst aufgefallen«, gab der Rechtsmediziner kleinlaut zu.

Mandy und Thomas blickten sich vielsagend an. Thomas genoss mit großer Genugtuung, dass Götter in Weiß wie Doktor Tremmel auch Fehler machen konnten. Auf eine dementsprechende Bemerkung verzichtete er allerdings, um den Mediziner nicht zu reizen und um den Termin nicht unnötig in die Länge zu ziehen.

»Position und Verlauf der Wunde am Hals deuten mit größter Wahrscheinlichkeit auf einen Rechtshänder als Täter hin«, bekräftigte Doktor Tremmel seine Aussage nochmals.

Jetzt konnte sich Thomas eine erste Bemerkung nicht verkneifen. »Ein Linkshänder wär mir lieber g'wesen, da ungefähr 90 Prozent der Menschen Rechtshänder sind.«

»Das ist leider kein Wunschkonzert, Herr Huber«, bemerkte Doktor Tremmel lapidar.

»Hat der Täter eine große Kraftanstrengung ausüben müssen?«, fragte Mandy als Nächstes.

»Nein, hat er nicht, der Gegenstand war so spitz, dass ich auch eine zierliche Frau als Täterin nicht ausschließen kann. So und jetzt, denke ich, ist alles gesagt, das Weitere steht sehr ausführlich im Obduktionsbericht. Ich habe noch zu tun«, kündigte Doktor Tremmel an und bat die Pfarrkirchner Ermittler nach draußen.

Thomas war erleichtert, als er zusammen mit seiner Kollegin das Gebäude der Rechtsmedizin verlassen und wieder frische Luft schnuppern konnte. »Ich hab gar ned g'wusst, dass ein Doktor Tremmel auch Fehler machen kann.«

»Fehler kann man begehen, wie man will, nur mache man sie nicht größer, als sie sind‹«, philosophierte Mandy.

»Sagt Kiermeier.«

»Nein, Goethe!«

»Streberin! Ich hab auch noch gar ned g'wusst, dass du die Maße des Brieföffners recherchiert hast«, wollte Thomas seine Kollegin loben.

»Habe ich auch nicht, ich habe nur geschätzt«, gab Mandy zu.

»Dann hast du quasi g'schwindelt«, stellte Thomas verwundert fest.

»I hab vo dir scho ganz sche was g'lernt«, grinste Mandy, die sich bemühte, Bayerisch zu sprechen.

»Du wirst ja immer besser«, freute sich das Pfarrkirchner Urgestein.

»Und ich freue mich jetzt auf den Feierabend.«

»Ich auch, und ich bin froh, dass nicht jeder Tag so stressig ist wie heute.«

»Es kommen auch wieder andere Tage, mein Lieber.«

Doch Thomas und Mandy wussten zu diesem Zeitpunkt noch nicht, dass nach Feierabend noch die ein oder andere Überraschung auf sie wartete.

FÜNFZEHN

An diesem Montag hatte Helmut Drexler seinen freien Tag, den er voller Vorfreude nutzte, um sich ein neues Rennrad in seinem Lieblingsfahrradladen in der Äußeren Simbacher Straße zu gönnen. Obwohl sich der Preis im vierstelligen Bereich bewegte, investierte er dieses Geld, ohne zu zögern. Bisher hatte er nur ein Treckingrad, mit welchem er bei den Ausfahrten mit der sportlichen Mandy kaum mithalten konnte.

Passend zum Fahrrad hatte er sich sogar ein neues Outfit besorgt, mit dem er Mandy zusätzlich beeindrucken wollte.

Der alleinstehende Banker sah in diesem Rennrad nicht nur eine Freizeitbeschäftigung, sondern auch eine sinnvolle Investition in seine Zukunft. Er kannte Mandy nun schon über ein Jahr, hatte mit ihr bereits einige Fahrradtouren unternommen, aber nähergekommen waren sich die beiden dennoch nicht.

Dabei konnte er sich noch genau an ihre erste Begegnung erinnern. Im Sommer letzten Jahres hatte er sie zum ersten Mal am Pfarrkirchner Stadtplatz zusammen mit seinem besten Freund Thomas Huber gesehen und war sofort hin und weg gewesen. Helmut konnte nicht verstehen, wieso Thomas anfangs mit seiner schönen neuen Kollegin nicht zurechtgekommen war. Der hatte sie als vorlaut und penibel bezeichnet. Dass sich die Zusammenarbeit der beiden später deutlich zum Positiven verändert hatte, verunsicherte ihn allerdings. Er wusste nicht, ob da nicht mehr als nur gute Zusammenarbeit auf beruflicher Ebene war. Vor allem seit sich Thomas und seine Frau Marion getrennt hatten. Was er allerdings wusste, war, dass er selbst mehr von ihr wollte als gelegentliche Fahrradtouren.

Besonders gerne erinnerte er sich an die erste Ausfahrt, die sie miteinander unternommen hatten. Er hatte sie zufällig in der Nähe des Rottauensees getroffen. Nie würde er vergessen, wie begeistert sie von seiner Führung durch das Massinger Freilichtmuseum gewesen war. Deswegen hatte er sich auch danach immer ein kulturelles Highlight und eine Einkehrmöglichkeit bei den gemeinsamen Touren ausgesucht. Jedes Mal informierte er sich schon vorher

darüber, damit er viel von den niederbayerischen Sehenswürdigkeiten berichten konnte. Aber anscheinend war sie
mehr von diesen kulturellen Kleinoden in der Region zwischen Rott und Inn begeistert als von ihm. Es war immer
er, der den Kontakt mit ihr suchte. So wie eben auch heute.

Er freute sich zwar immer, wenn sie zusagte, aber es
würde ihm noch deutlich besser gefallen, wenn sie von sich
aus auf ihn zukäme. Mit einer Partnerschaft, nach der er
sich so sehr sehnte, hatte Helmut in seinem Leben bisher
noch kein Glück gehabt. Schon in der Schule hatten sich
die interessanten Mädchen anderen Jungs zugewandt. Das
hatte sich auch im Berufsleben nicht geändert. In der Regel
war er für das andere Geschlecht der kumpelhafte Typ,
mit dem man gut reden konnte, mehr nicht. Jetzt hoffte er
inständig, dass es mit Mandy anders werden würde. Aber
natürlich wollte er nicht mit der Tür ins Haus fallen, sondern den magischen Moment abwarten, der sich leider bis
dahin noch nicht ergeben hatte. Allerdings hatte er auch ein
wenig Angst vor einer weiteren Niederlage. Ihre Freund-
schaft wollte er definitiv nicht aufs Spiel setzen. Die Ausflüge und Gespräche mit Mandy waren zu einer absoluten
Bereicherung in seinem Leben geworden.

Mit diesen Gedanken im Kopf fuhr Helmut auf seinem
funkelnagelneuen Rennrad und dem dazu passenden Outfit zu Mandys Wohnung in die Pflegstraße, in unmittelbarer Nähe des Pfarrkirchner Stadtplatzes.

»Wow, Helmut, du hast dir ein neues Rennrad gekauft?«,
begrüßte Mandy ihren Begleiter. Ihre hübschen Augen
wurden noch größer.

»Damit ich besser mit dir mithalten kann«, antwortete
der Banker stolz.

»Dann könnten wir heute mal ein wenig bergauf und

bergab fahren«, hoffte die sportliche Polizistin. Bisher waren ihre Ausfahrten auf eher flachem Gelände verlaufen, damit sich Helmut nicht verausgaben musste.

»Das können wir gern machen. Ich hab schon eine Tour ausg'sucht«, erwiderte Helmut mit breiter Brust.

»Das dachte ich mir. Wo geht's heute hin?«

»Wir fahren nach Kößlarn, da wird es ziemlich bergig. In dem kleinen Markt zeig ich dir wieder eine Sehenswürdigkeit, und außerdem können wir dort zu Abend essen.«

»Da freue ich mich schon.« Mandy klang so ehrlich, wie sie es meinte.

Wie immer fuhr Helmut voraus und bestimmte die Strecke. Anstatt jedoch über Triftern nach Kößlarn zu radeln, fuhren sie über Anzenkirchen, Lengsham und Asenham.

Die Straße nach Triftern würde zu nah an Thomas' Sacherl vorbeiführen. Und weder Mandy noch Helmut hatten Interesse daran, dass Thomas sie gemeinsam erspähte.

Der erste Teil nach Anzenkirchen war sehr flach, sodass sie schnell in dem Ort waren, in dem vor wenigen Jahren das Hochwasser neben Simbach am Inn und Triftern eine Schneise der Verwüstung verursacht hatte. Anschließend wurde es bergig und Helmut kam, im Gegensatz zu Mandy, trotz seines neuen Rades arg ins Schnaufen. Besonders der lang gezogene Berg hinter Asenham hatte es in sich. Helmut musste all seine Kräfte mobilisieren, um sein Rad nicht schieben zu müssen. Wenig später erreichten die beiden ihr Ziel.

»Zuerst Kultur und dann Kulinarik!«, schlug Helmut vor, nachdem sie ihre Fahrräder vor dem Rathaus des kleinen schmucken Kößlarner Marktplatzes abgestellt hatten.

»Kößlarn ist einer der ältesten Wallfahrtsorte in Bayern, noch älter als Altötting zum Beispiel«, erklärte er.

Mandy war ganz Ohr. »Das klingt interessant.«

Helmut wandte sich lächelnd Mandy zu und dirigierte sie in Richtung Kirche.

Natürlich hatte er vorher im Internet recherchiert und gab seine neu gewonnene Erkenntnisse vor Mandy zum Besten. »Hier haben wir eine Kirchenburg oder Wehrkirche vor uns, eine absolute Seltenheit in Deutschland. Das Gotteshaus ist komplett von einer Mauer umgeben. Sie ist im 15. Jahrhundert errichtet worden.«

Mandy staunte nicht schlecht, als sie während eines Rundgangs um die Wallfahrtskirche die einzigartige Anlage betrachtete. Aber auch das Innere der im spätgotischen Stil errichteten Kirche gefiel der Thüringerin außerordentlich. Helmut zeigte ihr auch den Votivraum, in dem sich das Prunkstück des Kößlarner Gotteshauses befand, die gotische Silbermadonna aus dem Jahr 1488.

»Ja, da hast du wieder eine ganz besondere kulturelle Attraktion für mich herausgesucht«, lobte Mandy ihren niederbayerischen Fremdenführer.

»Das freut mich, dass es dir gefällt. Jetzt haben wir uns eine Stärkung verdient«, behauptete Helmut und zeigte auf ein Gebäude, das sich wenige Meter von der Kirche entfernt befand.

Es war das ehemalige Gasthaus »Weißbräu«, welches mittlerweile das »Ristorante-Pizzeria Cipollino« beherbergte.

Sie nahmen auf der Terrasse der Pizzeria Platz und studierten die Speisekarte. Nachdem sich Mandy einen Salat mit Meeresfrüchten bestellt hatte, schloss sich Helmut seiner Begleiterin an.

»Im hinteren Teil des Gebäudes wird immer noch das spezielle Kößlarner Weißbier 'braut«, fuhr er mit seinen Ortskenntnissen fort.

»Dann sollten wir das doch auch mal probieren. Wir werden schon noch nach Hause finden, oder?«, fragte Mandy grinsend.

»Mit mir findest du immer nach Hause«, ging Helmut auf Mandys Scherz ein, wurde sogar etwas rot dabei.

Gleich darauf bestellte er zwei Weißbiere. Helmut wusste, dass er in Mandy eine willige Zuhörerin gefunden hatte, wenn es um die bayerische Kultur ging. Deswegen gab er weiterhin sein Wissen zum Besten. »Hier findet übrigens jeden Donnerstag in einer alten Lagerhaushalle ein besonderer Bauernmarkt statt.«

»Das klingt ja interessant. Was kann man da kaufen?«

»Schafskäse, Bio-Gemüse, selbst gemachtes Brot und Kuchen, Marmelade, Nudeln, geräucherte Forellen und vieles, was die Gegend sonst noch zu bieten hat.«

»Dann werde ich an einem freien Tag mal dort einkaufen gehen.«

»Das wirst du nicht bereuen. Als Zugabe wird in der alten Lagerhalle auch noch Volksmusik gespielt.«

»Was du alles weißt«, lobte Mandy ihren Heimatkundler.

»Du musst auch unbedingt mal auf das historische Erntedankfest, das immer am zweiten Septembersonntag g'halten wird, gehen. Das ist das alljährliche Highlight in Kößlarn. Da schlüpfen viele Kinder und Erwachsene in historische Gewänder. Alte Gerätschaften, Pferde, Ziegen, Schafe und Kühe führen sie auch mit. So ziehen sie dann in einer Prozession durch den Ort, um an die harte Bauernarbeit von damals zu erinnern. Das ist ein absoluter Augenschmaus, sag ich dir«, schwärmte Helmut, der schon öfters bei dem Spektakel dabei gewesen war.

Seine Ausführungen wurden von einer Bedienung unterbrochen, die ihnen das bestellte Bier brachte, was Mandy gleich zum Anlass nahm, um Helmut zuzuprosten. »Jetzt trinken wir auf dich und dein heimatkundliches Wissen.« Sie nahm einen Schluck und schloss genießerisch die Augen. »Das schmeckt aber köstlich.«

»Für mich ist dieses Weißbier das beste in unserer Gegend«, stimmte Helmut ihr zu. »Ach, übrigens, wie geht es euch eigentlich mit eurem Mordfall?«

»Wir sind mittendrin in den Ermittlungen, einen dringend Tatverdächtigen haben wir noch nicht ausmachen können, aber du weißt ja, dass ich nicht allzu viel darüber erzählen darf.«

»Ja, ich weiß, aber ich bin doch gefühlt ein ehrenamtlicher Mitarbeiter von euch«, versuchte Helmut Mandy mit einem Augenzwinkern Informationen zu entlocken. »Der Thomas hat mich beauftragt, das Konto vom Rauschi zu checken, das werde ich morgen machen.«

»Das hat er mir diesmal erzählt. Ich finde das sehr nett von dir, dass du uns so unbürokratisch hilfst. Sag mal, Helmut, war der Rausch wirklich so schlimm, wie alle sagen?«

»Zu mir nicht. Ich bin mit ihm gut klargekommen, aber er war halt extrem launisch, spöttisch und auch ziemlich jähzornig. Er und Thomas waren zum Beispiel absolut keine Freunde. Bei jeder Gelegenheit hat der Rauschi versucht, ihn zu demütigen.«

»Und wie hat der Thomas dann reagiert?«

»Er hatte sich immer im Griff, obwohl es sicher nicht leicht war für ihn«, antwortete der ehemalige Musterschüler.

Nachdem sie sich ihr mediterranes Abendessen hatten schmecken lassen, beschlossen die beiden, sich wieder auf den Rückweg zu machen. Schließlich stand für beide morgen ein straffes Programm auf dem Plan.

Als sie vom Gasthaus zu ihren Rädern gingen, nahm Helmut seinen ganzen Mut zusammen und beschloss, Mandy nun endlich zu fragen, ob sie sich mehr vorstellen könne als nur gelegentliche Fahrradausflüge. Er nahm ihre Hand.

Die Reaktion Mandys war allerdings ernüchternd. Schnell machte sie sich von ihm los, schloss ihr Rad auf und sagte: »Du hast recht, Helmut, wir müssen uns beeilen, sonst wird es dunkel.«

Bemüht, sich seine Enttäuschung nicht anmerken zu lassen, setzte Helmut seinen Helm auf und schwang sich auf den Sattel.

Es dämmerte schon, als die beiden diesmal über Bayerbach, Luderbach und Anzenkirchen nach Pfarrkirchen zurückkamen. Vor ihrer Wohnung in der Pflegstraße gab es wie immer eine kurze Umarmung, aber mehr nicht.

SECHZEHN

Thomas' Feierabend verlief ganz anders als der seiner Kollegin Mandy. Nach dem anstrengenden Tag freute er sich schon auf einen ruhigen Abend zu Hause auf seinem Sacherl, welches er mittlerweile sehr liebgewonnen hatte. Zunächst wollte er sich etwas Einfaches zu essen kochen und anschließend den Montagskrimi im ZDF anschauen.

Das Kochen machte ihm ohnehin immer mehr Spaß. Verantwortlich dafür waren Hilde Bernauer und auch Mandy, die ihn regelmäßig mit Rezepten versorgten. Die Zeiten, in denen die beiden Damen ihm am Herd direkte Hilfestellung leisten mussten, waren aber mittlerweile vorbei. Inzwischen kannte er die Sprache der Rezepte und war in der Lage, sie allein umzusetzen.

Eine seiner Lieblingsspeisen waren Kaspressknödel, eine vegetarische Variante der Fleischpfanzerl. Auch an diesem Abend standen sie auf seinem Speiseplan. Dazu sollte es einen frischen Salat mit Tomaten, Gurken und Blattsalat aus dem eigenen Garten geben.

Zunächst schnitt er fünf alte Semmeln in dünne Scheiben. Danach briet er fein geschnittene Zwiebelwürfel in einer Pfanne glasig und löschte sie mit Milch ab. Diese Flüssigkeit schüttete der Hobbykoch über die alten Semmelscheiben, die er in eine Schüssel gelegt hatte, würzte sie ausreichend mit Salz, Pfeffer und Petersilie und schlug ein Ei darüber. Danach gab er noch einen würzigen Bergkäse, den er vorher mit seinem Thermomix zerkleinert hatte, in die Masse und fing mit seinen Händen zu kneten an.

Ausgerechnet jetzt klingelte es an der Tür.

Wer ihn wohl zu dieser späten Stunde besuchen würde? Notdürftig reinigte er seine Hände unter dem Wasserstrahl des Spülbeckens und eilte zur Haustür.

Als er die Tür öffnete, verschlug es ihm die Sprache.

»Marion, du?«, fragte der völlig verblüffte Thomas. Mit seiner Frau, mit der er über drei Jahre verheiratet gewesen war und die ihn vor einem Jahr verlassen hatte, hatte er absolut nicht gerechnet.

»Da staunst du!«, sagte Marion kurz und knapp.

Seit einigen Monaten hatten sich die beiden nicht mehr

gesehen, da sie inzwischen mit dem neuen Mann in ihrem Leben, dem Trabertrainer Georg Schwarz, in Gengham bei Eggenfelden lebte.

»Was willst du?«, stammelte Thomas, der immer noch nicht fassen konnte, dass Marion, von der er noch nicht geschieden war, so mir nichts, dir nichts vor seiner Tür stand.

»Ich war grad in der Gegend und da wollt ich mal sehen, wie es dir so geht. Darf ich reinkommen?«

Thomas war mit der Situation völlig überfordert. Jetzt, wo er die Trennung von ihr überwunden und sein Leben neu geordnet hatte, riss sie gleich beim ersten Zusammentreffen Wunden auf, die er eigentlich als schon verheilt betrachtet hatte. »Ja, von mir aus, dann komm rein. Ich bin grad am Kochen«, erklärte er noch mit dem Rest seiner Knödelmasse an den Händen.

»Was machst du?«, entfuhr es Marion, die glaubte, sich verhört zu haben. Thomas hatte sich während ihrer Ehe absolut nicht an Tätigkeiten im Haushalt beteiligt.

»Ja, du hast richtig g'hört. Ich koch grad Kaspressknödel. Magst du auch welche? Es sind g'nug da«, bot der Hobbykoch an.

»Ja gern, ich habe heut eh noch nicht zu Abend g'essen. Ich kann das immer noch nicht fassen. Dann bist du ja ein richtiger Hausmann 'worden?«, wunderte sich die Noch-Ehefrau.

»Zwangsweise, Marion. Dank der Hilde hab ich im Haushalt einiges g'lernt«, offenbarte Thomas, der Mandys Unterstützung vorsorglich nicht erwähnte.

Die beiden gingen in die Küche und Thomas knetete an seiner Knödelmasse weiter.

»Kann ich dir bei irgendwas helfen?«

»Nachher. Ich leg die Knödel noch in die Pfann und dann kannst du beim Salat mithelfen, wenn du willst.«

Die Situation war für die beiden sehr verrückt. Marion hatte sich während ihrer Ehe immer so sehr ein gemeinsames Kochen gewünscht.

Während die vegetarischen Pflanzerl auf kleiner Flamme in der Pfanne brutzelten, gingen die beiden in den Bauerngarten, um das Gemüse für den Salat zu holen.

Marion war baff, wie gepflegt der Garten war und mit welcher Pracht das Gemüse an den Stauden hing.

»Garteln tust du auch?«, fragte Marion, die aus dem Staunen gar nicht mehr herauskam.

»Ja klar, das macht mir richtigen Spaß, wenn man das eigene Gmias wachsen sieht und dann frisch essen kann.«

Nachdem sie Pflücksalat, Rucolablätter, Tomaten und Gurken geerntet hatten, gingen die beiden wieder in die Küche, in der Thomas die Kaspressknödel wendete. Marion schnitt inzwischen den Salat, während ihr Ehemann ein Honig-Senf-Dressing zubereitete. Wenig später saß das getrennt lebende Ehepaar gemeinsam am gedeckten Tisch und aß zu Abend, fast wir früher.

»Das schmeckt ja hervorragend. Früher wolltest du immer Fleisch zum Essen haben und jetzt isst du vegetarisch«, wunderte sich Marion erneut.

»Fleisch muss nicht immer sein, mir schmecken jetzt auch vegetarische Gerichte«, erklärte Thomas, der den Abend mittlerweile genoss und hoch motiviert war, seiner Noch-Ehefrau zu zeigen, dass sie vor einem Jahr einen großen Fehler begangen hatte, als sie ihn verließ.

»Ich kann es nicht fassen, wie sehr du dich verändert hast, Thomas«, gestand Marion.

»Ich bin immer noch der Thomas von früher, nur dass

ich mich ein wenig weiterentwickelt und ein bisschen was dazug'lernt hab«, erläuterte er bescheiden und hob das Glas Riesling, um mit seiner zukünftigen Ex-Frau anzustoßen.

»Bevor ich es vergess. Ihr werdet jetzt bestimmt im Mordfall von deinem früheren Lieblingslehrer ermitteln. Da hätt ich vielleicht eine Information, über die ihr Bescheid wissen solltet.«

Thomas sah Marion ob der vermeintlichen Enthüllung gespannt an. »Was weißt du?«

»Von mir hast du das aber nicht«, meinte Marion mit verschwörerischem Unterton. »Der Lebensgefährte der Tochter vom Rausch, ein gewisser Felix Laubner, hat zwei mäßig erfolgreiche Rennpferde beim Georg im Training. Dieser Laubner kommt mir ned ganz koscher vor. Er tut immer so großspurig und in Wirklichkeit ist er mit den Unterhaltskosten für die Pferde schon vier Monate im Rückstand.«

»Aha, den Herrn Laubner haben wir bisher noch nicht kennengelernt. Den werden wir überprüfen müssen. Vielen Dank für den Hinweis, Marion.« Thomas nippte zufrieden an seinem Wein. »Weil wir grad beim Finanziellen sind: Wir müssen vor unserer Scheidung noch einiges klären. Zugewinnausgleich und Versorgungsausgleich zum Beispiel.«

»Das müssen wir wohl, aber nicht jetzt. Es ist so ein schöner Abend, den wollen wir uns doch ned von so trockenen Themen vermiesen lassen.«

»Wie du meinst. Wie geht's dir eigentlich in Gengham?«

»Na ja, wie soll ich sagen. Der Georg ist schon sehr nett zu mir, aber das Leben bei ihm hab ich mir doch anders vorg'stellt«, gestand Marion und blickte Thomas dabei tief in die Augen.

»Was meinst du damit?«

»Es dreht sich halt alles um die Pferde und an den Wochenenden sind wir auf den Rennbahnen in ganz Deutschland unterwegs. Am Anfang war es ziemlich spannend, weil Georg auch viele Rennen gewinnt, aber wir haben kaum Zeit für uns«, klagte Marion.

»Du hast doch g'wusst, dass der Georg Trabrennfahrer ist«, hielt ihr der Noch-Ehemann vor.

»Natürlich habe ich das g'wusst, aber dass dieser Beruf ihn so einnimmt, das habe ich nicht g'ahnt. Der hat ja gar keinen freien Tag, Georg arbeitet sieben Tage in der Woche, da kannst du dir vorstellen, wie viel Zeit er für mich hat«, jammerte Marion erneut.

Thomas fand Gefallen an der Situation, in der ihm seine eigene Frau über ihren neuen Partner vorjammerte. Was für eine verkehrte Welt, dachte der Polizist. Vor einem Jahr hätte er diesen Mann noch am liebsten mit seinen eigenen Händen erwürgt und jetzt verteidigte er ihn sogar. Aber er spielte dieses Spiel mit, da er es war, der sich mittlerweile in einer deutlich besseren Position befand. Ihm ging es gut und seiner Marion anscheinend nicht wirklich. Thomas hatte ihr gezeigt, dass er sich ändern konnte, und hatte sie damit ziemlich beeindruckt.

»Du musst ihm viel mehr Zeit geben. Du wirst sehen, er wird schon noch merken, was er an dir hat, und dann wird er sich bestimmt mehr auf dich einlassen.«

»Das kannst du vergessen. Der Georg ist so wahnsinnig ehrgeizig. Heut ist er unter den zehn besten Trabrennfahrern in Deutschland und er will unbedingt unter die ersten drei. Deswegen wird er keinen Renntag auslassen.«

»Aber vielleicht könnte er mehr Personal einstellen, damit er wenigstens zwischen den Renntagen mehr Zeit für dich hat.«

»Ach, Thomas, ich weiß auch ned. Das hätt er doch

schon die ganze Zeit machen können, aber er will ja alles selber tun. Ich weiß auch ned weiter«, stöhnte die Geliebte des Trabertrainers.

»Kommt Zeit, kommt Rat«, philosophierte Thomas billig.

Marion seufzte und streckte langsam ihre rechte Hand über den Tisch aus, um sanft Thomas' Finger zu berühren. »Weißt du, Thomas, ich habe in den letzten Wochen viel nach'dacht und ich bin mir überhaupt nimmer sicher, ob ich damals die richtige Entscheidung 'troffen hab.« Sie sah auf und blickte ihm wieder tief in die Augen. »Und wenn ich jetzt sehe, wie du dich entwickelt hast, dann komme ich immer mehr zur Erkenntnis, dass ich damals überreagiert habe. Wir hatten doch auch schöne Zeiten, oder?«

»Ja, das hatten wir«, bestätigte Thomas leise, zog seine Hand aber dezent zurück.

»Dann lass es uns doch noch mal probieren. Wir wissen jetzt, wie es geht, und außerdem könnten wir uns die Scheidungskosten sparen«, schlug Marion vor, die dabei über ihren Schatten sprang und die Fehler von damals auf ihre Kappe nahm.

Jetzt war Thomas vollends perplex und mit der Situation gänzlich überfordert. In seinem Kopf kreisten die Gedanken wie das Messer in seinem Thermomix. Was sollte er tun? Einerseits hegte er noch Gefühle für seine Ehefrau, andererseits hatte sie ihn damals so sehr verletzt, dass er ihr kaum mehr vertrauen konnte. Und dann gab es noch Mandy und Angela, mit denen er sich jeweils eine – wie auch immer geartete – Zukunft vorstellen konnte. Er dachte an das Zitat von Hermann Hesse: »Und jedem Anfang wohnt ein Zauber inne.« Aber sicher war er sich nicht. Er musste Zeit gewinnen.

»Du überrumpelst mich aber jetzt. Ich bin völlig ratlos

und weiß überhaupt ned mehr, was ich denken soll. Gib mir Zeit, ich muss darüber nachdenken«, bat Thomas sichtlich mitgenommen.

Marion nickte und stand auf. »Gut, dann geh ich jetzt und du denkst nach. Meine Handynummer wirst du ja noch haben.«

Sie ging zur Tür, drehte sich aber noch einmal um und umarmte ihren verwirrten Ehemann sehr innig.

»Überleg es dir gut«, flüsterte sie.

»Ja, das mach ich.«

An der Haustür wandte sich Marion noch mal um. »Eines hätte ich beinahe noch vergessen zu fragen. Sind der Helmut und deine Kollegin, die Mandy, jetzt ein Paar?«

»Wie kommst du denn da drauf?«, entgegnete Thomas erstaunt.

»Ich war gerade in Kößlarn und hab die beiden mitei nander radeln g'sehen.«

»Ned dass ich wüsst«, stammelte Thomas, während Marion zum Auto ging und fortfuhr.

Das gibt es ja nicht. Jetzt werde ich schon wieder ange-logen und hintergangen und zwar von meiner Kollegin und von meinem besten Freund, durchfuhr es Thomas in dunklen Gedanken. Die Mandy sprach von einer Nach-barin, mit der sie radeln wollte, und Helmut hatte ihm auch nicht gesagt, dass er sich mit seiner Kollegin treffen würde. Jetzt war für ihn klar, dass er heute Nacht kein Auge zubringen würde. Seine Frau hatte ihm gerade ein »unmo-ralisches« Angebot gemacht und die ihm am nächsten ste-henden Menschen hatten ihn hintergangen. Vor allem von Mandy war er enttäuscht. Von der Frau, mit der er sich zuletzt so gut verstanden hatte. Es erinnerte ihn an die

Zeit, als ihn Marion mit dem Trabertrainer betrogen hatte. Welche Überraschungen würden in seinem Leben noch auf ihn warten?

SIEBZEHN

Dienstag

Wie Thomas es befürchtet hatte, konnte er in dieser Nacht nicht schlafen, zu sehr war er mit der Aufarbeitung des Abends beschäftigt. Die Augenringe in seinem Gesicht waren am nächsten Morgen von Weitem erkennbar. Mandy war die Erste, die seine schlechte Laune zu spüren bekam, als Thomas beim Betreten des Büros nur ein leises, unpersönliches »Morgen« herauspresste. Dann setzte er sich auf seinen Schreibtischstuhl, schaltete den Computer ein und starrte auf den Bildschirm.

Zunächst sah er nach, ob der Lebensgefährte von Sara Rausch vorbestraft war. Wenige Mausklicks später stellte Thomas fest, dass Felix Laubner tatsächlich wegen Betrugs verurteilt worden war. Er hatte mehrere Kunden mit einer Anlage, die einem Schneeballsystem glich, geprellt.

Mandy unterbrach die schwere Stille im Raum. »Welche Laus ist denn dir über die Leber gelaufen?«

Als Thomas auf die Frage nicht reagierte, setzte sie noch einen darauf. »Du bist ja launischer als eine Opern-Diva.«

»Das ist doch kein Wunder, wenn man ständig hintergangen und belogen wird«, rechtfertigte sich Thomas.

Mandy war sich keiner Schuld bewusst. »Wer belügt oder hintergeht dich denn?«

»Du zum Beispiel.«

»Was, ich?«, empörte sich Mandy.

Thomas platzte langsam der Kragen. »Ja, du, oder seit wann heißt deine Nachbarin Helmut?!«

Mandy wurde blass im Gesicht. Thomas hatte es irgendwie geschafft, hinter ihre Notlüge zu kommen. Es dauerte aber nicht lange, bis sie sich einigermaßen gefasst hatte und ihrerseits in die Offensive ging. »Solche Notlügen lerne ich doch nur von dir!«

»Was, von mir?«, erzürnte sich Thomas und richtete sich kerzengerade in seinem Bürosessel auf.

»Ja, von dir, ich möchte dich nur an deine Lüge an Kiermeier wegen des Handys erinnern.«

»Das ist doch ganz was anderes!«

»Nein, Lüge ist Lüge.«

»Es ist doch ein Unterschied, ob ich den Kiermeier spontan anschwindle oder ob du hinter meinem Rücken mit meinem besten Freund rummachst.«

»Jetzt reicht es mir, ich habe mit Helmut nicht rumgemacht, ich habe lediglich eine Fahrradtour mit ihm unternommen, mehr nicht.«

»Und warum sagst du mir nicht, dass du mit ihm radelst, sondern lügst mich an und erzählst mir irgendeine Story von deiner Nachbarin?«

»Weil du dann bestimmt lästige Fragen gestellt hättest,

die ich vermeiden wollte, sonst nichts«, rechtfertigte sich Mandy.

»Du weißt, dass ich im letzten Jahr von meiner Frau mehrfach belogen und hintergangen worden bin, und du kannst dich ganz bestimmt erinnern, wie ich gelitten habe, und jetzt machst du das Gleiche. Du musst dir merken: Pfarrkirchen ist ein Dorf, da gibt es fast keine Geheimnisse, da kommt alles irgendwann raus.«

In diesem Moment betrat Karl Auer das Büro der beiden Ermittler. Ein Blick in die Gesichter und er merkte sofort, dass die Stimmung im Keller war. »Ich fürchte, ich komm grad ungelegen, aber ihr sollt gleich beim Chef erscheinen. Heut ist er wieder b'sonders gut drauf.«

Am Besprechungstisch in Josef Kiermeiers Büro erwartete ebendieser die beiden schon. Stefan Wegerer und Karl Auer vervollständigten die Runde.

»Guten Morgen zusammen. Ich brauch euch nicht zu erzählen, dass der Mord an Doktor Rausch das Gesprächsthema in der Stadt ist. Der war ja bekannt wie ein bunter Hund und dementsprechend stehen wir im Fokus. Genau wie vor einem Jahr beim Staudinger-Fall. Dazu gibt es übrigens erstaunliche Parallelen. Das Opfer wurde an seinem Arbeitsplatz erstochen aufgefunden. Die Tatwaffe fehlt und wir können wie damals von einer Tat im Affekt ausgehen. Ihr habt keine Vorstellung, wie viele Anrufe ich jeden Tag bekomme. Also, Leute, wir brauchen dringend Ergebnisse«, appellierte der Polizeichef an seine Mitarbeiter.

»Wir haben gestern ...«, wollte Thomas von den Ermittlungen berichten, als ihn Kiermeier gleich unterbrach.

»Bevor ich es vergesse, Herr Huber. Ich soll Ihnen von meiner Nachbarin einen schönen Gruß ausrichten.«

»Von Ihrer Nachbarin? Ich weiß jetzt ned, wen Sie meinen«, fragte der ahnungslose Thomas.

»Von der Hildegard Rohrmoser. Sie haben sie doch gestern kennengelernt.«

Thomas schluckte und brachte kein Wort heraus, im Gegensatz zu Kiermeier.

»Sie hat sich bei mir erkundigt, ob uns das Handy, das sie gefunden hat, bei den Ermittlungen weitergeholfen hat.«

Alle Blicke waren auf Thomas gerichtet. Er wusste nicht, wo er hinschauen sollte. Wenn sich irgendwo ein Spalt im Boden aufgetan hätte, er wäre sofort hineingesprungen.

»Von wegen, Sie hatten eine Eingebung. Glück hatten Sie, sonst nichts. Wenn meine Nachbarin das Handy nicht gefunden hätte, dann würden Sie immer noch im Dunkeln tappen. Das ist doch das Letzte, was wir in unserer Situation gebrauchen können: dass Sie uns anlügen. Mensch, Huber, Lügen haben kurze Beine und ganz besonders in einer Kleinstadt wie Pfarrkirchen, wo jeder jeden kennt«, setzte Kiermeier noch einen darauf.

Thomas saß da wie ein begossener Pudel und starrte mit leeren Augen auf den Tisch. Er traute sich weder seinem Chef noch Mandy in die Augen zu blicken, zu groß war die Blamage.

»So und jetzt können Sie von den gestrigen Ermittlungen berichten«, forderte Kiermeier auf.

Nachdem Thomas immer noch angeknockt war, sprang Mandy kurzerhand für ihn ein. Sie informierte über die beiden Gespräche mit der Geliebten des Opfers, von der Schlussmacher-WhatsApp und von den noch nicht identifizierten dritten Fingerabdrücken auf dem Handy.

»Ja, dann finden Sie bitte schnell heraus, wem die Fingerabdrücke gehören. Ich kann mir gut vorstellen, dass der

Mörder das Smartphone nach der Tat spontan im Papierkorb entsorgt hat«, vermutete der erfahrene Leiter der Polizeiinspektion.

Mandy erzählte auch von dem Streit zwischen Volker Rausch und Gerhard Berger wegen des Rauswurfs von Berger junior und von den Aussagen des Oberstudienrats, dass sowohl Frau Hiermer als auch Doktor Lehner größere Probleme mit dem ermordeten Direktor gehabt hätten. Auch über das zweifelhafte Alibi von Gerhard Berger wurde Kiermeier von Mandy informiert.

»Es gibt also noch viel zu tun. Dann kann man ja von Glück reden, dass wir keine weiteren Einbrüche gemeldet bekommen haben.«

Thomas, der sich in der Zwischenzeit wieder etwas gesammelt hatte, musste nun wenigstens ein Erfolgserlebnis beisteuern. Er berichtete sehr ausführlich von dem gestrigen Besuch in der Passauer Rechtsmedizin. »Laut Doktor Tremmel ist der Täter ein Rechtshänder.«

»Das stand ja gar nicht in seinem Bericht«, wunderte sich Kiermeier.

»Das hat er vergessen, hat er g'sagt«, berichtete Thomas mit großer Genugtuung.

»Sehen Sie, der persönliche Kontakt mit der Rechtsmedizin zahlt sich doch immer aus«, belehrte Kiermeier.

Thomas dagegen hatte dies gerade nicht von seinem Vorgesetzten hören wollen. Um nicht näher darauf eingehen zu müssen, sprach er gleich sein nächstes Thema an: »Wir müssen noch unbedingt den Lebensgefährten der Tochter, Felix Laubner, überprüfen. Der ist nämlich wegen Betrugs vorbestraft.«

»Sehr gut, Herr Huber, dann fühlen Sie dem Mann mal auf den Zahn. Wenn jemand schon mal kriminelle Energie gezeigt hat, ist er vor weiteren Straftaten nicht gefeit«, motivierte Kiermeier. »Weiß jemand, wann die Beerdigung ist?«

»Nein, wir haben noch nichts gehört«, antwortete Mandy.

»Dann fragt mal bei der Tochter oder bei dem Lebensgefährten nach. Ihr wisst ja, dass man bei einer Beerdigung immer wieder Ermittlungserkenntnisse gewinnen kann. Übrigens, hat die Hausdurchsuchung beim Rausch was gebracht?«

Mandy schüttelte bedauernd den Kopf. »Auf den ersten Blick haben wir nichts gefunden, wir haben seinen privaten Laptop mitgenommen und erhoffen uns daraus neue Erkenntnisse.«

»Und, Herr Wegerer, haben Sie den Laptop schon geknackt?«

»Da bin ich dran«, bestätigte der angesprochene IT-Spezialist.

»Gut, dann machen Sie sich gleich wieder an die Arbeit«, sagte Kiermeier und löste die Besprechung damit auf.

Mandy kannte ihren Kollegen mittlerweile schon so gut, dass sie ihn auf die anfängliche Standpauke Kiermeiers gar nicht mehr anzusprechen brauchte. Sie war froh, dass sie am Vormittag getrennt ermitteln würden und sie den miesepetrigen Thomas nicht am Hals hatte.

»Wir bleiben dabei, du sprichst jetzt mit Doktor Lehner und ich fahr zur Frau Hiermer, oder?«, präzisierte Mandy nochmals ihr Vorhaben.

»So wie vereinbart«, war Thomas' knappe Antwort.

»Und am Nachmittag fahren wir dann zum Laubner?«, bot Mandy an. Sie verkniff sich jedoch die Frage, wie Thomas an die Info über Laubner gekommen war. Das reichte auch später noch, vorausgesetzt, seine Laune besserte sich. Mandy hatte heute definitiv keine Lust auf einen Streit.

»Können wir machen, aber den Berger junior dürfen wir auch nicht vergessen«, rief Thomas ihr ins Gedächtnis, bevor er sich auf den Weg zurück in sein Büro machte.

ACHTZEHN

An eine größere Demütigung als heute Morgen konnte sich Thomas in seinem Berufsleben nicht erinnern. Wenigstens hatte er zum Ende des Gesprächs mit der Erwähnung der Vorbestrafung Felix Laubners einen konstruktiven Beitrag vorbringen können. Aber die Schmach, von seinem Vorgesetzten vor seinen Kollegen so vorgeführt worden zu sein, war groß. Er war froh, dass er alleine im Büro saß. Mandy war bereits zu Angela Hiermer unterwegs. Thomas musste sich noch einige Minuten sammeln, bevor er zu seinem ehemaligen Lehrer Doktor Lehner fuhr.

Seine Stimmung hellte sich merklich auf, als er seine E-Mails checkte. In seinem Posteingang befand sich eine Nachricht von Angela.

»Lieber Thomas, hättest du heute Abend Zeit und Lust auf eine kleine Biker-Tour inklusive Biergartenbesuch? Liebe Grüße Angela.«

Jetzt war der junge Kripobeamte so richtig in der Zwickmühle.

Von seinem Chef durfte er sich keine weitere Rüge einhandeln und private Treffen mit einer Zeugin oder sogar einer Verdächtigen während einer Mordermittlung würden in jedem Fall Konsequenzen nach sich ziehen, dessen war er sich bewusst. Auf der anderen Seite fragte er sich, welcher Mann so einer Klassefrau widerstehen konnte? Er beschloss, die Entscheidung zu vertagen, zumal er Angela jetzt sowieso nicht anrufen konnte, da Mandy vermutlich bereits bei ihr war.

Und das war das nächste Problem. Er wollte seine Kollegin nicht mehr weiter anlügen, aber wenn er sich mit Angela treffen würde, dürfte sie davon auf keinen Fall etwas erfahren.

Angela Hiermer war auf vielen der Fotos, die während der freitäglichen Lesung gemacht worden waren, zu sehen. So war es für Mandy ein Leichtes gewesen, sich ein Bild herauszusuchen, auf der die Abendrobe der stellvertretenden Direktorin deutlich zu erkennen war. Sie musste zugeben, dass die Lehrerin im kleinen Schwarzen und mit ihren blonden Haaren die auffälligste Erscheinung unter dem anwesenden Publikum gewesen war. Auf dem roten Teppich irgendeiner Promi-Feier hätte sie damit sicher auch eine gute Figur gemacht.

Mandy überließ es Hilde, ein Treffen mit Frau Hiermer zu vereinbaren. Vorher hatte sie der kaufmännischen Angestellten noch eingeschärft, dass die Unterredung dringend zeitnah stattfinden müsse.

Und da auf Hilde, das Faktotum der Pfarrkirchner Polizeiinspektion, immer Verlass war, hatte sie unverzüglich einen Termin bei Frau Hiermer organisiert und auch gleich die Adresse parat, sodass sich Mandy sofort auf den Weg machen konnte.

An diesem Dienstagvormittag war es kein Problem, mit dem Dienstwagen einen Parkplatz direkt vor dem Haus am Hopfenberg zu finden, in dem sich die Wohnung der stellvertretenden Schulleiterin befand.

Über die Sprechanlage kündigte Mandy ihren Besuch an. Angela Hiermer empfing die Kommissarin in einem blauen Trainingsanzug vor ihrer Wohnungstür im zweiten Stock.

»Guten Tag, Frau … äh, Hanke! Habe ich das richtig in Erinnerung? Haben Sie heute Ihren sympathischen Kollegen nicht dabei? Ihre Sekretärin hatte es sehr eilig mit der Unterredung.«

»Hanke ist korrekt«, sagte Mandy nur. Auf Thomas wollte sie nicht näher eingehen.

»Es ist nicht schwer zu erraten, dass Sie wieder wegen dieser schrecklichen Tat an Direktor Rausch mit mir sprechen wollen. Kommen Sie, ich habe uns im Wohnzimmer einen Tee vorbereitet.« Damit führte die Lehrerin Mandy durch die Küche mit dunkelgrauen Schränken und einem weiß gefliesten Boden in das Esszimmer, das nur durch eine Theke von der Küchenzeile getrennt war. Hier war die Farbverteilung umgedreht. Die in Weiß gehaltene Sitzgarnitur und die ebenfalls weiße Anrichte standen auf einem anthrazitfarbenen Parkettboden. Eine breite Tür öffnete das Esszimmer hin zu einem Raum mit Couchgarnitur. In der Ecke stand ein kleiner Schreibtisch. Auch hier dominierten die Farben Grau und Weiß. Verschiedene Pflanzen sorgten für strategisch gut verteilte grüne Farbkleckse.

Geschmackvoll, aber etwas zu kühl und steril, urteilte Mandy im Stillen, als sie sich auf den ihr von Angela Hiermer angebotenen Sessel im Wohnzimmer setzte. Frau Hiermer ließ sich ihr gegenüber auf dem breiten Sofa nieder. Auf dem niedrigen Glastisch vor der granitfarbenen Sitzgruppe standen zwei Tassen und eine Teekanne von Alessi.

»Danke für den Tee, aber während der Dienstzeit nehme ich nichts zu mir.« Mandy wollte die Begegnung mit der stellvertretenden Schulleiterin auf einer förmlichen Ebene belassen. Als die Hiermer ihre Teetasse mit der rechten Hand aufgriff, erübrigte sich für Mandy die Frage, ob diese Rechtshänderin sei.

»Alkohol würde ich verstehen, aber Tee …« Etwas indigniert schüttelte die Lehrerin den Kopf.

Wie Mandy sah sich Thomas ebenfalls die Fotos der Buchvorstellung durch, bevor er aufbrach.

Er suchte eine Aufnahme heraus, auf der Doktor Lehner zu sehen war, und prägte sich das grau-weiß gestreifte kurzärmlige Hemd gut ein, das der Pädagoge an diesem Abend angehabt hatte. Auch das Fingerabdruckset vergaß er nicht.

Da Mandy mit dem Dienstwagen unterwegs war, lieh er sich einen Streifenwagen aus. Während der Fahrt zu Doktor Lehner in die Sankt-Nikolaus-Straße dachte er an seine Schulzeit zurück.

Mit dem Schotten war er im Gegensatz zu anderen Lehrern immer gut klargekommen. Er mochte ihn sogar, da er immer fair mit seinen Gymnasiasten umgegangen war. Auch bei schlechten Leistungen hatte der Deutschlehrer den jeweiligen Schüler nicht vor der Klasse gedemütigt, sondern ihn motiviert, beim nächsten Mal eine bessere Arbeit abzuliefern. Doktor Lehner war sehr fleißig und hatte sich immer gut auf den Unterricht vorbereitet. Seine Methoden und vor allem seine ausgeprägte Sparsamkeit waren oft grenzwertig, aber trotzdem hatte er einen guten Ruf am Gymnasium. Thomas erinnerte sich noch an die Wandertage, an denen die meisten Klassen mit dem Bus nach Burghausen, Passau oder Landshut fahren durften. Die Klasse von Doktor Lehner hingegen musste sich immer zu Fuß auf den Weg nach Triftern oder Postmünster machen.

Aufgabenblätter fanden bei ihm immer doppelte Verwendung. Die freie Rückseite diente ihm als Notizzettel. Doktor Lehner war damals schon nachhaltig und ressourcenschonend unterwegs, dachte sein ehemaliger Schüler.

Auch was seine Kleidung betraf, war der beliebte Pädagoge auf »Sparmodus« eingestellt. Sein braunes Sakko mit den ausgebeulten Ärmeln war eine Art Markenzeichen von ihm. Auch die Hosen und Hemden, die er besaß, waren leicht an einer Hand abzuzählen. Deswegen wurde Doktor Lehner immer schon von einigen Schülern und Lehrern belächelt, um es milde auszudrücken. Dennoch ließ er sich nie aus der Fassung bringen und ging seinen Weg.

Sein Spitzname »der Schotte« störte ihn überhaupt nicht. Im Gegenteil, es schien, als sei er stolz auf diesen Namen. Die meisten Schüler hatten Respekt vor ihm und mochten ihn, wie auch Thomas, weil er ein herzensguter, hilfsbereiter und feinfühliger Mensch war. Und genau diesen Menschen musste er jetzt verhören und Fingerabdrücke von ihm abnehmen. Es war kein schönes Gefühl für den ehemaligen Schüler.

Doktor Lehner war gerade dabei, die Thujen, die seinen Garten zur Straße hin begrenzten, zu schneiden, als Thomas seinen Streifenwagen vor dem Grundstück des Studiendirektors parkte. Gleich von Weitem erkannte der Polizist, dass sein ehemaliger Lehrer die Heckenschere mit der rechten Hand hielt. Damit gehörte er also leider immer noch zum Kreis der Verdächtigen.

»Guten Morgen, Herr Doktor Lehner, darf ich Sie für ein paar Minuten von Ihrer Gartenarbeit abhalten?«

»Hallo, Herr Huber, natürlich dürfen S' das, ich bin eh schon fast fertig.« Lehner legte seine Heckenschere zur Seite, zog seine Arbeitshandschuhe aus und ging mit dem Polizisten in das bescheidene Reihenhaus. In der kleinen aufgeräumten Küche bot ihm Lehner einen Platz am rustikalen Esstisch an.

»Wie kann ich Ihnen helfen?«, fragte der Pädagoge zu Beginn des Gesprächs.

Thomas wusste nicht recht, wie er anfangen sollte. Er konnte seinem ehemaligen Lehrer gegenüber schlecht mit der Tür ins Haus fallen und ihm gleich die Fingerabdrücke abnehmen.

Also leitete er das Gespräch diplomatisch ein. »Herr Doktor Lehner, Sie können sich gar ned vorstellen, welchen Druck wir derzeit mit dem Mordfall haben. Es gibt ja fast kein anderes Gesprächsthema in Pfarrkirchen momentan. Unser Chef ist schon ziemlich nervös und deswegen müssen wir in alle Richtungen ermitteln«, erläuterte Thomas umständlich.

»Das verstehe ich alles, aber wie kann ich Ihnen dabei helfen?«

»Doktor Rausch war kein einfacher Mensch und vermutlich auch kein einfacher Vorgesetzter. Sie hatten bestimmt auch Ihre Probleme mit ihm, oder?«

»Gut, dass Sie ihn auch kannten. Sie haben schon recht, mit dem Volker war es ganz gewiss nicht einfach. Natürlich hatten wir zwei manchmal unsere Probleme miteinander, aber ich kannte ihn ja schon fast 20 Jahre und konnte seine Macken richtig einordnen.«

»Wie wir gehört haben, ging er Sie öfters vor versammelter Mannschaft ziemlich derb an.«

»Ja, das meinte ich eben vorher. Er hatte immer wieder seine Wutausbrüche, und die bekam fast jeder irgendwann zu spüren. Ich hatte einfach den Vorteil, dass ich Volker schon länger kannte, deswegen berührten mich seine Ausbrüche kaum mehr.«

»Ich weiß noch aus meiner Schulzeit, dass Sie der wesentlich bessere Pädagoge waren. Sie haben sich um alles 'kümmert und der Rausch war zu nichts anderem fähig, als die Schüler zu demütigen und schlaue Reden zu schwingen. Und deswegen hat es damals nicht nur mich g'wundert, dass die Wahl auf den Rausch fiel, als der Posten des Direktors zu besetzen war. Hat Sie das nicht g'wurmt?«

»Das ist schon über zehn Jahre her. Der Volker hatte die besseren Beziehungen und konnte sich besser verkaufen als ich. So ist das Leben, Herr Huber. Das werden Sie vielleicht bei der Polizei auch irgendwann erleben. Damals habe ich mich schon ein wenig geärgert, aber schauen Sie, ich bin ja auch Studiendirektor geworden, und sich ständig ärgern bringt einen auch nicht weiter«, beschwichtigte Doktor Lehner.

Thomas erinnerte sich bei Lehners Worten, dass auch er schon eine berufliche Enttäuschung zu verkraften gehabt hatte. Nach der Pensionierung von Mandys Vorgänger hatte er die große Hoffnung gehegt, zum Leiter der Kripoabteilung aufzusteigen. Augenscheinlich war dieser Traum aber damals nicht in Erfüllung gegangen.

Und deswegen musste er sich nun mit der unangenehmen Aufgabe herumquälen, das Hemd von Herrn Doktor Lehner einzusammeln und dessen Fingerabdrücke zu nehmen. »Wie ich vorher schon erwähnt habe, ist unser Chef ziemlich angespannt«, versuchte Thomas wieder auf den Grund seines Besuchs zurückzukommen, »und hat uns den Auftrag 'geben, von den Mitarbeitern vom Rausch … ähm … Fingerabdrücke zu nehmen.«

»Was, Fingerabdrücke?«, regte Lehner sich wie erwartet auf.

»So könnten wir offiziell ausschließen, dass Sie mit dem Mord irgendwas zu tun haben«, beschwichtigte Thomas.

»Dann machen Sie, ich habe ja nichts zu verbergen«, erklärte der Studiendirektor. Thomas zog das Stempelkissen sowie die Formblätter aus seiner kleinen Ledertasche und nahm seinem ehemaligen Lehrer mit ungutem Gefühl die Fingerabdrücke ab.

»Ein Thema hätt ich noch … Ich bräucht das Hemd, das Sie am Abend der Buchvorstellung getragen haben«, stammelte Thomas, der sich dabei noch unwohler fühlte als ohnehin schon.

Der Studiendirektor riss seine Augen auf und blickte Thomas einige Sekunden lang stumm an. »Was soll das denn, Herr Huber?«, erzürnte er sich.

»Aus ermittlungstaktischen Gründen darf ich dazu nicht mehr sagen«, wich Thomas geschickt aus.

Wenig später überreichte ihm Doktor Lehner das grauweiß gestreifte Hemd, das Thomas vom Foto her kannte. Nachdem er auch die Fingerabdrücke von seinem geschätzten ehemaligen Lehrer auf dem Formblatt hatte, verabschiedete sich Thomas und entschuldigte sich für die Unannehmlichkeiten.

Zur gleichen Zeit war Mandy nicht ganz so peinlich berührt wie ihr Kollege. Ohne größere Umschweife kam sie zum

Kern ihres Besuches. »Nochmals, nein danke, ich möchte keinen Tee! Wir benötigen das von Ihnen in der Tatnacht getragene Kleid für eine kriminaltechnische Untersuchung. Würden Sie es mir bitte aushändigen?«

»Was? Das ist doch nicht Ihr Ernst! Wie ich Ihnen schon gesagt habe, war ich zur angeblichen Tatzeit gar nicht mehr im Gymnasium.«

»Allerdings können Sie für den Beweis Ihrer Abwesenheit kein schlüssiges Alibi vorweisen«, hielt Mandy dagegen.

»Wenn ich nach der Lesung noch länger im Gymnasium verblieben wäre, hätte ich wohl kaum umgezogen um 21.30 Uhr im Biergarten erscheinen können. Das habe ich Ihnen beziehungsweise Ihrem Kollegen doch bereits erklärt. Genügt das nicht?« Die stellvertretende Schulleiterin tat sich offensichtlich schwer mit dem Gedanken, von der Polizei als Verdächtige eingestuft zu werden.

»Ich empfehle Ihnen, uns das Kleid zu übergeben und unsere Ermittlungsarbeiten nicht zu erschweren.« Mandy hatte keine Lust, sich gegenüber der Lehrerin zur polizeilichen Vorgehensweise zu äußern oder sich gar dafür zu entschuldigen. Sie war höflich empfangen worden, aber etwas gefiel ihr nicht an dieser glatten, herablassenden Art.

Mit einer unwirschen Geste stand Angela Hiermer auf und entfernte sich, um nach wenigen Minuten mit einer gefüllten Stofftüte zurückzukommen. Ein kurzer Blick auf den Inhalt genügte Mandy, um sich zu vergewissern, dass es sich dabei um jenes Kleidungsstück handelte, welches auf den Bildern vom Freitagabend zu sehen war.

»Ich hoffe, ich erhalte das Kleid wieder so, wie ich es abgebe. Es war nicht gerade billig!«

»Selbstverständlich. Und wenn es nicht so ist, steht es Ihnen offen, eine Beschwerde einzulegen.« Mandy schenkte

Angela Hiermer ein zuckersüßes Lächeln. Dann beugte sie sich zu ihrer Tasche, entnahm das Gerät zur Fingerabdruckabnahme und legte es auf den Glastisch. »Darüber hinaus sind noch Ihre Fingerabdrücke erforderlich. Wenn Sie sie bitte hier in meinen Scanner eingeben wollen, beginnend mit dem Daumen der rechten Hand.«

»Ich finde es bemerkenswert, mit welcher Hartnäckigkeit Sie versuchen, sich bei mir unbeliebt zu machen«, entfuhr es der Lehrerin, die sich noch nicht wieder auf das Sofa gesetzt hatte.

Jetzt stand auch Mandy wieder auf. »Es ist nicht unser vorrangiges Ziel, uns bei einer Mordermittlung beliebt zu machen. Von einer Beamtin hätte ich mir etwas mehr Verständnis und Kooperationsbereitschaft erwartet.«

»Das hätten Sie auch von mir bekommen, wenn Sie mich nicht völlig unnötigerweise zu den Verdächtigen zählen würden. Für so eine grausame Tat braucht man doch Gründe. Haben Sie das private Umfeld von Doktor Rausch dahingehend untersucht, bevor Sie das Lehrerkollegium ins Visier nehmen?«

»Die Ermittlungsarbeit müssen Sie schon uns überlassen, Frau Hiermer. Würden Sie nun bitte Ihre Abdrücke eingeben.« Mandy nahm den Scanner vom Tisch auf und hielt ihr das Gerät auffordernd hin. Ein eisiger Blick traf die Polizistin, dann drückte die Lehrerin nacheinander ihre Fingerkuppen auf das dafür vorgesehene Feld.

»Vielen Dank, das war doch gar nicht so schwer.« Die Kommissarin konnte sich diese trockene Bemerkung nicht verkneifen. Grundsätzlich aber musste sie sich eingestehen, dass die Widerstände bei der Datenerhebung in Form von Fingerabdrücken durchaus ihre Berechtigung hatten. Zu selten wurden die nicht zielführenden Personendaten nach

Abschluss eines Falles wieder gelöscht. Was man einmal hat, das sollte man auch bewahren. Wer weiß, ob man es nicht noch einmal gebrauchen konnte. Das war die gängige Devise in den meisten Kommissariaten. Hätte sich die stellvertretende Direktorin standhaft geweigert oder ihren Anwalt eingeschaltet, so hätte am Ende wohl ein Richter entscheiden müssen, ob die Verdachtsgründe hier genügten, um den Einsatz des Abdruckscanners zu rechtfertigen.

Mandy konnte also durchaus zufrieden sein, als sie den Rückweg durch Esszimmer und Küche Richtung Ausgang antrat.

Der vorbereitete Tee auf dem Glastisch war unberührt geblieben.

Angela Hiermer folgte der Polizistin schweigend bis zur Wohnungstür. Erst dort fand sie ihre Sprache wieder. »Nach Überprüfung meiner Angaben und dieser lächerlichen Beweisermittlung werden Sie hoffentlich zu dem Ergebnis kommen, dass ich mit dem Tod von Herrn Doktor Rausch nicht das Geringste zu tun habe. Ansonsten kann ich Ihrem Besuch nichts Positives abgewinnen.«

»Das stellt Sie in eine Reihe mit vielen anderen Verdächtigen«, erwiderte Mandy lakonisch und ohne sich umzudrehen.

»Noch etwas!«, rief ihr die aufgebrachte Pädagogin hinterher, »Grüßen Sie Ihren kompetenten Kollegen. In Sachen Freundlichkeit und Zeugenbehandlung können Sie von ihm noch einiges lernen.«

Mandy konnte und wollte darauf nichts mehr antworten, also schied sie grußlos von Angela Hiermer. Streitgespräche wie diese gehörten zu einer Ermittlungsarbeit, das lag in der Natur der Sache. Dennoch hatte sie die Auseinandersetzung mit der stellvertretenden Direktorin stärker genervt als üblich.

Ganz andere Gefühle gegenüber Angela Hiermer hegte Thomas, der schon den ganzen Vormittag über die E-Mail grübelte, die er von Angela bekommen hatte. Jetzt, nachdem er allein im Auto saß, musste er eine Entscheidung treffen. Er musste Angela anrufen. Sich einfach nicht zu melden, war nicht sein Stil. Es bestand aber die Gefahr, dass Mandy immer noch bei ihr war. Dieses Risiko wollte er keinesfalls eingehen.

Deswegen zückte er sein Handy und wählte Mandys Nummer.

»Hallo, Mandy, ich bin jetzt bei Doktor Lehner fertig und wollte dich fragen, ob ich uns zum Mittagessen ein Sandwich mitnehmen soll?«

»Ja, das ist eine gute Idee. Ein Käsesandwich wäre super«, entgegnete Mandy, erfreut, dass sich Thomas wieder gefangen zu haben schien.

»Wo bist du gerade?«

»Ich bin schon im Büro und warte auf dich zum Mittagessen.«

»Alles klar, dann bin ich in einer halben Stunde bei dir«, kündigte Thomas an. Bei Angela war also die Luft rein.

Natürlich hatte er seine Entscheidung längst getroffen. Sollte er etwa so eine Offerte von einer derart interessanten Frau ausschlagen, nur weil er Polizist war? Nein, entschloss sich Thomas. Da würde er sich später maßlos ärgern, wenn er diese Gelegenheit so einfach ziehen ließe, und außerdem konnte er überhaupt keine Anhaltspunkte für einen Verdacht gegen Angela erkennen. Jedoch durfte er auf keinen Fall mit der schönen Motorradfahrerin gesehen werden. Da musste er enorm vorsichtig sein. Mit erhöhtem Puls wählte er ihre Nummer.

»Hallo, Angela, ich bin es, der Thomas.«

»Grüß dich, Thomas! Und? Hast du heute Zeit für eine Spritztour?«

»Ja, schon, das können wir gerne machen.«

»Wo und wann treffen wir uns?«

»Ich würde vorschlagen, um halb sieben vor der Kirche in Triftern, dann brauch ich nicht mehr nach Pfarrkirchen reinfahren. Wenn du einverstanden bist, cruisen wir in Richtung Schärding.«

»Schärding ist wunderschön. Das ist eine gute Idee. Da freue ich mich schon. Übrigens, deine Kollegin war gerade bei mir und hat mich behandelt wie eine Terroristin.«

»Das ist alles halb so wild. Mach dir keine Gedanken, ich erklär dir das heute Abend«, beschwichtigte Thomas.

»Gut, dann bis halb sieben. Ich freu mich«, sagte Angela und beendete das Gespräch. Thomas sah dem Abend gespannt entgegen, obwohl er nicht wusste, ob er das Richtige tat.

NEUNZEHN

»Ein köstliches Käsesandwich für die Frau Kommissarin«, begrüßte Thomas gut gelaunt seine Kollegin und legte ihr den gewünschten Mittagssnack auf ihren Schreibtisch.

»Das ist ein Service. Daran könnte ich mich gewöhnen«, spaßte Mandy. Seine plötzliche Stimmungswandlung nahm sie zwar etwas irritiert, aber erfreut zur Kenntnis, auch wenn sie sich diese nicht erklären konnte. Zumal seine Laune heute Vormittag derart im Keller gewesen war. Sie wollte der Sache auf den Grund gehen.

»Sag mal, Thomas, was hat dein ehemaliger Lehrer mit dir gemacht, dass du wieder so fröhlich bist?«

»Gar nichts, aber Trübsal blasen hilft uns auch nicht weiter«, versuchte Thomas sich zu erklären, ohne in Mandy einen Verdacht zu wecken.

»Wie ist es dir mit ihm ergangen?«

»Es ist schon ziemlich komisch, seinen ehemaligen Lehrer zu verhören, noch dazu, wenn man ihn mochte«, antwortete Thomas und berichtete seiner Kollegin ausführlich von dem Gespräch, während diese sich ihr Mittagessen schmecken ließ.

Dann wollte er aber wissen, ob Mandy etwas gegen seine heutige Verabredung einzubringen hatte. »Wie ist es dir mit Frau Hiermer ergangen?«

»Das war auch ziemlich seltsam. Von Anfang an hatte ich das Gefühl, dass sie lieber mit dir als mit mir gesprochen hätte.«

»Das bildest du dir nur ein.« Thomas machte eine leicht abwehrende Geste mit der Hand.

»Nein, die erste Frage von ihr war, warum du nicht dabei bist, und als Letztes sagte sie, dass ich dir einen schönen Gruß ausrichten soll«, erklärte Mandy, ging dann aber ohne Umschweife dazu über, ihm vom Rest des Gesprächs zu erzählen.

Thomas war froh, dass er bei diesem Gesprächstermin nicht dabei gewesen war. Es wäre ihm sichtlich schwergefallen, ein ernstes dienstliches Gespräch vor dem Hintergrund des aufkommenden privaten Verhältnisses zu führen.

»Hast du das schwarze Kleid von ihr bekommen?«

»Ja natürlich, aber gerne hat sie es mir nicht gegeben«, sagte Mandy, die ihm die Tüte mit der Abendrobe zeigte. »Und beim Thema Fingerabdrücke ist sie kurz ausgerastet.«

»Der Lehner war auch nicht gerade begeistert«, versuchte Thomas jedweden Verdacht von Mandy im Keim zu ersticken. »Ich bringe die Kleidungsstücke und die Fingerabdrücke gleich zum Hartmut in die Kriminaltechnik.«

Mandy war froh, dass ihr Partner anscheinend den Rüffel von heute Vormittag weggesteckt hatte. Trotzdem sprach sie das Thema nicht mehr an. Er würde seine Lehren daraus ziehen, hoffte sie.

»Ach übrigens, ich hab dir noch gar ned erzählt, woher ich die Info über den Laubner hab«, plauderte Thomas mit vollem Mund, während er sein Sandwich verschlang.

»Ja genau, das habe ich mich auch schon gefragt.«

»Da kommst du nie drauf. Meine zukünftige Ex-Frau hat mich kontaktiert und mir mitgeteilt, dass der Laubner zwei Trabrennpferde bei ihrem neuen Lebensgefährten im Training hat.«

»Was? Die Marion hat dich angerufen?«, wunderte sich Mandy.

»Ja«, schwindelte Thomas, der ihr nicht unterbreiten wollte, dass sie persönlich bei ihm gewesen war. Er wollte einfach keine bohrenden Fragen von Mandy beantworten. »Der Typ kommt ihr nicht ganz koscher vor, der tut immer so großspurig, derweil ist er mit den Unterhaltszahlungen für die Pferde schon vier Monate im Rückstand. Ich hab gleich in unserer Datei nachg'schaut und ihn dort tatsächlich g'funden.«

»Dem Laubner werden wir nach dem Mittagessen gleich auf den Zahn fühlen. Warum ist er vorbestraft?«, wollte Mandy genauer wissen.

»Er hat wohl einige Anleger mit dubiosen Geldanlagen 'prellt, so eine Art Schneeballsystem.«

»Ah, ja, da war wohl einer ziemlich gierig.«

»Schaut so aus.«

»Wie geht es denn überhaupt der Marion?« Diese Frage musste ja kommen, dachte Thomas.

»Ich glaube, gut, der Georg ist sehr nett zu ihr, hat sie g'sagt.«

»Nett? Hat sie wirklich ›nett‹ gesagt?«, wunderte sich Mandy.

»Ja, warum?«

»Man sagt doch nicht nett, wenn man verliebt ist. Das hört sich eher nach Desillusion und Enttäuschung an. Das würde auch erklären, warum sie dich angerufen hat«, spekulierte Mandy.

»Ich glaube, sie wollte mir nur den Tipp wegen dem Laubner geben«, schwindelte Thomas.

»Ich finde es toll, dass ihr wieder miteinander redet und keinen Rosenkrieg führt wie so manch anderes getrenntes Paar.«

»Die Scheidung ist noch nicht durch«, unkte Thomas.

Er verschwieg seiner Kollegin lieber, dass Marion wieder zu ihm zurückkehren wollte. Er war sich überhaupt nicht sicher, was er wirklich davon hielt. Thomas spielte auf Zeit und ließ alles auf sich zukommen. Nur nicht zu früh festlegen, mal sehen, was die Zukunft beziehungstechnisch bringt, dachte er.

ZWANZIG

Ein braun gebrannter Schönling mit längeren schwarzen Haaren öffnete die Tür des Hauses von Sara Rausch im Passauer Steinweg. Die beiden Pfarrkirchner Ermittler hatten Glück, denn sie waren ohne Voranmeldung in die Drei-Flüsse-Stadt gefahren. Nachdem sich Mandy und Thomas als Mitarbeiter der Kripo Pfarrkirchen vorgestellt hatten, war der ungefähr 40-Jährige offensichtlich alles andere als erfreut über den unerwarteten Besuch. Fast hätte er den beiden die Tür mit den Worten »Sara ist gerade nicht zu Hause« wieder vor der Nase zugeschlagen. Aber er hatte nicht mit Thomas' Hartnäckigkeit gerechnet.

»Sie müssen Felix Laubner, der Lebensgefährte von Sara Rausch, sein«, vermutete Thomas und stellte sich so in den Türrahmen, dass Laubner keine Chance mehr hatte, diese zu schließen.

»Ja, der bin ich, aber ich kann Ihnen bestimmt nicht weiterhelfen«, entgegnete der Angesprochene.

»Doch, wir hätten ein paar Fragen an Sie. Dürfen wir kurz reinkommen?«, fragte Mandy und machte im selben Moment ebenfalls einen Schritt nach vorne.

»Aber nur kurz, ich habe noch einen Termin«, sagte Laubner. Endlich ließ er die beiden eintreten.

Den Weg zum Wohnzimmer im ersten Stock des Hauses kannten sie schon. Nachdem sie sich gesetzt hatten, begann Thomas mit der heiklen Befragung des Vorbestraften. »Was hatten Sie für ein Verhältnis zum ermordeten Volker Rausch?«

»Eigentlich gar keines. Ich habe vielleicht drei, vier Mal mit ihm gesprochen, immer dann, wenn er Sara in Passau besucht hat, öfter nicht. Die Sara hatte seit der Scheidung ihrer Eltern keinen großen Kontakt mehr zu ihrem Vater, aber das wird sie Ihnen schon selbst gesagt haben«, antwortete Laubner.

»Ja, das stimmt. Wo ist Ihre Lebensgefährtin eigentlich im Moment?«

»Sie ist beim Einkaufen in der Stadt. Wann sie zurückkommt, kann ich Ihnen nicht sagen.«

»Frau Rausch hat uns am Samstag erzählt, dass Sie als selbstständiger Finanzberater hier in Passau arbeiten.«

»Das ist ja nicht verboten, oder?«

»Das ist sicher nicht verboten, aber Sie haben schon mal was Verbotenes gemacht, wenn ich nicht irre?«, provozierte Mandy, wohl wissend, dass sie ihm mit dieser Andeutung keine Freude bereiten würde.

Doch die Reaktion war noch heftiger als befürchtet. »Das gibt's ja nicht! Jetzt werden diese alten Kamellen wieder rausgezogen. Ich habe mal vor Jahren einen Fehler gemacht, für den ich ausgiebig bezahlt habe, und jetzt werfen Sie mir das erneut vor! Was hat das mit dem Tod von Volker zu tun? Ich wurde wegen Betrugs verurteilt und nicht wegen Mordes!«, erzürnte sich der Schönling. Er stand auf und wollte seine Gäste aus dem Haus drängen. »Ich darf dann bitten, meine Herrschaften, mir reicht es.«

»Wenn jemand wegen Betrugs verurteilt ist, dürfte auch das Vertrauen der Anleger g'schwunden sein. Deswegen können wir uns sehr schwer vorstellen, dass Sie als selbstständiger Finanzberater in einer relativ kleinen Stadt wie Passau finanziell überleben können«, bohrte Thomas nach, der allerdings die ausstehenden Unterhaltskosten bei Trabertrainer Georg Schwarz nicht ansprechen konnte. Das hatte er Marion versprochen.

»So, jetzt sag ich ohne meinen Anwalt nichts mehr«, erklärte Laubner erregt und ging zur Tür, gefolgt von den beiden Kommissaren.

»Das ist Ihr gutes Recht, aber dann werden wir Sie in den nächsten Tagen in die Polizeiinspektion nach Pfarrkirchen vorladen, wenn Ihnen das lieber ist«, reagierte Mandy routiniert.

Anscheinend war ihm das nicht lieber. Genervt wollte er wissen, welche Fragen sie denn noch hätten.

»Regen Sie sich bitte nicht weiter auf. Wir fragen das jeden, der in Kontakt mit dem Opfer stand. Wo waren Sie letzten Freitag zwischen 21.00 und 22.00 Uhr?«

»Da war ich bei einem Kunden.«

»Dann bräuchten wir noch Namen und Adresse des Kunden.«

Er überlegte. Man sah ihm deutlich an, wie er mit sich rang. »Nein, jetzt fällt mir ein, das war ja bereits am Donnerstag. Am Freitagabend war ich in Bad Füssing im Spielcasino von ungefähr 20.00 bis 23.00 Uhr«, gab Laubner schließlich an.

»Ich nehme an, Sie sind Rechtshänder, oder?«

»Ja, wie die meisten anderen auch. Das dürfte mich jetzt aber nicht überführen«, antwortete Laubner beleidigt.

Beim Rausgehen erkundigte sich Mandy noch, wo und wann die Beerdigung geplant war. Der Finanzberater teilte ihnen mit, dass die Urnenbeisetzung nächste Woche im engsten Familienkreis in Pfarrkirchen stattfinden würde.

»Der Laubner vertreibt sich die Zeit im Spielcasino, seine zwei Trabrennpferde sind auch nicht sonderlich erfolgreich und kosten Geld, wie die Marion g'sagt hat, und als Vorbestrafter bekommt er als Finanzberater keinen Fuß mehr auf den Boden, so blöd ist doch kein Passauer«, resümierte Thomas das Gespräch auf dem Weg zum Auto.

»Mir war der nicht gerade sympathisch, aber er sieht sehr gut aus, das muss man ihm lassen«, kommentierte Mandy.

»Soll ich dir ein Date mit ihm besorgen?«, scherzte Thomas.

»Nein, brauchst du nicht. Erstens sind mir die inneren Werte lieber als die äußeren, zweitens hat er eine Freundin und drittens vereinbare ich kein Date während einer Mordermittlung mit einem Zeugen beziehungsweise Verdächtigen«, konterte Mandy schlagfertig, die mit dem dritten Argument Thomas' Vorfreude auf den heutigen Abend einen empfindlichen Stoß versetzte und sein schlechtes Gewissen reaktivierte.

Um sich abzulenken, kam er sofort wieder auf das ursprüngliche Thema zurück. »Der Laubner dürfte erhebliche finanzielle Schwierigkeiten haben, findest du nicht auch?«

»Es sieht danach aus, aber wir haben keinen Raubmord zu lösen«, stellte Mandy fest.

»Das ist mir klar.« Thomas überlegte kurz. »Aber was ist, wenn der Laubner und die Sara Rausch von der Beziehung zu Elke Moosburger erfahren haben und die beiden langfristig um ihr Erbe fürchteten? Die Tochter dürfte die Alleinerbin sein, und die Moosburger sprach doch davon, dass sie mit dem Rauschi zusammenziehen wollte.«

Mandy musste ihm zustimmen. »Diese Theorie klingt gar nicht unlogisch, der müssen wir auf den Grund gehen. Aber zunächst sollten wir Laubners Alibi überprüfen. Bad Füssing liegt doch auf unserem Heimweg?«

»Ja, das stimmt, dann schauen wir noch gleich im Spielcasino vorbei«, willigte Thomas ein.

»Und anschließend fahren wir zum Sohn vom Berger, der hat sich immer noch nicht bei mir gemeldet«, schlug Mandy vor.

Die Spielbank war im Jahr 1999 in der »Hauptstadt« des niederbayerischen Bäderdreiecks Bad Füssing errichtet worden und seitdem für viele Glücksritter ein magischer Anziehungspunkt. Bei der architektonischen Gestaltung der Spielbank hatte man auf künstlerische Formgebung geachtet. Eine Glaskuppel über achteckigem Grundriss sollte den Besucher in ein besonderes Ambiente versetzen und aus der Alltagswelt entführen. Zusammen mit dem Kurhaus bildete das Gebäude einen echten Blickfang im Bad Füssinger Kurpark.

Zu diesem frühen Zeitpunkt waren noch nicht viele Spielwütige in ihrem Tempel, sodass es für Thomas ein Leichtes war, einen Parkplatz vor dem Gebäude zu finden. Sie gingen zum Haupteingang und betraten die großzügige, moderne

Eingangshalle. Da Thomas vor einigen Jahren schon einmal mit seinen Fußballkumpanen im Casino gewesen war, wusste er gleich, wo er den Empfangstresen finden würde. Er hatte keine guten Erinnerungen an jenen Abend. Der finanzielle Verlust von 100 Euro hatte ihn noch lange gewurmt. Damals war er schockiert gewesen, wie viele Menschen mit hohen Summen an den Spieltischen hantierten. Seitdem war er nicht mehr dort gewesen.

Thomas steuerte mit Mandy im Schlepptau zielstrebig die Rezeption an, die sich im Erdgeschoss gleich neben dem Automatenspielsaal befand. Dort wurden sie von zwei jungen Frauen in einer stewardessähnlichen blauen Uniform begrüßt. Nachdem sie sich mit ihren Ausweisen vorgestellt hatten, fragte Thomas nach dem Leiter der Spielbank. Ein kurzer Anruf der Uniformträgerin genügte, und nach wenigen Augenblicken kam ein großer, seriös wirkender Mann im dunklen Anzug auf die Polizisten zu und stellte sich als Manfred Wagner vor. Der Chef des Casinos bat die beiden in sein Büro.

Eingangs hielt Wagner einen Vortrag über das verschärfte Datenschutzgesetz und teilte den Beamten mit, dass er grundsätzlich keine persönlichen Auskünfte geben dürfe. Dieses Beamtendeutsch nervte Thomas mittlerweile dermaßen, dass er dem Anzugträger die Frage stellte, was für ihn persönlich schwerer wiege, die Einhaltung des Datenschutzgesetzes oder die Tatsache, dass draußen ein Mörder frei herumlaufe.

Nach dieser Belehrung war der Leiter des Bad Füssinger Spielcasinos schon deutlich kooperativer. »Okay, okay, vielleicht kann ich Ihnen ja auf dem kurzen Dienstweg weiterhelfen?«

»Das wäre wirklich nett von Ihnen. Ist Ihnen ein Herr Felix Laubner aus Passau bekannt?«

»Ja, Herr Laubner ist mir persönlich bekannt, er ist sozusagen Stammgast in unserem Haus. Es gibt Zeiten, in denen er fast jeden Tag da ist. Er legt aber immer wieder mal eine Pause ein.«

»Das könnt darauf ankommen, ob er gerade flüssig ist oder nicht«, vermutete Thomas despektierlich.

»Das kann ich Ihnen nicht bestätigen«, gab sich der Leiter des Casinos diplomatisch.

Mandy wollte endlich auf den Punkt kommen. »Können Sie uns sagen, ob Herr Laubner am vergangenen Freitagabend in Ihrem Spielcasino zugegen war?«

»Da muss ich meinen Computer bemühen, aber ich kann Ihnen nur sagen, wann er gekommen ist. Wann er gegangen ist, kann ich Ihnen nicht mitteilen. Das erfassen wir nicht.«

Nach wenigen Mausklicks teilte Wagner mit, dass Laubner am vergangenen Freitagabend um 19.53 Uhr gekommen war.

Die Kripobeamten gaben sich mit diesem Teilergebnis noch nicht zufrieden. Mandy fragte Wagner, ob nicht zufällig ein Croupier anwesend sei, der auch am Freitagabend Dienst gehabt hätte. Wiederum bemühte der Chef der Spielbank seinen PC und stellte fest, dass zwei jetzt anwesende Croupiers auch vor vier Tagen am Abend Dienst hatten. Wagner griff zum Telefon und wenig später erschienen zwei Männer mittleren Alters in schwarzem Anzug, weißem Hemd, schwarzen Leibchen und ebenso schwarzer Fliege im Büro und wurden ohne Umschweife an die Pfarrkirchner Kripobeamten verwiesen.

»Es geht um den vergangenen Freitagabend«, sagte Thomas geradeheraus. »Können S' uns sagen, wie lange der Herr Felix Laubner im Casino anwesend war?«

Die beiden Croupiers sahen sich kurz an, zuckten dann aber mit den Schultern.

»Also, ich habe ihn bestimmt noch um 23.00 Uhr am Roulette-Tisch gesehen. Ich kann mich erinnern, weil er am Freitag wieder mal eine Pechsträhne hatte«, meinte sich der Größere der beiden zu erinnern.

»Wie viel hat er denn verloren?«

»Das kann ich Ihnen nicht genau sagen, aber 2.000 oder 3.000 Euro mögen es bestimmt gewesen sein.«

»War der Herr Laubner dauernd anwesend oder war er mal zwischendurch weg?«, wollte Mandy wissen.

»Das kann durchaus sein, dass Herr Laubner sich zwischendurch in unserem Automatensaal im Erdgeschoss aufgehalten hat. Und außerdem haben wir ja auch unsere Pausen, daher können wir nicht sicher sagen, ob er sich den ganzen Abend im großen Spielsaal befand«, antwortete der zweite Angestellte. Mandy und Thomas bedankten sich und entließen die beiden Croupiers wieder.

»Sie haben doch ganz bestimmt eine Videoüberwachung in Ihrem Haus«, vermutete Thomas.

»Ja, das stimmt. Unser Haus wird videoüberwacht, aber die Aufnahmen darf ich nur bei einem richterlichen Beschluss herausgeben«, antwortete Wagner.

»Welche Räume werden überwacht?«

»Bei uns befinden sich in allen Räumen Kameras.«

»Auch in der Eingangshalle?«

»Auch dort«, bestätigte Wagner nickend.

»Dann würden uns die reichen, wenn es keinen Hinterausgang gibt.«

»Es gibt nur einen Notausgang, der für unsere Gäste nicht zugänglich ist.«

» Der richterliche Beschluss wird in den nächsten Tagen kommen«, prophezeite Mandy, die sich damit zusammen mit ihrem Kollegen von dem Leiter der Spielbank verabschiedete.

»Zumindest hat er uns nicht angelogen«, resümierte sie, nachdem die beiden wieder im Auto saßen.

»Aber ganz sicher können wir uns auch nicht sein, von Füssing nach Pfarrkirchen ist es eben mal nur eine knappe halbe Stunde«, schränkte Thomas ein, dessen Handy läutete. Er drückte auf den Knopf der Freisprechanlage und die Stimme von Hartmut Rieger war zu hören.

»Hallo, Hartmut, wir warten schon auf deinen Anruf. Leg los, was habt ihr rausg'funden?«

»Auf den beiden Kleidungsstücken haben wir definitiv kein Blut gefunden und die zwei Fingerabdrücke stimmen auch nicht mit denen am Handy überein.«

»Ich hab das schon befürchtet«, schwindelte Thomas, der insgeheim froh war, dass Angela nicht in den engeren Kreis der Verdächtigten rückte. Somit stand seinem abendlichen Date, auf das er sich schon den ganzen Tag freute, nichts mehr im Wege.

»Noch was hab ich für euch. Das Bewegungsprofil des Handys von Frau Moosburger habe ich jetzt vorliegen. Das Handy war den ganzen Freitagabend in der Funkzelle eingeloggt, die ihre Wohnung abdeckt.«

»Aha, das bringt uns jetzt leider auch nicht weiter, aber trotzdem danke, Hartmut. Übrigens, kannst du bitte dem Karl ausrichten, dass er die Kleidungsstücke an ihre Besitzer zurückbringen kann?«, bat Thomas und beendete daraufhin das Telefongespräch.

»Ich habe irgendwie das Gefühl, dass wir nicht weiterkommen«, seufzte Mandy frustriert, »wir haben noch kein wasserdichtes Alibi, auch die Moosburger könnte ohne Handy ins Gymnasium gefahren sein.«

»Ja, das stimmt schon, aber welcher Mensch geht denn heutzutage ohne Handy aus dem Haus?«, hielt Thomas dagegen.

EINUNDZWANZIG

»Andreas ist heute noch nicht von der Arbeit nach Hause gekommen«, antwortete der Oberstudienrat Gerhard Berger an der Haustür seines Einfamilienhauses auf die Frage, ob sein Sohn zu sprechen sei. »Ich habe es ihm auf alle Fälle ausgerichtet, dass er Sie anrufen soll. Wahrscheinlich wird er es vergessen haben.«

In diesem Moment fuhr ein junger Mann mit seinem Gelände-Motorrad in die Einfahrt des Grundstücks. Er parkte das Gefährt vor der Garage, nahm seinen dunklen Helm ab und ging zur Eingangstür.

»Gut, dass du da bist, Andreas. Die Herrschaften von der Polizei wollen mit dir sprechen«, begrüßte Berger seinen Sohn.

»Das hab ich ganz vergessen. Ich sollte mich ja bei Ihnen melden«, entschuldigte sich der 18-Jährige lapidar.

»Deshalb sind wir hier. Können wir hineingehen?«, sagte Mandy und stellte sich und ihren Kollegen kurz vor. Gerhard Berger wollte bei der Befragung seines Sohnes dabei sein, doch die beiden Polizisten lehnten dankend ab, da Andreas bereits volljährig war und sie lieber mit ihm alleine sprechen wollten.

»Wir ermitteln im Mordfall Rausch, wie Sie bestimmt wissen. Uns ist bekannt, dass Sie mit dem Ermordeten einen heftigen Streit hatten«, begann Mandy das Gespräch, als sie und Thomas mit Berger junior im Wohnzimmer saßen.

»Dem Rausch hab ich den Rauswurf vom Gymnasium zu verdanken, das stimmt. Aber das Ganze ist schon über ein halbes Jahr her«, erklärte der junge Mann selbstsicher.

»Uns wurde g'sagt, dass damals bei Ihnen in der Schultasche ein gestohlener Geldbeutel g'funden wurde. Stimmt das?«, hakte Thomas nach.

»Das war der offizielle Grund, aber der Geldbeutel ist mir unterg'schoben worden. Wer das g'macht hat, weiß ich bis heut ned. Der Rausch hat meinen Vater und mich schon lang auf dem Kieker, der hat nur nach einem Vorwand g'sucht«, verteidigte sich der ehemalige Schüler, doch die beiden Polizisten konnten sich des Eindrucks nicht erwehren, dass diese Aussagen mit seinem Vater genau abgesprochen waren. Der Wortlaut der beiden war ziemlich derselbe. Wenn ich jetzt nach dem Alibi frage, sagt er bestimmt, dass er den ganzen Abend am Computer gespielt hat, dachte Thomas. Und genauso war es auch. Andreas Berger wiederholte die Behauptung seines Vaters. Auch die nächste Antwort trug nicht dazu bei, ihn von der Liste der Verdächtigen verschwinden zu lassen. Denn Andreas gab an, Rechtshänder zu sein.

Mandy übernahm mit der Absicht, Andreas' Beschäftigung genauer unter die Lupe zu nehmen. »Sie jobben jetzt bei der Post, oder?«

»Ja, seit sechs Wochen arbeit ich als Zusteller in Pfarrkirchen.«

»Gefällt Ihnen die Arbeit?«

»Geht so, es ist halt immer das Gleiche«. Wie um seine Aussage zu unterstreichen, kratzte sich Andreas gelangweilt am Nacken.

»In welchem Viertel von Pfarrkirchen tragen Sie die Post aus?«

»Momentan bin ich in der Gegend um den Galgenberg unterwegs.«

Beim Stichwort Galgenberg zuckte Thomas kurz zusammen. Bis vor einem Jahr hatte er noch im Ortsteil Galgenberg im Westen der Rottaler Hauptstadt zusammen mit seiner Frau gewohnt. Thomas wunderte sich, warum Mandy ihn so ausführlich nach seiner jetzigen Beschäftigung befragte, sagte aber nichts dazu.

Wenig später beendeten die beiden die Befragung und verabschiedeten sich.

In der Einfahrt des Grundstücks sah sich Mandy die Geländemaschine von Andreas genauer an. Sie zückte ihr Handy, kniete sich hin und fotografierte sowohl den Vorder- als auch den Hinterreifen des Zweirads.

»Was machst du da?«, fragte Thomas verwundert.

»Das erkläre ich dir gleich im Auto.«

»Also, Thomas, ich glaube auf keinen Fall, dass dem Andreas der Geldbeutel untergeschoben wurde. Hast du seine teuren Turnschuhe im Flur gesehen? Das waren die Nike Air Max 1 Parra. Die kosten rund 500 Euro«, begann Mandy, als sie wieder im Auto saßen.

»Du kennst dich mit Sportschuhen ja gut aus. Aber wir ermitteln nicht wegen einem Schülervergehen, sondern wegen einem Mord.«

»Und wegen einer Einbruchsserie«, ergänzte Mandy grinsend. Thomas hatte das Thema aufgrund des Kapitalverbrechens an seinem ehemaligen Lehrer völlig verdrängt. Jetzt fiel es ihm siedend heiß wieder ein, während Mandy ihre Erklärung fortführte. »Ich kann mir nicht vorstellen, dass ihm sein Vater die sündhaft teuren Turnschuhe finanziert hat. Außerdem hat er ein Motorrad und er arbeitet bei der Post.«

»Was hat der Job bei der Post mit unseren Einbrüchen zu tun?«, wollte Thomas wissen.

»Ganz einfach: Als Zusteller weiß man, wer wann und wie lange im Urlaub ist.«

»Meines Wissens ist aber in der Galgenberger Gegend nicht eingebrochen worden.«

»Das wäre wohl zu einfach«, meinte Mandy. Sie hatte sich schon viele Gedanken dazu gemacht. »Ich weiß von einem Bekannten in Gera, dass man einen Nachsendeantrag stellen kann, wenn man in den Urlaub fährt. Dann wird einem seine Post in den Urlaubsort nachgesendet, und ich vermute, dass jeder Zusteller Zugriff auf diese Daten hat.«

»Und deswegen willst du die Reifenspuren von unserem Postboten mit denen, die wir beim letzten Einbruch sicherg'stellt haben, vergleichen?«, zog Thomas seine Schlüsse aus Mandys vorausgegangener Fotoaktion.

»Ganz genau. Ich kann mich auch täuschen, aber einen Versuch ist es allemal wert. Und außerdem kann ich mir vorstellen, dass alle Besitzer der Einbruchshäuser für die Zeit ihres Urlaubs einen Nachsendeantrag gestellt hatten.«

»Das soll der Karl gleich überprüfen«, schlug Thomas vor. Mandy hat einen verdammt guten kriminalistischen Spürsinn, und ganz nebenbei ist sie auch noch eine tolle Frau, dachte Thomas gerade, als sein Handy bimmelte. Es war sein bisher bester Freund Helmut Drexler. »Grias di, Thomas.«

Thomas brachte nur ein unterkühltes »Servus« hervor, zu sehr ärgerte er sich noch über Helmuts und Mandys heimliches Treffen.

»Bist du alleine?«

»Nein, die Mandy sitzt neben mir im Auto.«

»Das passt grad, dann kann ich euch erzählen, was ich beim Rausch seinem Konto raus'kriegt hab.«

»Schieß los«, forderte Thomas kurz angebunden.

»Also, der Rauschi hat seiner Tochter jeden Monat 2.000 Euro überwiesen. Bis vor drei Monaten, dann hat er den Dauerauftrag 'kündigt«, berichtete Helmut nicht ganz ohne Stolz.

»Das ist ja interessant«, freute sich Mandy, die das Gespräch dank der Freisprechanlage mitgehört hatte.

»Danke, Helmut.« Thomas kommentierte diese Neuigkeit so nüchtern, dass der Banker am anderen Hörer sich zu einer Nachfrage veranlasst sah. »Warum bist heut so grantig?«, fragte er verwundert.

»Das klären wir intern«, kündigte Thomas an und legte auf.

Mandy schüttelte den Kopf und sah Thomas vorwurfsvoll an. »Jetzt sei doch nicht so unfreundlich zu deinem Informanten, den brauchen wir bestimmt noch öfter.« In ihren Augen brachten sie die Neuigkeiten in ihren Ermittlungen einen großen Schritt weiter. »Dieser Hinweis ist doch sehr interessant für uns, dann könnte deine Theorie von heute Vormittag doch die richtige sein.«

»Es schaut so aus, als ob der Rauschi seiner Tochter und ihrem schönen Freund den Geldhahn zugedreht hat.« Thomas wirkte schon zufriedener.

ZWEIUNDZWANZIG

Hoffentlich geht das alles gut, dachte Thomas, als er sich nach Feierabend in seine Motorradklamotten zwang. Die

Hormone in seinem Körper fuhren Achterbahn. Den ganzen Tag hatte er immer wieder Schmetterlinge im Bauch, Herzklopfen und weiche Knie gehabt, wenn er an das Date mit Angela gedacht hatte. Sie hatte die Initiative ergriffen und ihn zu einer Motorradtour eingeladen. Es war also ihre Idee gewesen, nicht seine, versuchte sich Thomas vor sich selbst zu rechtfertigen. Was hatte die attraktive, intelligente Karrierefrau mit ihm vor? Spielte sie ein Spiel oder hatte sie ehrliches Interesse an ihm, einem Polizeibeamten in der Besoldungsgruppe A 9? Für ihn war es spannend und gefährlich zugleich. Was wäre, wenn ihn jemand mit der stellvertretenden Direktorin sehen und die Kunde bis zur Polizeiinspektion vordringen würde? Er dachte an Mandy und Helmut, die ihre Radtour auch nicht verheimlichen hatten können und die ausgerechnet von seiner Frau Marion denunziert worden waren. Und wo er gerade bei Marion war: Sie war die nächste Baustelle in seinem Leben. Er war ihr noch eine Antwort schuldig.

Aber diesen Gedanken verdrängte er gleich wieder und dachte lieber an etwas Spannenderes, das ihm schon den ganzen Tag einen Adrenalin-Kick versetzte und definitiv mehr Spaß machte.

Eigentlich tat er doch nichts Verbotenes. Die stellvertretende Direktorin hatte mit dem Mord an Rausch nichts zu tun. Das war durch den Abgleich der Fingerabdrücke und durch die Untersuchung ihres Kleides eindeutig bewiesen worden. Oder gab es noch irgendetwas, das Mandy und er übersehen hatten?

Als er mit dem Motorrad von seinem Sacherl wegfuhr, fühlte er sich wie jemand, der vor seinem ersten Bungee-Sprung über das Brückengeländer der Europabrücke stieg. Doch von dieser Brücke nahe Innsbruck war er zumindest räumlich gesehen sehr weit weg, befand er sich doch lediglich auf der Straße von Pfarrkirchen nach Triftern. Seine Herzfrequenz erhöhte sich enorm, als er den lang gezogenen Berg in den 5.000-Einwohner-Markt hinunterfuhr. Würde sie schon da sein, oder müsste er noch auf sie warten? Im zweiten Fall würde er doch lieber den Helm anbehalten, damit er sich in Triftern nicht der Gefahr aussetzte, erkannt zu werden.

Doch dieser Plan musste nicht in die Tat umgesetzt werden, seine heutige Begleiterin erwartete ihn bereits am vereinbarten Treffpunkt. Von Weitem sah er Angela schon, die lässig auf ihrem auffälligen Motorrad sitzend, vor der Kirche nach ihm Ausschau hielt. Ihren Helm hatte sie abgenommen, sodass ihr langes blondes Haar in der Abendsonne schimmerte.

Punkt 18.30 Uhr fuhr Thomas mit seiner Geländemaschine auf den großzügig angelegten Kirchplatz, direkt neben die wartende Angela. Er klappte sein Visier nach oben, den Helm behielt er lieber an. »Hallo, Angela, du bist aber pünktlich.«

»Grüß dich, Thomas, du aber auch. Es freut mich, dass du es dir einrichten konntest.«

»Das habe ich gerne gemacht«, gestand Thomas, der auf eine längere Konversation mit ihr am Kirchplatz von Triftern, an dem permanent Autos vorbeifuhren und der lediglich sechs Kilometer von seiner Heimatstadt Pfarrkirchen entfernt war, keinen gesteigerten Wert legte. »Dann auf nach Schärding! Darf ich vorausfahren? Ich kenn die Strecke.«

»Selbstverständlich folge ich dir, aber bitte fahr nicht zu schnell, ich bin keine Raserin, eher eine Genießerin«, gestand die gebürtige Burghauserin und zwinkerte ihm dabei verschmitzt zu.

»Ich bin Polizist und muss mich schon von Amts wegen

an die Geschwindigkeitsvorschriften halten. Außerdem will ich ein gutes Vorbild sein«, erklärte Thomas ebenfalls mit einem zwinkernden Auge.

Nachdem Angela ihren Helm wieder aufgesetzt hatte, konnte es losgehen. Die beiden fuhren auf der Landstraße in Richtung Kößlarn. Wie angekündigt hielt sich Thomas an die Geschwindigkeitsbegrenzungen, er fuhr eher noch ein Stück langsamer, sodass ihm Angela leicht folgen konnte. Auf der wenig befahrenen Straße durchquerten die beiden die Marktflecken Kößlarn und Rotthalmünster. Wenig später passierten sie Bad Füssing und gelangten ins Nachbarland Österreich. Den ersten Halt machte Thomas am Marktplatz in Obernberg am Inn. Dieser wunderschöne rechteckige Marktplatz mit seinen Rokoko-Stuckfassaden übte eine große Anziehungskraft auf ihn aus. Wie in vielen Märkten und Städten fand das wirtschaftliche Leben in Obernberg leider nicht mehr im historischen Ortskern, sondern in der schmuck- und lieblosen Peripherie statt. Der Marktplatz war dementsprechend fast menschenleer.

Er fuhr rechts ran, klappte sein Visier in die Höhe und zeigte Angela die schönsten Häuser dieses Platzes, um seiner gebildeten Begleiterin zu imponieren. »Diese herrlichen Stuckfassaden stammen von dem Kößlarner Künstler Johann Baptist Modler und sind aus dem 18. Jahrhundert.«

»Ich habe gar nicht gewusst, dass du geschichtlich so interessiert bist«, staunte Angela.

Ziel erreicht, dachte Thomas und fuhr langsam weiter.

Nach wenigen Kilometern gelangten die beiden zum Stift Reichersberg, welches groß und mächtig über dem Inn thronte. Thomas wollte weiter mit kulturellem Wissen bei der Studiendirektorin punkten. »Kennst du das Stift?«

»Nein, ich war noch nie hier.«

»Dann schauen wir uns das doch mal an.«

»Wie gesagt, ich folge dir«, entgegnete Angela. Angesichts der imposanten Anlage blieb ihr vor Bewunderung fast der Mund offen stehen.

Sie parkten ihre Gefährte, nahmen die Helme ab und betraten den herrlichen barocken Innenhof des Klosters.

Thomas wollte weiter mit seinem neu angeeigneten Wissen angeben. »Das Stift gehört dem Orden der Augustiner-Chorherren. Weißt du, was dieser Orden für einen Leitspruch hat?«

»Nein, ich habe keine Ahnung«, gestand Angela.

»›Mit Freude leben‹ heißt deren Motto«, verkündete Thomas mit stolzgeschwellter Brust.

»Der Spruch gefällt mir, der könnte von mir sein«, scherzte die Pädagogin.

Sie schlenderten durch den aufwendig gepflegten Park, vorbei an den Arkadengängen und den zwiebelgekrönten Erkern, und gelangten schließlich zum Klosterladen, der allerdings um diese Zeit zu ihrem Leidwesen nicht mehr geöffnet hatte. Gerne hätten sie einen selbst gemachten Likör, ein Gläschen Marmelade oder Kräutersalz gekauft.

Nach diesem kleinen Ausflug in die barocke Klosterwelt von Reichersberg schwangen sich die beiden wieder auf ihr Motorrad und fuhren auf der österreichischen Seite am Inn entlang in die Bezirkshauptstadt Schärding. Dort steuerten sie den herrlichen Stadtplatz der Barockstadt an und stellten ihre Gefährte an dem Motorradparkplatz am oberen Ende des Platzes ab.

»Wollen wir vor unserem Abendessen noch ein wenig spazieren gehen?«, schlug Angela vor.

»Das können wir gern machen. Wo gehen wir hin?«

»Ich würde sagen, wir gehen zuerst ein bisserl am Stadt-platz umher und dann in den Schlosspark, wenn du magst«, bot Angela an, die sich anscheinend in Schärding gut aus-kannte.

Ihr Weg führte sie entlang der sogenannten Silberzeile an der Nordostseite des oberen Stadtplatzes. Den Namen erhielten die Geschäftshäuser wegen der reichen Kaufleute, die einst hier ihren Sitz hatten, als der Inn noch eine bedeu-tende Handelsstraße war. Die bunten Fassaden mit ihren pastellfarbenen Anstrichen gingen auf die mittelalterlichen Zunftfarben zurück. Leider hatten die Geschäfte zu dieser Uhrzeit schon längst geschlossen, sodass das Paar schon bald in den alten Schlosspark dieser geschichtsträchtigen Stadt einbog.

Vom Schloss selbst war zwar fast nichts mehr zu sehen, dennoch lohnte sich ein Besuch des ehemaligen Schloss-platzes, der zu einer barocken Parkanlage umgestaltet wor-den war. Von diesem Ort hatte man einen herrlichen Aus-blick auf den Inn.

Dies nahmen die beiden zum Anlass, um sich auf eine der dort aufgestellten Ruhebänke zu setzen. Nach einem kurzen Zögern richtete Angela das Wort an Thomas. »Du, sag mal, Thomas, ich habe das Gefühl, dass mich deine Kol-legin nicht leiden kann. Sie ist dermaßen abweisend zu mir, man könnte schon fast sagen unhöflich.«

»Mir ging es am Anfang auch so mit ihr, aber wenn man sie länger kennt, dann kann sie auch ganz nett sein«, räumte Thomas ein.

»Ich kann mir das nur sehr schwer vorstellen. Du hät-test dabei sein müssen, wie sie meine Fingerabdrücke abge-nommen hat. Ich bin mir wirklich vorgekommen wie eine Terroristin«, klagte Angela.

Thomas blieb locker. »Das ist reine Routine. Das haben wir mit allen wichtigen Zeugen g'macht, damit wir sie als Täter ausschließen können.«

»Bin ich dann nicht mehr verdächtig?«

»Nein, du bist entlastet. Ich dachte, du bist schon informiert worden, als dir mein Kollege dein Kleid zurückgebracht hat.«

»Nein, der hat nichts gesagt. Dann bin ich also doch keine Schwerverbrecherin«, scherzte Angela mit leicht ironischem Unterton.

»Mit einer Schwerverbrecherin würde ich bestimmt keine Motorradtour machen. Du, sag mal, wie geht es jetzt eigentlich bei dir am Gymnasium weiter? Wirst du die neue Direktorin?«, wollte Thomas wissen. Er wollte schnell das Thema wechseln, da ihm die Diskussion über Mandy alles andere als behagt hatte.

»Das kann ich mir nicht vorstellen. Normalerweise werden bei der Besetzung der Stelle Bewerber von außerhalb gegenüber internen Bewerbern vorgezogen. Aber jetzt, denke ich, sollten wir zum Abendessen gehen, weil es sonst zu spät wird«, schlug Angela vor und stand auf. Thomas hatte den Eindruck, dass ihr die Fragen bezüglich ihrer Zukunft unangenehm waren.

Für das Abendessen suchten sich die beiden die Terrasse des Restaurants »Stiegenwirt« am unteren Stadtplatz aus. Von dort konnte man das Geschehen im Zentrum der Stadt sehr gut verfolgen. Um der wenig wahrscheinlichen, aber doch möglichen Gefahr, eine bekannte Person zu treffen, aus dem Weg zu gehen, suchte er einen der hinteren Tische auf.

Auf alkoholische Getränke verzichteten die beiden und

ließen sich jeweils ein erfrischendes Mineralwasser bringen. Zum Essen bestellten beide ein steirisches Backhendl mit Salat.

»Du, Thomas, ab jetzt sprechen wir nicht mehr über dienstliche Angelegenheiten, okay?«, bat Angela und berührte dabei kurz die Hand ihres Gegenübers.

»Alles klar, dann sprechen wir nur noch über Privates«, zeigte sich Thomas mehr als einverstanden. »Eine Frage, die mir schon lange auf der Zunge brennt, will ich gleich loswerden. Warum ist so eine attraktive und gebildete Frau wie du noch alleine?«

»Ganz einfach, weil ich meinen Prinzen auf dem weißen Pferd noch nicht gefunden habe. Und du? Warum hast du deine Prinzessin noch nicht gefunden?«, fragte Angela schelmisch zurück.

»Ich hatte schon mal eine Prinzessin, aber leider hat die sich einem anderen Prinzen mit mehr Pferden zugewandt«, begann Thomas zu erzählen.

»Du warst schon mal verheiratet?«, wunderte sich Angela, die die ganze Geschichte wissen wollte. Thomas erzählte ihr von Marion, die ihn während des letzten Mordfalles mit einem anderen Mann betrogen hatte. Er räumte auch ein, dass er während der Ehe Fehler gemacht und sich bestimmt zu wenig um sie gekümmert hatte. Die Tatsache, dass seine Frau wieder zu ihm zurückkehren wollte, verschwieg Thomas geflissentlich.

»Dann hast du viel dazugelernt im letzten Jahr.«

»Das kann man so sehen, aber nicht nur beziehungstechnisch, sondern auch haushaltsmäßig. Mittlerweile kann ich zum Beispiel ganz passabel kochen«, prahlte Thomas nicht unbescheiden.

»Wenn das so ist, könnten wir doch auch mal gemeinsam bei mir kochen! Ich bin da noch ausbaufähig und für jegliche Tipps sehr dankbar.«

»Ich find, du hast hervorragende Ideen«, freute sich Thomas schon auf das nächste Date. Sie einigten sich auf übermorgen.

Gleich nach dem Essen brachen die beiden wieder in Richtung Pfarrkirchen auf, da es mittlerweile schon ziemlich dunkel geworden war. Kurz vor der Rottaler Hauptstadt fuhr Thomas bei einer Parkbucht rechts ran und hielt. Er klappte sein Visier nach oben und zog seine Lederhandschuhe aus.

»Danke für den wunderschönen Abend«, sagte er und streckte ihr zum Abschied die Hand entgegen.

»Mir hat es auch sehr gut gefallen. Ich freue mich schon auf übermorgen«, antwortete die Studiendirektorin, die ebenfalls ihre Handschuhe auszog und seine Hand berührte.

»Was muss ich zum Kochen mitnehmen?«, erkundigte er sich höflich.

»Gar nichts, ich habe Zeit zum Einkaufen. Ich besorge alles.«

»Sehr gut. Morgen bin ich leider verplant. Ich muss mir nämlich noch ein weißes Pferd kaufen.« Thomas zwinkerte ihr vielsagend zu und brauste in die Dunkelheit davon.

DREIUNDZWANZIG

Mittwoch

»Das ist ja alles schön und gut, wenn ihr eine heiße Spur
für unsere Einbruchserie habt, aber Beweise sind das keine,
meine Herrschaften. Reifenspuren in der Nähe des Tatorts
beweisen gar nichts. Der Fahrer des Motorrads könnte auch
zufällig in der Nähe gewesen sein, da brauchen wir beim
Richter gar nicht erst anzutanzen, und diese Geschichte
mit den Nachsendeanträgen ist auch kein hinreichendes
Indiz«, polterte Josef Kiermeier bei der Frühbesprechung
in seinem Büro. Neben seinen beiden Ermittlern waren
auch die Kollegen Karl Auer und Stefan Wegerer anwesend. Mandy war an diesem Tag schon eine Stunde früher
im Büro gewesen und hatte mit einem Kollegen der Kriminaltechnik das Reifenprofil vom letzten Einbruchstat-
ort in der Franziskanerstraße mit dem Foto, das sie von
Andreas Bergers Reifen geschossen hatte, verglichen. Und
siehe da, ihr kriminalistischer Spürsinn hatte sie nicht im
Stich gelassen, denn das Profil des Gipsabdrucks war mit
dem Hinterreifen von Bergers Motorrad identisch. Darüber hinaus berichtete ihr Karl Auer über seine Recherchen bei der Post. Alle Besitzer der Einbruchshäuser hatten
Nachsendeanträge gestellt. Mandy freute sich über diese
Erkenntnisse. Sogar ihr Kollege Thomas Huber hatte sie
für ihre Spürnase gelobt, umso enttäuschter war sie nun
von Kiermeiers Kommentar.

»Die müssen wir schon auf frischer Tat erwischen oder
zumindest, wenn sie die Beute verscherbeln oder Ähn-

liches«, fuhr der Leiter der Pfarrkirchner Polizeiinspektion fort.

»Die Beute wird der Berger junior bestimmt nicht zu Hause versteckt haben, vor seinen Eltern hat er Respekt«, behauptete Thomas. Unter dem Eindruck des letzten Abends mit Angela schwebte er auch an seinem Arbeitsplatz noch auf Wolke sieben. Nur durfte es niemand merken, vor allem nicht seine direkte Kollegin, weswegen er sich wie immer ein bisschen grummelig zeigte.

»Ja, dann findet heraus, wo die Beute ist, aber mit einem richterlichen Beschluss für eine Hausdurchsuchung kann ich nicht dienen«, stellte Kiermeier klar.

»Ich könnte ihn nach seiner Arbeit mit meinem Motorrad beschatten. Möglicherweise waren die Einbrecher zu zweit, vielleicht finden wir raus, wer der zweite Täter ist, der uns dann zur Beute führen könnte«, schlug Thomas vor.

»Von mir aus, aber bitte verschwenden Sie nicht allzu viel Energie auf den Fall. Unser Mord steht ganz klar an erster Stelle, den müssen wir so schnell wie möglich lösen. Der ist Prio eins«, machte Kiermeier unmissverständlich klar.

Jetzt mischte sich auch Mandy in die Diskussion ein. »Aber Chef, der Tatverdächtige in der Einbruchserie könnte auch in den Mord verwickelt sein. Der Andreas Berger ist der Schüler, den Doktor Rausch vor einem halben Jahr von der Schule verwiesen hat. Davon haben wir Ihnen gestern berichtet.«

»Was? Warum sagen Sie das nicht gleich?«, erregte sich Josef Kiermeier über die für ihn lückenhaften Informationen.

»Entschuldigung, Chef, aber wir dachten, dass Sie sich den Namen Andreas Berger g'merkt hätten«, räumte Thomas ein.

»Papperlapapp, Berger, Bauer, Weber, das sind Allerweltsnamen, die sich bei mir bestimmt nicht gleich einprägen«, polterte Kiermeier.

»Dann haben wir das wohl vergessen zu erwähnen«, gab Thomas, der seinen Vorgesetzten wieder milde stimmen wollte, kleinlaut zu.

»Hat der Junge ein Alibi?«

»Sein Alibi ist äußerst fragwürdig. Da gibt der Vater dem Sohn eines und umgekehrt«, berichtete Mandy.

»Dann bleiben Sie dran! Gibt es sonst noch irgendetwas, was Sie vergessen haben zu erwähnen?«, fragte Kiermeier mit einem mehr als ironischen Unterton. Thomas und Mandy berichteten ihm nun extra detailliert von dem Gespräch mit Felix Laubner, dem vorbestraften Lebensgefährten von Sara Rausch, und von ihrem Besuch im Bad Füssinger Spielcasino. In diesem Fall sicherte er seinen beiden Ermittlern zu, dass er sich um einen richterlichen Beschluss zur Herausgabe der Videoaufnahmen kümmern würde. Er beauftragte den Kollegen Karl Auer, das Videomaterial zu organisieren und die Auswertung vorzunehmen, sobald der Beschluss unterschrieben sei.

»Es gibt noch was, Chef. Wir haben herausg'funden, dass der Rausch seiner Tochter monatlich 2.000 Euro überwiesen hat«, begann Thomas zu berichten.

Kiermeier hielt diese Information aber nicht für beachtenswert. »Ja und? Ich unterstütze meinen Sohn auch monatlich.«

»Das Merkwürdige ist, dass der Rausch die Zahlungen vor drei Monaten eing'stellt hat«, fuhr Thomas fort.

»Ich will gar nicht wissen, woher Sie die Informationen haben, Herr Huber, aber das klingt ja schon interessant. Dann könnte die Tochter auch einen Grund haben. Geld war schon immer ein Mordmotiv. Die beiden könnten sich um die Zahlungen gestritten haben und dabei hat die Tochter die Nerven verloren. Laden Sie die Tochter gleich vor und finden Sie es heraus«, forderte der Leiter der Polizeiinspektion. »Und was ist mit der Beerdigung?«

»Die findet in dieser Woche in aller Stille statt, quasi im engsten Familienkreis. Die Tochter will keinen Massenauflauf«, erläuterte Thomas.

»Und Sie, Herr Wegerer, haben Sie den Laptop schon knacken können?«

»Nein, leider nicht. Ich kann das Passwort für die Festplatte nicht entschlüsseln. Eine so komplexe Zugangssoftware hab ich auch noch ned g'sehen«, stammelte der junge Polizeiobermeister kleinlaut.

»Dann bringen Sie den Laptop zu den Spezialisten in die Direktion nach Passau, die werden das schon können«, ordnete sein Vorgesetzter an.

»Heute früh hab ich mit Frau Bruckmeier telefoniert«, fuhr Wegerer fort.

»Wer ist Frau Bruckmeier?«, wollte Kiermeier wissen.

»Das ist eine der beiden Verwaltungsangestellten des Gymnasiums. Sie hat natürlich schon gewusst, dass er tot ist. Launisch und cholerisch war er, hat sie gesagt. Mit dem Lehrer Berger war er im Clinch. Sie glaubt außerdem, dass er mit der Moosburger ein Verhältnis hatte.«

»Das ist aber jetzt nichts Neues«, bemerkte Thomas enttäuscht.

Da ansonsten keine weiteren Neuigkeiten zu den Untersuchungen vorlagen, löste sich die Besprechungsrunde im Chefzimmer in gemeinschaftlicher Unzufriedenheit auf und jeder kehrte schweigend an seinen Arbeitsplatz zurück.

»Heut war unser Chef wieder schlecht aufg'legt. Anstatt sich über eine heiße Spur zu freuen, macht er uns zur Minna«, klagte Thomas. »Der ist einfach nicht stressresistent.«

»Da bin ich aber froh, dass du stressresistent bist«, flachste Mandy und strich ihrem Kollegen grinsend mit der Hand über eine Wange.

Diese zutrauliche Geste versetzte Thomas in ein kleines Gefühlschaos. Was wollte sie ihm damit sagen? Aber diese Gedanken wichen bald wieder aus seinem Kopf, denn er fühlte sich wieder an den gestrigen Abend in Schärding erinnert und vor allem an das morgige Date mit Angela. Sie hatte ihn zu sich eingeladen, ein eindeutigeres Zeichen gab es ja wohl kaum. Er freute sich schon auf den Abend wie ein kleines Kind auf Weihnachten.

Er überlegte, was er ihr mitbringen sollte, als ihn Mandy wieder aus seinen Träumereien in die Realität zurückkriss. »Rufst du jetzt die Frau Rausch an oder soll ich es tun?«

»Du kannst sie gerne anrufen, wenn du willst, und sag ihr doch gleich, dass sie ihr Oberteil vom letzten Freitag mitbringen soll. Ich denk, von Frau zu Frau ist das besser zu vermitteln.«

VIERUNDZWANZIG

»Da können Sie von Glück reden, dass ich heute einen Termin bei dem Bestatter in Pfarrkirchen habe, sonst hätte ich nicht so schnell kommen können«, sagte Sara Rausch ziemlich genervt, als sie am späten Vormittag das Büro der beiden Ermittler in der Pfarrkirchner Polizeiinspektion betrat.

»Manchmal muss man auch Glück haben im Leben«, begrüßte Thomas die Tochter des Ermordeten, »schön, dass Sie so schnell kommen konnten.«

Er deutete auf den freien Stuhl vor seinem Schreibtisch, auf den sich Sara Rausch daraufhin setzte.

»Bin etwa ich jetzt verdächtig, weil Sie mich heute so dringend herbestellt haben?«

»Wir wollen nur ausschließen, dass Sie mit dem Tod Ihres Vaters etwas zu tun haben«, versuchte Mandy zu besänftigen.

»Und was hat das mit der Bluse vom Freitag zu tun?«, fragte Sara irritiert.

»Haben Sie das Oberteil dabei?«, wollte die Polizistin gleich wissen. Die vorige Frage ignorierte sie geflissentlich.

Sara kramte die dunkelblaue Bluse aus ihrer Tasche und legte sie auf Thomas' Schreibtisch. Das kommt hin, dachte Thomas, der sich kurz vorher noch die Fotos der Buchvorstellung angeschaut hatte. »Ich weiß zwar nicht, was das soll, aber bitte schön. Ich hätte das Teil danach gerne zurück.«

»Sie bekommen Ihr Kleidungsstück natürlich wieder. Jetzt bräuchten wir nur noch Ihre Fingerabdrücke.«

»Was brauchen Sie?«, erregte sich Sara.

»Wir brauchen Ihre Fingerabdrücke, damit wir Sie als Täterin ausschließen können«, erklärte Mandy gewohnt sachlich.

»Jetzt schlägt's aber dreizehn«, polterte Sara. Das Thema Fingerabdrücke traf auch bei ihr einen wunden Punkt.

»Frau Rausch, es tut überhaupt nicht weh und mit unserem neuen Fingerabdruck-Scanner brauchen Sie sich Ihre Finger nicht mal mehr schmutzig zu machen«, beschwichtigte Mandy und zeigte ihr das moderne Gerät.

Schließlich willigte Sara Rausch ein und ließ die Prozedur, ohne ein Wort zu sagen, über sich ergehen. Anschließend brachte Mandy die Bluse und den Scanner zu den Kollegen der Kriminaltechnik, während Thomas mit Sara in den Vernehmungsraum ging. Er wartete allerdings mit der Befragung, bis seine Kollegin wieder eintraf.

»Warum müssen wir uns in diesem öden Raum unterhalten?«, fragte Sara.

»Weil wir das Gespräch aufzeichnen wollen und dieser Raum dafür vorbereitet ist.«

»Und warum wollen Sie unser Gespräch aufzeichnen?«

»Das werden wir Ihnen gleich erklären. Wir haben herausg'funden, dass Ihr Vater Sie monatlich finanziell unterstützt hat«, konfrontierte Thomas Sara mit den Tatsachen. Er hoffte inständig, dass sie nicht nach der Quelle dieser Erkenntnis fragte.

»Ja und? Das ist doch nicht verboten, das machen doch viele Eltern«, erklärte Sara schnippisch.

»Wieso hat er Sie unterstützt?«, hakte Mandy nach, die genauer über die finanzielle Situation Bescheid wissen wollte.

»Warum wohl?« Sara lachte trocken auf und verschränkte die Arme vor ihrer Brust. »Weil man als Künstlerin in Passau nicht unbedingt das große Geld verdienen kann! Außerdem hatte Papa wegen der Scheidung ein schlechtes Gewissen und hat mir deswegen geholfen.«

»›Hatte mir geholfen‹ müsste es richtig heißen. Ihr Vater hat die Zahlungen eing'stellt, oder?«, kam Thomas auf den Punkt.

Sara verschlug es kurz die Sprache, sie blickte auf den Boden und überlegte, was sie darauf sagen sollte. »Woher wissen Sie das?«, fragte sie schließlich kleinlaut zurück.

»Wir sind von der Polizei und ermitteln in einem Mordfall«, entgegnete Mandy trocken.

»Ja, es stimmt. Papa hat mir seit drei Monaten nichts mehr überwiesen«, gab Sara zu.

»Und warum hat Ihnen Ihr Vater den Geldhahn zu'dreht?«

Jetzt wurde es wieder still im tristen Vernehmungsraum. Es dauerte einige Sekunden, bis Sara wieder Worte fand. In ihren Augen waren die ersten Tränen zu entdecken und ihre Stimme wurde brüchiger und leiser. »Es ging um Felix. Papa hatte herausgefunden, dass er vorbestraft ist. Er hat mir gesagt, dass ich mit ihm sofort Schluss machen soll, ansonsten würde er mir keinen Cent mehr überweisen«, schluchzte die junge Künstlerin.

»Und wie haben Sie reagiert?«

»Was sollte ich tun? Ich habe gar nichts gemacht. Ich liebe Felix, ich kann ohne ihn nicht leben.«

»Dann hat Ihr Vater seine Ankündigung wahr g'macht«, schlussfolgerte Thomas.

»Ja, er hat seinen Dauerauftrag gekündigt. Nach der Buchvorstellung am Freitag wollte ich mit ihm darüber persönlich reden, aber der Zeitpunkt war sehr ungünstig, da viel zu viele Leute um ihn herumstanden«, gab Sara zu.

Thomas überlegte kurz, ob er sie provozieren sollte. Letztlich entschied er sich, sie aus der Reserve zu locken. »Und jetzt sind Sie aller finanziellen Sorgen entledigt. Sie sind die Alleinerbin und brauchen Ihren Freund nicht mehr in den Wind zu schießen.«

»Was fällt Ihnen ein?«, schrie Sara völlig aus der Fassung gebracht. »Er war mein Vater. Ich habe ihn nicht umgebracht«, beteuerte sie unter Tränen. Ausgerechnet in diesem Moment klopfte es an der Tür.

Der Kollege Hartmut Rieger lugte herein. »Bitte kommt kurz zu mir raus!«, flüsterte der Kriminaltechniker. Er hatte schnell gemerkt, dass der Augenblick seiner Störung unpassend war. Trotzdem bestand er angesichts einer wichtigen Erkenntnis darauf, mit seinen beiden Kollegen zu sprechen.

Thomas und Mandy standen eher widerwillig auf und gingen für einen kurzen Moment vor die Tür, während Sara ihren Tränen freien Lauf ließ.

Eine halbe Minute später betraten die beiden Beamten wieder den Raum und setzten sich erneut zur Tochter des Mordopfers an den Tisch. Mandy hatte die blaue Bluse von Sara in ihrer Hand.

»Die Bluse können wir Ihnen schon mal zurückgeben«, sagte Mandy und übergab ihr das Kleidungsstück.

»Heißt das, dass ich nicht mehr verdächtig bin?« Hoffnungsvoll hob Sara den Kopf. Mit einem Taschentuch wischte sie sich ihre Tränen aus dem Gesicht.

»Das Kleidungsstück belastet Sie nicht.«

»Dann kann ich ja wohl gehen«, mutmaßte Sara.

»Nein, das können Sie nicht, eher im Gegenteil. Ich fürchte, Sie müssen sich auf einen längeren Aufenthalt bei uns einstellen«, kündigte Mandy vorsichtig an.

Entsetzt starrte Sara die junge Polizistin an. »Was heißt denn das schon wieder?«

»Wir haben das Handy Ihres Vaters in einem Abfalleimer vor dem Gymnasium g'funden. Auf diesem Smartphone wurden jetzt Ihre Fingerabdrücke identifiziert. Wir müssen davon ausgehen, dass Sie das Handy, nachdem Sie Ihren Vater erstochen haben, entwendet und im Abfalleimer entsorgt haben«, schilderte Thomas ihr seine Annahmen.

»Nein, so war das nicht!«, schrie die Beschuldigte. »Ich kann Ihnen das mit den Fingerabdrücken erklären.«

»Bevor Sie sich jetzt um Kopf und Kragen reden, möchte ich Sie aufklären, dass Sie das Recht haben, einen Anwalt hinzuziehen«, empfahl Mandy.

»Ich brauche keinen Anwalt. Ich habe nichts gemacht.«

»Dann legen Sie los.«

»Wie schon gesagt, ich wollte mit meinem Vater nach seiner Buchvorstellung über meine finanzielle Situation reden. Wir standen in der Aula des Gymnasiums an einem Tisch, als wir ständig von irgendwelchen Leuten unterbrochen wurden. Nach ein paar Minuten wandte er sich gänzlich von mir ab und ging mit ein paar anderen weg. Dabei hat er sein Handy auf dem Stehtisch vergessen. Sie können sich vielleicht vorstellen, dass ich ziemlich wütend war, weil er sich für mich keine Zeit genommen hatte«, erklärte Sara.

»Und was haben S' dann g'macht?«

»Ich habe im Handy seine WhatsApp-Nachrichten gecheckt. Dabei habe ich den Chatverlauf von ihm und einer ›Elke-Schnecke‹ gelesen. Mir war schnell klar, dass sie die aktuelle Gespielin von meinem Vater war. Aus lauter Frust habe ich ihr dann eine Nachricht geschrieben.«

»Sie haben die Schlussmacher-WhatsApp geschrieben?«, kombinierte Mandy staunend.

»Ja, das gebe ich zu, aber mit dem Mord habe ich nichts zu tun«, beteuerte Sara erneut.

»Wie sind Sie auf die Idee gekommen, diese Nachricht zu verschicken?«

»Mein Vater ist grundsätzlich beziehungsunfähig, das kann Ihnen meine Mutter gerne bestätigen. Sobald er und seine Neue zusammengezogen wären, hätte er bestimmt die nächste angebaggert. Diese Enttäuschung wollte ich der ›Elke-Schnecke‹ ersparen«, begründete die Tochter des ermordeten Direktors ihr Verhalten.

»Oder Sie haben die Nachricht geschrieben, damit Sie Ihr Erbe mit der ›Elke-Schnecke‹ nicht teilen müssen.«

»An das hab ich gar nicht gedacht. Natürlich war das eine blöde Idee, die ich schon beim Heimfahren bereut habe«, gab Sara zu.

»Und was haben S' dann mit dem Handy g'macht?«

»Ich habe es eingesteckt und aus lauter Wut auf meinen Vater habe ich es in den nächsten Abfalleimer geschmissen«, räumte Sara ein.

»Sind Sie Rechts- oder Linkshänderin?«

»Ich bin Rechtshänderin, warum?«

Thomas und Mandy, die beide auf ein Geständnis gehofft hatten, schauten sich an, schüttelten gedanklich den Kopf und wussten nicht recht, ob sie der Version der Tochter Glauben schenken sollten. Als Rechtshänderin war sie natürlich auch nicht entlastet. Thomas wollte schon aufstehen, um mit seiner Kollegin die weitere Vorgehensweise unter vier Augen zu besprechen, als Mandy ihr noch eine weitere Frage stellte.

»Ich habe Sie das schon mal gefragt, aber jetzt frage ich Sie nochmals. Was wissen Sie über seine Liebschaften?«

»Ich weiß wirklich nicht viel. Wir haben tatsächlich nicht

oft über dieses Thema gesprochen. Was ich mitbekommen habe, war, dass er immer wieder neue Beziehungen hatte, aber bevor es ernst wurde, hat er wieder Schluss gemacht. Nur letztes Jahr, da glaube ich, war es anders«, deutete Sara an.

»Was war letztes Jahr anders?«, bohrte Mandy sofort nach.

»Letztes Jahr, so vermute ich, hat nicht er, sondern seine damalige Freundin Schluss gemacht. Mir ist es aufgefallen, weil er einige Zeit ziemlich deprimiert war.«

»Können Sie sich an den Namen der Frau erinnern?«

»Nein, an einen Namen kann ich mich nicht erinnern. Ich weiß nur, dass sie aus Burghausen stammt und nach Pfarrkirchen an das Gymnasium gekommen war.«

Beim Stichwort Burghausen zuckten beide Ermittler innerlich zusammen. Ihnen war sofort klar, um wen es sich bei besagter Ex-Freundin handelte. Thomas stand der Schock ins Gesicht geschrieben.

In seinem Kopf drehte ein regelrechtes Gedankenkarussell seine schnellen Runden, das erst durch Mandy zum Stillstand kam. »Ja gut, Frau Rausch, dann machen wir jetzt mal eine Pause. Wir kommen gleich wieder. Bitte warten Sie hier.«

»Das ist ja unglaublich. Ich dachte, wir bekommen ein Geständnis. Stattdessen tischt uns die Rausch so eine Story auf«, klagte Thomas auf dem Gang zu Mandy.

»Was hältst du von dieser Geschichte? Angela Hiermer, die Ex-Freundin von Doktor Rausch?«

»Ich weiß auch ned«, stammelte Thomas. Er konnte einfach nicht glauben, was er gerade über Angela erfahren hatte.

»Soll ich dir was sagen, Thomas? Ich glaube ihr. Hast du sie beobachtet, als wir sie mit den Fingerabdrücken konfrontiert haben? Sie hat keine Sekunde überlegt und sogar zugegeben, dass sie die Schlussmacher-Nachricht geschrieben und verschickt hat. Und außerdem haben die Kollegen auf der Bluse kein Blut gefunden.«

»Das stimmt schon, es ist aber auch nicht hundertprozentig sicher, dass der Täter Blutspritzer abbekommen hat. Der nette Herr Doktor Tremmel hat von einer 90-prozentigen Wahrscheinlichkeit g'sprochen«, zweifelte Thomas nach kurzer Überlegung.

»Dass die Hiermer mit dem Rausch ein Verhältnis hatte, glaube ich sofort. Ich vermute, die hat sich hochgeschlafen. Die hat dem Rausch schöne Augen gemacht, und als er sie nach Pfarrkirchen geholt und ihr die Stelle der stellvertretenden Direktorin verschafft hat, hat sie ihn wieder in den Wind geschossen, so wie du das nennst«, mutmaßte Mandy, die mit dieser Aussage Thomas' Vorfreude auf den morgigen Abend mit Angela noch weiter trübte.

Seine Gedanken begannen wieder zu kreisen: Er war doch kein Entscheidungsträger für ihre berufliche Laufbahn, von dem sie profitieren könnte. Er war doch nur ein einfacher Polizist, also musste sie trotz allem ein ehrliches Interesse an ihm haben. Oder hatte sie doch etwas mit dem Mord zu tun?

»Hallo, Thomas, ich rede mit dir«, weckte ihn Mandy wieder aus seinen Tagträumen.

»Find es raus! Fahr zu der Hiermer und konfrontiere sie mit dem Verhältnis zum Rausch. Ich beschatte in der Zwischenzeit den jungen Berger, wie wir heute Vormittag vereinbart haben«, regte Thomas an. Auf keinen Fall wollte er jetzt dienstlich mit Angela zu tun haben.

»Irgendwie kann ich mich des Eindrucks nicht erwehren, dass du dich vor der schönen Frau Hiermer drückst«, mutmaßte die scharfsinnige Thüringerin.

»Jetzt darfst aber aufhören. Ich kann doch machen, was ich will! Wenn ich mit ihr red, passt es dir nicht, und wenn ich dich zu ihr schick, passt es dir auch ned. Da soll noch einer schlau werden«, beklagte sich Thomas theatralisch.

»Ist schon gut, beruhige dich wieder. Ich erledige es ja … Was machen wir jetzt mit Frau Rausch?«

»Ich weiß auch ned, ob wir sie in U-Haft nehmen sollen. Ich denke, es ist am besten, mit dem Chef zu sprechen, die Entscheidung ist mir zu heiß.«

Die beiden Ermittler hatten Glück. Kiermeier war noch nicht in seiner Mittagspause. Sie berichteten ihm im Detail von der Befragung der Tochter. Nach längerem Hin und Her entschied der Pfarrkirchner Polizeichef, die Verdächtige freizulassen, da er weder eine Flucht- noch eine Verdunklungsgefahr sah. Thomas schlug vor, ein Bewegungsprofil von Sara Rauschs Handy zu beantragen. Kiermeier versprach ihnen, dass er Hartmut Rieger diesbezüglich informieren würde.

Wenig später entließen sie Sara Rausch wieder in die Freiheit, mit dem Hinweis, dass sie Passau in den nächsten Tagen nicht verlassen solle und für sie erreichbar bleiben müsse.

FÜNFUNDZWANZIG

Bereits am Mittag verließ Thomas die Polizeiinspektion, um sich auf die Beschattung von Andreas Berger vorzubereiten. Er freute sich auf diesen Undercover-Einsatz mit seinem Motorrad, obwohl es auch an diesem Tag wieder Temperaturen um die 30 Grad hatte und er daher unter seinen Motorradklamotten gehörig ins Schwitzen kommen würde.

Die angebliche Affäre von Angela und dem Mordopfer lag dem 36-Jährigen gehörig im Magen. Vielleicht war es ja ein Missverständnis, und wenn nicht, würde Angela bestimmt eine schlüssige Erklärung bieten können, hoffte Thomas. Dennoch blieben Zweifel, die er morgen ausräumen wollte. Auf jeden Fall freute er sich trotzdem auf das gemeinsame Kochen mit der Studiendirektorin. Während der Fahrt von der Polizeiinspektion zu seinem Sacherl fiel ihm ein, dass er morgen nicht mit leeren Händen vor Angelas Wohnung stehen wollte. Nachdem er ohnehin noch keine Mittagspause gehabt hatte und Andreas Berger bestimmt seinen Dienst erst am Nachmittag beenden würde, entschied er sich kurzerhand, nach Eggenfelden ins bekannte Weinhaus »Forster & Miller« zu fahren, um ein passendes Geschenk für die Gastgeberin zu besorgen. Mit einer Flasche Wein aus dem Supermarkt oder von der Tankstelle wollte er sich bei dieser stilsicheren Frau nicht blamieren.

Die knapp 20 Kilometer zwischen Pfarrkirchen und Eggenfelden hatte Thomas auf der B 388 in etwa einer Viertelstunde zurückgelegt. Am Stadtplatz, direkt vor dem Weinhaus, bekam er zu seiner großen Freude einen Parkplatz.

Im Geschäft begrüßte ihn eine freundliche Verkäuferin mittleren Alters. Auf ihre Frage, wie sie ihm helfen könne, antwortete er, dass er eine besondere Flasche Rotwein als Geschenk benötige.

»Wie viel wollen Sie für das Geschenk ausgeben?«, wollte die Verkäuferin wissen.

Gute Frage, dachte Thomas. Er war eher Bier- als Weinliebhaber und kannte sich deswegen in dieser Materie nicht aus. »So mittlere Preiskategorie«, antwortete der Polizist also auf gut Glück.

Die Verkäuferin zeigte ihm daraufhin einige Weine aus verschiedenen Ländern in einer Preisspanne zwischen 30 und 60 Euro. Letztlich entschied er sich für einen 2012er Barolo Montanello für 47 Euro. In seinem ganzen Leben hatte der Beamte noch nie so viel Geld für eine einzige Flasche Wein ausgegeben. Hoffentlich rentiert sich die Investition, dachte er. Am Tresen konnte er einer kleinen, aber feinen Pralinenschachtel nicht widerstehen. Thomas war zufrieden mit seinen zwei Mitbringseln, die seiner Gastgeberin für den morgigen Kochabend hoffentlich zusagen würden. Sie kamen zwar nicht ganz an das versprochene weiße Pferd heran, aber da würde er sich noch etwas einfallen lassen.

Mandy verbrachte ihre Mittagspause im Büro. In der bescheidenen Küche der Polizeiinspektion machte sie in der Mikrowelle den Nudelauflauf vom Vortag warm. Sie war es nicht gewohnt, alleine und so ganz ohne Thomas in ihrem Büro zu essen. Während sie aß, nutzte Mandy die Zeit, um über Angela Hiermer nachzudenken. Von Anfang an war ihr diese alles andere als sympathisch gewesen. Sie hatte schon am Tatort beobachtet, wie die zugegebenermaßen attraktive Frau mit den Männern spielte. Wie sie bei der ersten Begegnung mit Thomas gesprochen hatte. Mandy hoffte inständig, dass ihr Kollege dem Charme der Blondine nicht erliegen würde. Weshalb er der Hiermer wohl bei Befragungen aus dem Weg ging? Jetzt musste sie schon zum zweiten Mal ohne ihn mit ihr sprechen. Angelas Verhältnis mit dem ermordeten Direktor jedenfalls rundete ihr Bild von der karrieregeilen Frau ab. Sie traute ihr auch den Mord zu. Gut, ihr Kleid wies keine Blutspuren auf und das Handy hatte sie auch nicht entsorgt. Aber wie Thomas schon sagte: Der Täter könnte auch ohne Blutspuren davongekommen sein.

Wo war das Motiv? Vielleicht hatte sie im Streit über eine grottenschlechte Beurteilung die Nerven verloren? Ihre Karriere würde dadurch entscheidend gebremst. Mit diesen Gedanken im Kopf machte sie sich auf den Weg zur stellvertretenden Direktorin. Mandy war klar, dass Frau Hiermer nicht gerade erfreut sein würde, sie wieder vor ihrer Wohnungstür zu sehen. Aber das ließ sie kalt. Sie wollte beweisen, dass sie mit ihrer Einschätzung der Frau richtiglag.

Thomas machte sich zu Hause in Aign schnell noch einen Schinken-Käse-Toast, den er auf der schattigen Terrasse aß. Ihm fiel beim Essen ein, dass er während seiner gesamten Zeit als Kriminalbeamter in Pfarrkirchen bisher noch keine Beschattung durchgeführt hatte. In seiner vorigen Dienststelle in München waren solche Tätigkeiten öfters vorgekommen, also hatte er schon eine gewisse Erfahrung darin, Personen zu beobachten. Doch dieser Einsatz mit dem eigenen Motorrad in seiner Heimatstadt war ein ganz besonderer für ihn. Thomas wusste nicht so recht, wann er mit der Beschattung beginnen sollte. Seine Zielperson hatte als Zusteller bei der Post unregelmäßige Arbeitszeiten, die von der Anzahl der zu verteilenden Briefe und Pakete abhängig waren. Auf der einen Seite wollte er bei diesem heißen Wetter nicht stundenlang schwitzend in seiner Motorradkluft warten, auf der anderen Seite durfte er Andreas nicht verpassen. Er entschied sich für die Sicherheitsvariante. Gleich nach dem Mittagessen zog er seine Jacke an, setzte seinen Helm auf und fuhr zur Pfarrkirchner Postzentrale in die Max-Lanz-Straße.

Als Erstes inspizierte er den Mitarbeiterparkplatz und hielt Ausschau nach dem Geländemotorrad von Andreas Berger. Schnell konnte er die rot-weiße Yamaha des Verdächtigen ausfindig machen. Somit war er sich sicher, dass Berger an diesem Tag auch tatsächlich arbeitete.

Thomas parkte seine BMW in ausreichender Entfernung zum Mitarbeiterparkplatz an einem schattigen Ort, von wo er einen freien Blick auf die Geländemaschine hatte. Trotz der Hitze behielt er seinen Helm an, um nicht erkannt zu werden. Lediglich das Visier klappte er nach oben. Während er auf Andreas Berger wartete, dachte er an das Gespräch zwischen Mandy und Angela. Hoffentlich machte Angela keine Andeutungen bezüglich ihrer gemeinsamen Motorradtour oder gar über ihren morgigen Kochtermin. Er hatte schon überlegt, ob er Angela anrufen sollte, um sie vorzuwarnen und sie zu bitten, nichts über ihre Treffen auszuplaudern. Aber diesen Gedanken hatte Thomas gleich wieder verworfen, weil er Mandy gegenüber nicht illoyal sein wollte. Private Treffen zwischen einem Kripobeamten mit einer Zeugin beziehungsweise Verdächtigen sind zwar gewiss nicht unverfänglich, jedoch nicht strafbar. Trotzdem wollte er die Ermittlungsarbeit auf keinen Fall als Maulwurf torpedieren.

Mandy hatte wieder einmal recht. Die stellvertretende Direktorin des hiesigen Gymnasiums war alles andere als erfreut über den Besuch der Kripobeamtin.

»Was wollen Sie denn schon wieder von mir?«, fragte Angela Hiermer genervt, als sie Mandy die Tür öffnete.

»Ich hätte noch einige Fragen an Sie«, antwortete Mandy emotionslos.

»Ich dachte, gegen mich liegt kein Verdacht mehr vor«, zeigte sich Angela schnippisch.

»Wer behauptet das?« Bei Mandy schrillten die Alarmglocken. Hatte Thomas doch privaten Kontakt zur Hiermer? Das könnte vielleicht der Grund sein, warum Thomas ihr dienstlich aus dem Weg ging.

»Das hat mir Ihr Kollege gesagt, als er mir das Kleid zurückgebracht hat«, schwindelte Angela. Sie wusste genau, dass sie Thomas in die Bredouille bringen würde, wenn sie ihn als Informanten bloßstellen würde.

Mandy wollte aber nicht lockerlassen. »Aha, und wie hat der Kollege ausgesehen?«.

»Er trug eine blaue Uniform, war untersetzt und hatte kurze schwarze Haare. Aber so viele Kollegen werden Sie in der Pfarrkirchner Polizei auch wieder nicht haben, oder?«, erwiderte Angela, ohne ihre Abneigung gegenüber Mandy zu verbergen.

Die musste zugeben, dass diese Beschreibung genau auf den Kollegen Karl Auer passte.

Angela hatte den Verdacht, dass Mandy ihren Kollegen dazu wohl genauer befragen würde, wenn sie mit ihr fertig wäre. Deswegen versuchte sie, ihre Aussage noch ein wenig zu relativieren. »Vielleicht hat er auch nur ›Alles gut‹ oder so etwas Ähnliches gesagt. Auf jeden Fall hat er mir gegenüber den Eindruck erweckt, als sei ich nicht mehr verdächtig.«

»Trotzdem hätte ich noch einige Fragen an Sie.«

Missmutig ließ Angela die Polizistin in ihre Wohnung und bot ihr einen Platz in ihrem Wohnzimmer an.

Thomas brütete im Gegensatz zu den beiden Frauen draußen in der Hitze. Seiner Ausbildungszeit in München trauerte er auf keinen Fall nach. Dort waren Aufgaben wie die heutige Beschattung an der Tagesordnung gewesen. Und dafür war unbedingt Geduld notwendig, welche Thomas definitiv nicht hatte. Das lange Warten auf seine Zielperson stellte ihn auf eine dementsprechend harte Probe. Nach einer gefühlten Ewigkeit sah er endlich Andreas Berger mit seinem schwarzen Sturzhelm in der Hand auf die rotweiße Geländemaschine zugehen. Jetzt wurde es ernst für Thomas. Er machte sich bereit und klappte sein Visier herunter. In gebührendem Abstand folgte er Andreas Berger.

Der Lehrersohn fuhr quer durch die Stadt und steuerte das elterliche Grundstück in der Wittelsbacherstraße im Pfarrkirchner Norden an. Andreas parkte sein Zweirad in der Auffahrt vor der Garage und verschwand im Haus. Thomas hielt vor der Einbiegung zur Ludwigstraße und stellte sich in die Einfahrt eines anderen Hauses. Jetzt hieß es schon wieder warten. Das Thermometer zeigte immer noch über 30 Grad an. Thomas hoffte, dass ihn niemand ansprechen würde. Für den Fall des Falles hatte er sich schon eine Ausrede zurechtgelegt. Aber diesmal war die Wartezeit bei Weitem nicht so lange. Nach knapp einer halben Stunde verließ Andreas das Haus, setzte seinen Helm auf, stieg auf sein Zweirad und fuhr davon.

Auf Höhe des Stadtplatzes, genau vor dem Wimmer-Ross, dem Wahrzeichen der Stadt, hielt Andreas an. Dort wartete ein anderer Jugendlicher auf ihn, ebenfalls mit einem schwarzen Helm in der Hand.

Thomas blieb gut 50 Meter von dem bronzenen Pferd entfernt stehen und beobachtete die Szene. Die beiden begrüßten sich mit dem Faustcheck, den der frühere US-Präsident Barack Obama salonfähig gemacht hatte. Dann setzte Andreas' Freund seinen Helm auf und schwang sich auf den Soziussitz. Als die beiden weiterfuhren, nahm Thomas die Verfolgung wieder auf.

Sie fuhren auf der Passauer Straße stadtauswärts. Beim Kreisverkehr nahmen sie die dritte Ausfahrt. Auf der Höhe von Oberham zweigten sie nach links ab, in Richtung eines Waldstücks. Dort fuhren sie auf dem kiesigen Untergrund langsam weiter. Gut, dass ich mit meiner GS auch eine geländetaugliche Maschine habe, dachte Thomas, der den beiden nun mit großem Abstand folgte. Nach ungefähr 500 Metern bogen Andreas und sein Freund nach rechts ab. Thomas schaltete den Motor aus, um nicht bemerkt zu werden. Weit dürften die beiden nicht mehr fahren, da der Untergrund immer unwegsamer wurde. Ungefähr 100 Meter weiter hielt das Motorrad neben einer Hütte mit kleinen Fenstern und Pultdach. Aus sicherer Entfernung beobachtete Thomas, wie die beiden Jugendlichen in die Hütte gingen.

»Warum haben Sie uns verschwiegen, dass Sie mit dem Ermordeten ein Verhältnis hatten?«, fragte Mandy, während sie sich auf denselben Sessel setzte wie bei ihrem letzten Besuch.

Anscheinend traf Mandy mit dieser Frage gleich den

Nerv der Studiendirektorin, denn bevor diese antwortete, musste sie noch einen tiefen Atemzug nehmen.

»Erstens war das kein Verhältnis, sondern nur eine kurze Affäre«, entgegnete Angela betont ruhig, »zweitens ist das schon ein Jahr her, drittens hat das mit dem Mord an Volker nichts zu tun und viertens haben Sie mich nicht danach gefragt.«

Mandy war aufgrund der arroganten Art ihrer Gesprächspartnerin ebenfalls »not amused« und holte zur Retourkutsche aus. »Erstens ist es mir egal, ob Sie das als Verhältnis oder Affäre definieren, zweitens müssen wir in einem Mordfall das gesamte Umfeld des Opfers durchleuchten, drittens müssen Sie es uns überlassen, was wichtig und was unwichtig ist, und viertens haben Sie sich aufgrund der Tatsache, dass Sie uns Ihre Affäre mit Doktor Rausch verschwiegen haben, erst richtig verdächtig gemacht. Sie haben bei der ersten Vernehmung angegeben, Sie wüssten über die Familie des Direktors wenig Bescheid, und nun stellt sich heraus, dass Sie zeitweise ein Teil davon waren. Was sollen wir daraus für Schlüsse ziehen?«

»Dann verhaften Sie mich doch«, schlug Angela beleidigt und gekränkt vor. Spätestens zu dem Zeitpunkt war klar, dass die beiden Frauen in diesem Leben keine Freundinnen mehr werden würden.

»Wir können Sie auch gerne in die Polizeiinspektion vorladen, wenn Sie mit mir hier nicht vernünftig reden wollen«, drohte Mandy. Das beleidigte Getue der Pädagogin ging ihr gehörig auf die Nerven.

Jetzt kam Angela ins Grübeln. »Was wollen Sie von mir wissen?«

»Von wann bis wann dauerte Ihre Affäre?«, fragte Mandy, froh darüber, der Hiermer jetzt nicht mehr alles mühsam aus der Nase ziehen zu müssen. Ihre Drohung hatte also glücklicherweise Wirkung gezeigt.

»So von Mai bis Oktober letzten Jahres ungefähr.«

»Wie haben Sie Herrn Doktor Rausch kennengelernt?«

»Ich habe ihn schon vor zwölf Jahren während meiner Ausbildung kennengelernt. Er war damals Seminarlehrer und ich Referendarin«, erzählte Angela bereitwillig.

»Hatten Sie damals schon ein Verhältnis, äh, eine Affäre?«

»Nein, damals noch nicht. Erst als ich ihn im Frühjahr letzten Jahres bei einem Jazzkonzert in Burghausen wieder getroffen habe, sind wir uns nähergekommen.«

»Dann haben Sie es also ihm zu verdanken, dass Sie stellvertretende Direktorin geworden sind, oder?« Mandy provozierte.

»Er hat mir die Stelle in Aussicht gestellt, das stimmt. Versprechen konnte er dies nicht, da er erst die Verantwortlichen im Ministerium überzeugen musste. Nachdem ihm das gelungen war, konnte ich ja wohl schlecht Nein sagen. Das war eine große Chance für mich«, gab Angela zu und fühlte sich sichtlich unwohl dabei.

Mandy war allerdings noch lange nicht fertig. »Und als Sie dann die Stelle hatten, haben Sie die Affäre beendet?«

Die stellvertretende Direktorin schluckte erneut, als sie diese Frage hörte. »Das hatte nichts mit der Stelle zu tun, es hat einfach nicht mehr gepasst zwischen uns, deshalb habe ich die Liaison beendet.«

Mandy hatte schon das Wort »hochgeschlafen« auf der Zunge, biss sich dann aber auf ihre Lippen. Auf jeden Fall hatte ich mit meiner Einschätzung der Frau recht, dachte die Polizistin. »Wie hat Herr Doktor Rausch auf Ihre Entscheidung reagiert?«

»Er wollte mich heiraten. Da können Sie sich vorstellen, dass er nicht gerade begeistert war, als ich mit ihm Schluss gemacht habe.«

»Und wie hat sich Ihre private Situation auf die dienstliche Zusammenarbeit in der Schule ausgewirkt?«

»Am Anfang war es schon schwierig, aber nach ein paar Wochen hatte sich Volker gefangen und wir konnten wieder einigermaßen vernünftig miteinander umgehen.«

»Weiß man jetzt schon, wie es im neuen Schuljahr am Gymnasium weitergeht?«

»Nein, ich habe absolut keine Ahnung.«

»Ihre berufliche Situation hat sich durch den Tod von Doktor Rausch nicht verschlechtert, oder?«

»Was soll das jetzt wieder heißen?«, empörte sich die Studiendirektorin.

Mandy war klar, dass diese Frage auf eine ziemlich schamlose Einschätzung der Situation zielte. »Sie werden wohl kein Problem damit haben, dass Doktor Rausch im neuen Schuljahr nicht mehr Ihr Vorgesetzter sein wird.«

»Und deswegen habe ich ihn umgebracht? Das ist es doch, was Sie hören wollen! Das ist doch die Höhe, was Sie mir unterstellen! Ich hätte auch die Schule wechseln können. Pfarrkirchen ist nicht gerade der Nabel der Welt!«, entrüstete sich die Studiendirektorin. »Mir reicht es jetzt, Frau Hanke.«

Sie stand auf und zeigte ihrer Gesprächspartnerin die Tür.

Mandy blieb nichts anderes übrig, als der stummen Anweisung zu folgen. Vielleicht hatte sie etwas übertrieben mit ihren provokanten Fragen. Aber sie fühlte sich in ihren Vermutungen bestätigt.

Vielleicht hatte Doktor Rausch seine ehemalige Geliebte und Stellvertreterin so gereizt, dass sie die Nerven verloren hatte. Ein Motiv lag vor, aber wie stand es um ihr Alibi, fragte sich Mandy. Frau Hiermer hatte doch beim ersten Gespräch angegeben, dass sie am Freitag nach der Buchvorstellung mit Kollegen im Biergarten gewesen war. Sie und Thomas hatten es versäumt, das Alibi der Lehrerin zu überprüfen!

Langsam pirschte sich Thomas von Baum zu Baum in Richtung der Holzhütte. Sein Puls erhöhte sich, je näher er kam.

Gebückt schlich er sich auf leisen Sohlen die letzten Meter an.

Er war beruhigt, als er Stimmen aus dem Inneren des kleinen Gebäudes vernahm. Er konnte also davon ausgehen, nicht bemerkt worden zu sein. Thomas drückte sich mit dem Rücken zur hölzernen Wand in Richtung eines der beiden mit Eisenstäben gesicherten Fenster. Vorsichtig lugte er hindurch und sah, wie die beiden Freunde mit dem Rücken zu ihm an einem Tisch saßen.

Bei genauerem Hinsehen erkannte er, wie Andreas Berger Schmuckstücke, die auf dem Tisch lagen, mit seinem Handy fotografierte.

Eindeutiger geht's nimmer, dachte der Ermittler. Für ihn war klar, was er da vor sich sah: die gestohlenen Schmuckstücke.

Jetzt war es an der Zeit, Verstärkung zu holen. Alleine konnte er die beiden nicht verhaften oder gar in die Polizeiinspektion bringen. Außerdem wusste er nicht, ob die vermeintlichen Einbrecher im Besitz einer Waffe waren. Thomas schlich sich wieder zurück zu seinem Motorrad.

In ausreichender Entfernung zückte er sein Handy und rief die Kollegen der Polizeiinspektion an. Flüsternd berichtete er, was er gerade gesehen hatte, und bat die Kollegen, so schnell wie möglich zu ihm in das Waldstück zu kommen. Er beschrieb ihnen seinen Standort ganz genau und forderte sie auf, möglichst leise auf der Kiesstraße zu fahren.

In der Zwischenzeit beobachtete Thomas die Hütte aus der Ferne. Er war froh, dass dort alles ruhig blieb. Seine Gedanken drifteten mal wieder zu Angela ab, die gerade von Mandy befragt wurde. Er hoffte, dass Angela ihn bei seiner Kollegin nicht hatte auffliegen lassen. Falls doch, legte er sich schon Strategien zurecht, wie er es Mandy am schonendsten beibringen könnte. Nach wenigen Minuten wurde er durch ein fernes Motorengeräusch aus seinen Überlegungen gerissen.

Er ging zur breiteren Kiesstraße und winkte seinen Kollegen. Karl Auer stellte seinen Dienstwagen auf der Forststraße neben der GS ab und stieg zusammen mit seinem Kollegen Stefan Wegerer aus dem Fahrzeug aus.

»Super, dass ihr so schnell kommen konntet. Die beiden Burschen sind in der Waldhütte hinten und fotografieren ihre Beute«, flüsterte Thomas seinen beiden Kollegen zu und zeigte in Richtung ihres Verstecks.

Sie mussten vorsichtig sein. Eine Flucht der Jugendlichen wollten sie in jedem Fall vermeiden. Zuerst schlich sich Thomas in gebückter Haltung zur Hütte und lugte wieder in das Fenster.

Als Thomas sah, dass die beiden immer noch am Tisch saßen, gab er seinen uniformierten Kollegen ein Zeichen. Schnellen Schrittes stürmten die zwei Polizisten mit ihren Dienstpistolen im Anschlag in die Hütte.

»Hände hoch, Polizei!«, schrie Karl Auer, der ganz aufgeregt mit seiner Dienstpistole fuchtelte. Stefan Wegerer folgte dicht hinter ihm, und auch Thomas Huber betrat den Raum. Den beiden Jugendlichen war der Schreck ins Gesicht geschrieben. Vor lauter Schock taten sie keinen Mucks mehr.

»Hände hoch!«, brüllte Karl Auer erneut, als er merkte, dass die beiden auf seine erste Aufforderung nicht reagiert hatten. Sowohl Andreas als auch sein Komplize streckten die Hände langsam nach oben.

»So sieht man sich wieder, Herr Berger«, begrüßte Thomas seinen Gesprächspartner vom Vortag.

»Auf dieses Wiedersehen hätte ich verzichten können«, murmelte Andreas.

»So, und jetzt langsam aufstehen und dann nach vorne kommen«, befahl Karl Auer, der seine Dienstpistole wegsteckte und die Handschellen herausholte. Nachdem die Burschen aufgestanden waren, legten die uniformierten Polizisten den zwei Jugendlichen die Handschellen an und tasteten sie, Gott sei Dank vergebens, nach Waffen ab.

Thomas betrachtete die wertvollen Colliers, Ringe und Armbänder, die auf dem Tisch lagen.

»Das dürften zweifelsohne die Schmuckstücke aus unserer Einbruchsserie sein.« Selbstzufrieden nickte er.

Unter dem Tisch entdeckte er eine Sporttasche. Er öffnete sie und pfiff triumphierend. »Da schau her, da glitzert es ja so richtig. Ihr seid verhaftet wegen des dringenden Tatverdachts, eine Einbruchsserie in Pfarrkirchen begangen zu haben«, verkündete Thomas, der das gesamte Diebesgut in die Tasche packte und sie seinem Kollegen übergab. »Bitte bringt die beiden in die Polizeiinspektion in getrennte Arrestzellen. Ich schau mich noch ein wenig in der Hütte um und komm dann gleich nach.«

»Alles klar, Thomas, machen wir«, bestätigte Stefan Wegerer. Wortlos und mit hängenden Köpfen wurden

Andreas und sein Freund von den Uniformträgern abgeführt.

SECHSUNDZWANZIG

Als Mandy wieder in ihrem Büro war, suchte sie umgehend nach der Aufstellungsliste derjenigen, die am Freitag nach der Buchvorstellung im Biergarten dabei gewesen waren.

Thomas hat mir doch den Ausdruck auf den Schreibtisch gelegt, überlegte Mandy und durchwühlte die Unterlagen auf ihrem Platz. Da! Endlich fand sie besagte Liste ganz unten im Stapel, wo sie halb vergessen zwischen den anderen Unterlagen lag.

Neben der stellvertretenden Direktorin waren noch vier weibliche und zwei männliche Lehrkräfte aufgelistet, die nach der Buchvorstellung den Abend im »Schachtl-Biergarten« hatten ausklingen lassen.

Durch ein Klopfen an der Tür wurde Mandy aus ihren Überlegungen gerissen. Mit einem »Herein!« bat sie ihren Besucher ins Büro, der sich als Karl Auer herausstellte. Er trat mit einer schwarzen Sporttasche ein.

»Servus, Mandy, zwei junge, gut aussehende Männer warten in den Arrestzellen auf dich«, witzelte der Polizeihauptmeister.

»Habt ihr etwa die Einbrecher gefasst?«, fragte Mandy überrascht.

»Inklusive Beute«, bestätigte Karl triumphierend. Mit einem lauten Knallen stellte er die Tasche mit dem Diebesgut schwungvoll auf Mandys Schreibtisch ab. Mit einem zufriedenen Lächeln im Gesicht öffnete er sie, präsentierte ihr den Inhalt und schilderte kurz die Verhaftung.

»Wow, nicht schlecht, Herr Specht«, lobte Mandy ihren Kollegen. »Da darf ich nicht länger reinschauen, sonst werde ich ja noch geblendet. Deswegen darfst du die Tasche gleich wieder mitnehmen und die Schmuckstücke mit den Fotos der gestohlenen Sachen vergleichen.« Mandy zwinkerte Karl gut gelaunt zu.

»Das hab ich mir schon 'dacht, dass diese Arbeit wieder an mir hängen bleibt«, kommentierte Karl resigniert, aber grinsend.

»Apropos Arbeit. Ich hätte da noch was für dich«, kündigte Mandy an. Sie hielt die »Biergarten-Liste« noch immer in den Händen und wedelte jetzt damit vor Karl herum. »Bitte nimm Kontakt mit zwei, drei Personen auf dieser Liste auf und frage sie, von wann bis wann die stellvertretende Direktorin, Angela Hiermer, mit ihnen im Biergarten war«, bat Mandy und drückte ihm das Papier in die Hand.

»Okay, mach ich.«

Mandy zögerte kurz, aber da Thomas nicht anwesend war, zog sie Karl kurzerhand ins Vertrauen. Sie wollte wissen, wieso Angela Hiermer auf den Gedanken gekommen war, nicht mehr als verdächtig zu gelten. Also stand sie auf, umrundete ihren Schreibtisch und blieb vor Karl stehen. »Du hast doch der Frau Hiermer ihr Kleid zurückgebracht, oder?«

»Ja, das hab ich g'macht. Das war ein Auftrag vom Thomas.«

»Ja, ja, das passt schon. Kannst du dich erinnern, was du ihr bei der Übergabe gesagt hast?«

»Ich hab nur g'sagt ›mit Dank zurück‹ sonst nichts. Hab ich was falsch g'macht?«, entgegnete Karl verunsichert.

»Nein, nein, alles gut, Karl«, beschwichtigte Mandy. Da flog die Tür auf und ein freudestrahlender Thomas stürmte herein.

»Ah, du weißt schon Bescheid, dass meine Mission erfolgreich war«, erschloss Thomas die sich ihm darbietende Szenerie in seinem Büro.

»Ja, mein Held, gut gemacht«, lobte ihn Mandy und drückte ihm zu seiner Überraschung einen Kuss auf die Wange. So eine Begrüßung hatte er noch nie erlebt. Darüber freute er sich besonders. Außerdem war dieser Empfang insofern beruhigend, weil er nun davon ausgehen konnte, dass Angela nichts ausgeplaudert hatte. Hätte Angela seiner Kollegin den privaten Kontakt mit ihm preisgegeben, wäre deren Reaktion eine ganz andere gewesen. So gut kannte er Mandy bereits.

»Wow, da schau her. Das sind Belohnungen!«, freute sich Thomas und strahlte über das ganze Gesicht.

»So möcht ich auch mal belohnt werden«, eiferte Karl scherzend.

»So was muss man sich halt erst verdienen«, prahlte Thomas voller Selbstbewusstsein.

»Komm her, Karl, du hast ja auch zur Verhaftung der beiden Einbrecher beigetragen«, lobte Mandy und drückte ihm ebenfalls einen Kuss auf die Wange.

»Jetzt kann ich die ganze Nacht nicht mehr schlafen«, übertrieb der 45-jährige Familienvater euphorisch.

»Dann nimmst halt eine Schlaftablette«, empfahl Thomas augenzwinkernd.

Nach dieser Witzelei kehrte langsam wieder Seriosität ins Ermittlerbüro ein, es standen ja noch die Vernehmungen der beiden Einbrecher an.

»Du, Karl, hast du die Identität des Komplizen festgestellt?«, fragte Thomas.

»Ja natürlich. Er heißt Simon Meiler und ist Schüler am hiesigen Gymnasium.«

»Meiler, der Name kommt mir bekannt vor«, überlegte Thomas und auch Mandy hatte den Namen schon mal gehört.

»Hieß nicht der Rechtsanwalt, der im letzten Mordfall den Notar Erlacher vertreten hat, Meiler?« Mandy meinte sich vage an den Namen zu erinnern.

»Oh, oh, das könnt sein«, mutmaßte Thomas, der nur sehr ungern an diesen arroganten und selbstherrlichen Advokaten zurückdachte.

»Weißt was, Karl, geh doch mal zu den beiden und frag sie, ob sie einen Rechtsanwalt dabeihaben wollen. Wenn ja, lass sie telefonieren«, bat Thomas. »Dann wissen wir gleich, ob der zweite Bursche der Sohn von diesem Rechtsanwalt ist.«

Der Polizeihauptmeister machte sich umgehend auf den Weg.

Nun war das Pfarrkirchner Ermittlerduo wieder allein in seinem Büro. Schon die ganze Zeit brannte Thomas eine Frage auf den Nägeln. Er wusste nur nicht, wie er vorgehen sollte, ohne bei Mandy verdächtig zu erscheinen. Zunächst wartete er, in der Hoffnung, sie würde von allein zu erzählen beginnen. Aber nachdem Mandy sich ohne weitere Wortmeldung hinter ihren Computer verschanzt hatte, fasste sich Thomas ein Herz.

»Und wie ging's dir mit Frau Hiermer?« Er bemühte sich sehr, die Frage beiläufig klingen zu lassen.

»Also, wir beide werden in diesem Leben bestimmt keine Freundinnen mehr. Ich weiß nicht, was diese Frau hat. Ich finde sie arrogant, berechnend und kaltherzig«, urteilte Mandy und beobachtete ihren Kollegen dabei genau. Zickenkrieg, dachte Thomas. Er hatte einen ganz anderen Eindruck von Angela.

»Hat sie das Verhältnis zum Rauschi zu'geben?«, wollte Thomas wissen.

»Ja, sie sprach aber nicht von einem Verhältnis, sondern nur von einer kurzen Affäre. Und genau dieser Affäre hat sie den Posten der stellvertretenden Direktorin zu verdanken.«

»Hat sie das zu'geben?«

»Nein, natürlich nicht, aber so war es halt. Die hat sich gezielt hochgeschlafen, das sage ich dir. Als sie die Stelle dann hatte, gab sie ihm den Laufpass«, behauptete Mandy.

»Du hattest ja immer schon eine gute Menschenkenntnis«, lobte Thomas in der Hoffnung, dass sie diesmal nicht recht behalten würde.

»Dann hat sie noch gesagt, dass ihr von der Polizei mitgeteilt wurde, sie sei nicht mehr verdächtig. Kannst du dir das erklären?«, fuhr Mandy fort. Thomas' Puls schnellte deutlich in die Höhe. Jetzt bloß nichts Falsches sagen, dachte er.

»Keine Ahnung, wer ihr das g'sagt hat, vielleicht der Karl, als er ihr das Kleid zurückgebracht hat«, gab sich Thomas unschuldig.

Die befürchtete Antwort kam unverzüglich, begleitet von einem durchdringenden Blick Mandys.

»Den Karl habe ich schon gefragt, der war es nicht«, sagte sie, wurde aber vom schrillenden Läuten von Thomas' Telefon unterbrochen. Selten hatte er sich über einen Anruf so gefreut wie jetzt. Hoffentlich entkam er dadurch der nervigen Fragerei seiner unerbittlichen Kollegin.

Seine Freude verflog allerdings schnell wieder, als sich Richard Meiler mit erregter Stimme meldete. Thomas schaltete sofort den Lautsprecher ein, damit Mandy das brisante Gespräch mithören konnte. »Sie haben meinen Sohn verhaftet?«, schrie der Rechtsanwalt ins Telefon.

Manche Menschen ändern sich nie, dachte Thomas. Richard Meiler war ihm schon im Zuge der Ermittlungen im letztjährigen Mordfall wegen seiner hochnäsigen und aufgeblasenen Art aufgefallen und dementsprechend in schlechter Erinnerung geblieben.

»Ja, das stimmt, Herr Meiler. Wir haben Ihren Sohn wegen des dringenden Tatverdachts der Beteiligung an einer Einbruchsserie verhaftet«, führte Thomas sachlich aus.

»Das kann nicht sein! Das wird sich alles als Missverständnis aufklären! Natürlich werde ich meinen Sohn vertreten, das dürfte Ihnen klar sein, Herr Huber!«, brüllte er erneut ins Telefon. »Wann wollen Sie meinen Sohn vernehmen?«, fuhr Meiler mit scharfem Ton fort.

»Wir wollten ihn jetzt gleich verhören«, kündigte Thomas an.

»Das geht nicht, ich bin gerade in Leipzig auf einem Kongress, ich kann frühestens morgen früh bei Ihnen sein. Kommen Sie bloß nicht auf die Idee, die Vernehmung ohne mich durchzuführen«, drohte der Advokat.

»Wie Sie meinen, Herr Meiler, dann wird aber Ihr Sohn diese Nacht bei uns verbringen«, kündigte Thomas mit Genugtuung an.

»Eines kann ich Ihnen sagen, Herr Huber. Wenn sich dieses Missverständnis aufgeklärt hat und ich Ihnen schlampige Polizeiarbeit nachweisen kann, dann können Sie sich auf etwas gefasst machen, das dürfte Ihnen klar sein«, wiederholte Meiler seine Drohung und beendete das Telefonat, ohne sich zu verabschieden.

»Puh, da müssen wir uns morgen früh auf eine heiße Runde gefasst machen«, prophezeite Mandy mit sorgenvoller Miene.

Bevor Thomas ihr zustimmen konnte, betrat Karl Auer erneut das Büro. »Der Rechtsanwalt Meiler wird euch gleich anrufen.«

»Das hat er schon« teilte ihm Mandy mit.

»Und, was hat er g'sagt?«

»Dass er sich schon sehr auf die morgige Vernehmung mit uns gemeinsam freut«, witzelte Thomas ironisch. »Was ist mit dem Andreas Berger? Müssen wir bei dem auch auf einen Rechtsanwalt warten?«

»Der Berger will weder einen Rechtsbeistand noch seinen Vater dabeihaben.«

SIEBENUNDZWANZIG

Im Vernehmungsraum warteten schon Karl Auer, der wie immer auf seinem Platz neben dem Eingang saß, und Andreas Berger.

Dieser kauerte wie ein Häufchen Elend auf einem der Stühle in der Mitte des Raumes.

Thomas und Mandy traten wortlos ein und setzten sich zu ihm. Nachdem Thomas das Mikrofon eingeschaltet hatte, begann er auch gleich mit der Vernehmung. »Sie sind sich sicher, dass Sie keinen Rechtsanwalt und auch nicht Ihren Vater dabeihaben wollen?«

»Ich bin volljährig und deshalb kann ich das selbst entscheiden, oder? Ich will keinen Menschen bei diesem Gespräch dabeihaben, schon gar ned meinen Vater«, erklärte Andreas Berger mit aufgebrachter Stimme.

»Wie Sie meinen. Sie können das Gespräch mit uns alleine führen, aber wir wollten Sie auf Ihre Rechte aufmerksam machen«, versuchte Mandy ihr Vorgehen zu erklären. Andreas zeigte keine Reaktion.

»Ich möcht Ihnen gleich zu Beginn sagen, dass ein Geständnis strafmildernd wirkt. Dass die Beweislage eindeutig ist, brauch ich Ihnen nicht zu erzählen, das wissen Sie«, fasste Thomas die Situation seines Gegenübers zusammen.

»Was bleibt mir anderes übrig, ich geb's ja zu«, gestand Andreas zur Erleichterung der Kommissare.

»Das heißt, Sie und Ihr Freund Simon Meiler haben alle vier Einbrüche in Pfarrkirchen, genauer, am 4. Juli in der Bruckbauerstraße, am 10. Juli in der Moosäckerstraße, am

23. Juli in der Einsteinstraße und am 29. Juli in der Franziskanerstraße begangen?«, wollte Thomas nochmals detailliert bestätigt haben.

Andreas Berger nickte, während er auf den grau marmorierten Linoleumboden starrte.

»Der Beschuldigte nickt«, betonte Thomas, damit das wortlose Geständnis lückenlos aufgezeichnet wurde.

»Sie wussten, dass die Besitzer der Häuser zu dieser Zeit im Urlaub waren, oder?«, fragte Mandy. Erneut nickte der 18-Jährige.

»Woher hatten Sie diese Informationen?«

»Die haben für ihre Urlaubszeit einen Nachsendeantrag g'stellt«, gab Andreas kleinlaut zu.

Thomas' anerkennenden Blick registrierte Mandy sofort. Sie war es schließlich, die gestern nach der ersten Befragung von Andreas Berger diese Vermutung geäußert hatte.

»Und die Beute haben Sie dann in der Holzhütte versteckt, oder?«

»Ja«, bestätigte Andreas.

»Wem gehört die Hütte?«

»Das ist die Jagdhütte von Simons Vater«, gab Andreas an, der zitternd und mit leiser Stimme sprach.

»Habt ihr schon was verkauft?«

»Nur ein paar Einzelstücke. Der Großteil ist noch da«, gestand Andreas.

»Ihr kommt doch beide aus einem wohlhabenden Elternhaus. Warum habt ihr die Einbrüche überhaupt begangen?«, fragte Mandy, die irgendwie Mitleid mit dem jungen Mann hatte.

»Weil ich ständig um Geld betteln muss zu Hause, wenn ich mir was kaufen will. Glauben Sie, dass man als 18-Jähriger mit 15 Euro Taschengeld pro Woche auskommen kann, selbst wenn man am Arsch der Welt lebt?«, klagte der ehemalige Schüler.

»Aber Sie haben doch ein Motorrad«, hielt Mandy dagegen.

»Das hat mir mein Opa zum 18. Geburtstag gekauft. Was glauben Sie, wie sich da mein Vater aufg'führt hat.«

»Mir scheint, Sie haben zu Ihrem Vater nicht das allerbeste Verhältnis.«

»Das kann man so sagen. Er hat immer von mir erwartet, dass ich ein Musterschüler werde. Er hat mich ständig zum Lernen 'zwungen. Oft hat er mich eing'sperrt, damit ich mich besser konzentrieren kann, hat er gesagt. Das ist doch krass, oder? Und dann, als ich wieder schlechte Noten g'habt hab, hat er mich als Loser bezeichnet und mir das Taschengeld weiter 'kürzt. Die Entlassung aus dem Gymnasium war eine einzige Befreiung für mich. Das ging mir am Arsch vorbei!«, redete sich der 18-Jährige in Rage.

»Und, wie geht es jetzt mit Ihnen weiter?«

»Ich möchte eine Ausbildung zum Schreiner oder Mechaniker machen. Mein Vater will aber, dass ich in Eggenfelden das Abitur nachmache. Ich hab keine Ahnung, wie es mit mir weitergeht.«

Nachdem Andreas Berger die Einbrüche gestanden und sich seinen Frust von der Seele geredet hatte, kam Thomas auf den Mordfall Rausch zu sprechen. Er konnte sich nicht vorstellen, dass Andreas mit dem Mord etwas tun hatte. Nicht nach all dem, was er vorher gestanden hatte.

»Wenn die Entlassung aus dem Gymnasium für Sie so was wie eine Befreiung war, dann haben S' wohl mit dem Mord an dem Direktor nichts zu tun, oder?«

»Ganz sicher nicht. Ich bin nicht gewalttätig, das müssen Sie mir glauben! Wir haben auch bei unseren Einbrüchen keine Waffen dabeig'habt«, erklärte der Jugendliche sehr glaubwürdig.

»Trotzdem müssen Sie diese Nacht bei uns bleiben. Morgen früh werden wir mit dem Staatsanwalt sprechen«, versprach Mandy, die insgeheim hoffte, dass Andreas dann wieder auf freien Fuß kommen würde, nachdem er sich so geständig und kooperativ gezeigt hatte.

»Bitte geben Sie Ihren Eltern Bescheid, dass Sie heut Nacht nicht nach Hause kommen werden«, forderte Thomas. Er wollte morgen in der Früh keine Vermisstenmeldung auf seinem Schreibtisch liegen sehen.

»Was glauben Sie, wie mein Vater reagiert, wenn er hört, dass ich in Häuser ein'brochen bin und Schmuck g'stohlen hab? Der rastet völlig aus! Der bringt mich um, wenn er das hört, das kann ich Ihnen sagen.« Andreas Blick wanderte verzweifelt zwischen den Beamten hin und her.

»Daran hätten Sie schon früher denken können. So schlimm wird es schon nicht werden, aber verheimlichen können Sie Ihre Tat auch ned, das dürfte Ihnen klar sein. Wir werden Sie beim ersten Zusammentreffen mit ihm begleiten, wenn Sie das wollen«, bot Thomas an.

Nachdem die Tür hinter Karl Auer und dem jungen Einbrecher ins Schloss gefallen und er mit ihm wieder auf den Weg zurück in dessen Zelle war, konnte Thomas nur noch mit dem Kopf schütteln. »Und ein solcher Vater arbeitet als Pädagoge im Gymnasium und kümmert sich um die Erziehung von jungen Menschen.«

Mandy konnte dem nur zustimmen. »Bei der Erziehung seines Sohnes hat er wahrscheinlich alles falsch gemacht, was er falsch machen konnte.«

ACHTUNDZWANZIG

Die Polizeiarbeit an diesem Mittwoch war lang und anstrengend gewesen. Thomas war froh, als er zu Hause war. Er fühlte sich ausgelaugt und matt, wie nach einem verlorenen Fußballspiel, obwohl sie in der Diebstahlgeschichte einen enormen Schritt weitergekommen waren. Jugendliche Straftäter zu überführen, gehörte allerdings nicht unbedingt zu seinen Lieblingsbeschäftigungen. Den wenigsten Halbwüchsigen, die sich in eine kriminelle Handlung verstrickten, oft aus Jux, Übermut oder Angeberei heraus, war bewusst, wie sehr sie ihr gesamtes Leben damit belasteten. Gerade in ländlichen Strukturen, wo jeder über jeden bestens Bescheid wusste, war der Makel einer Verurteilung wie ein verunstaltetes Tattoo in die Haut gestochen. Die größeren Jugendsünden, und Einbrüche zählten definitiv dazu, waren schweres Gepäck für den weiteren Lebensweg, das konnte Thomas häufig beobachten. Es waren weniger die beiden heute gefassten Einbrecher, die ihm wirklich leidtaten, als generell halbstarke Delinquenten, die sich mit ihren unüberlegten und manchmal blödsinnigen Taten bessere Zukunftsaussichten für immer verbauten.

Nach einer kurzen Dusche, die allein schon wegen der lastenden Schwüle notwendig gewesen war, ging er in die Küche und bereitete sich eine Brotzeit zu. Das Anrichten eines Salates war ihm an diesem Abend zu aufwendig, deshalb legte er nur Käse und Salami auf ein Holzbrett. Für das grüne Gewissen diente ein Stück Salatgurke, das er der Einfachheit halber in größeren Scheiben, mit etwas Salz bestreut, verzehren wollte. Den krönenden Abschluss sollte ein kühles Weißbier bilden, von dem sich stets ein Vorrat in seinem Kühlschrank befand. Das hatte er sich heute wirklich verdient.

Als er endlich mit seinem Abendbrot auf der Terrasse saß, konnte er bei nahezu Windstille den 20-Uhr-Glockenschlag der Stadtpfarrkirche bis zu seinem Sacherl hören. Eigentlich hätte er sich jetzt in Badehose an einem See aalen können, wenn er nicht Tage zuvor freiwillig seinen Urlaub wegen des Mordfalls verschoben hätte. Und auch dieser Abend sollte nicht so ruhig verlaufen, wie er es sich erhofft hatte.

Thomas war gerade dabei, die Reste seines Mahls wieder in die Küche zurückzutragen, als Helmut sein Fahrrad über den Kiesweg in den Hof des Sacherls schob. Offensichtlich war der vorsichtige Bankbeamte noch auf der asphaltierten Straße abgestiegen, um den schmalen Reifen nicht den grobsteinigen Boden vor dem Gehöft zuzumuten. Thomas stellte seinen Brotzeitteller wieder auf dem Terrassentisch ab und begrüßte seinen Freund mit verhaltener Freude.

»Dass du noch so spät den Weg hierher findest. Magst a Weißbier, ich wollt mir grad ein zweites vom Kühlschrank holen.«

»Da brauchst ned lang fragen, bei der Hitz. Hast auch eines ohne Alkohol?«

»A spaßfreies Bier hab ich noch nie dahoam g'habt. So weit kommt's noch.«

Während Helmut sein Rad unweit der Terrasse abstellte, holte Thomas zwei Weißbiere und ein weiteres Glas aus der Küche. Helmut zog einen Stuhl heran, setzte sich neben seinen alten Schulfreund und nahm einen großen Schluck aus dem hohen Glas.

»Ahh ... des hab ich jetzt 'braucht!« Mit einer Geste der Erleichterung ließ sich der Banker gegen die Stuhllehne fallen und streckte die Beine von sich. »Ich war ja gestern schon hier und wollt dich b'suchen, hab dich aber nicht vorg'funden.«

»Ich ... ich war mit meinem Motorrad bei einem Bekannten ... in der Werkstatt. Ölwechsel war fällig. Da haben wir bis spät abends g'schraubt«, log Thomas und er war über sich selbst erstaunt, wie locker ihm die Unwahrheit über die Lippen glitt. Die Sache mit Angela schien sich zu einem Schattenleben zu entwickeln. »Aber wenn ich dich so anschau ... du bist in der letzten Zeit ziemlich viel mit dem Rad unterwegs«, behauptete Thomas und legte seinen Kopf dabei schräg.

»Bei der Hitze sind kurze Strecken mit dem Auto einfach ein Graus. Bis die Klimaanlage einigermaßen wirkt, steigt man wieder aus und das Hemd ist nass g'schwitzt. Beim Radeln hat man wenigstens noch den Fahrtwind.«

»Ist das wirklich der einzige Grund?«

»Jawoll, Herr Kommissar ...«, entfuhr es Helmut, dem der Verhörton zu ungemütlich wurde.

»Es scheint aber, als wärst du nicht nur auf Kurzstrecken unterwegs und auch nicht immer allein!«

Jetzt verstand Thomas' Freund, woher der Wind wehte. »Du spielst auf meine Radausflüge mit deiner Kollegin an? Ich hab ihr ein paar Mal die Gegend hier 'zeigt. Niederbayern ist doch immer noch Terra incognita für sie. Stell dir vor, sie würden dich an eine Polizeistelle in Thüringen versetzen, da wärst du doch auch froh, wenn ich dich in Erfurt und Gera einweisen würde.«

»Du hast doch überhaupt keine Ahnung von Erfurt und Gera!«

»Ich meine, wenn dich dort irgendeiner an die Hand nähme und dir die Bräuche und Lebensweisen von Thüringen erklären würde.«

»Verstehe, und deshalb nimmst jetzt die Mandy an die Hand.«

»Klingt so, als wärst du eing'schnappt. Ich hab ja schon bei dem gestrigen Telefonat mit dir so ein G'fühl g'habt. Kann es sein, dass da jemand eifersüchtig ist?«

»Schmarrn! Aber die Mandy muss mich doch ned anlügen, wenn ihr zwei euch vergnügt. Mit einer Nachbarin sei sie unterwegs g'wesen, hat sie mir g'sagt. So schaust du mir ned grad aus. Wenn du eine Liebschaft mit meiner Kollegin hast, könntest du mich fairerweise einweihen. Du weißt ja, in Pfarrkirchen kommt alles auf. Man steht da wie ein Depp, wenn man ang'logen und hinters Licht g'führt wird. Anscheinend wird das für mich noch zum Dauerzustand.« Mit den letzten Worten hatte Thomas die Erinnerung an das Ende seiner Ehe hervorgeholt. Er nahm sein Weißbierglas in die Hand, trank aber nicht, sondern betrachtete versonnen den Schaum.

Helmut blickte befremdet auf seinen Freund. So hatte er ihn bisher noch nicht erlebt, und er wusste nicht genau, wie er darauf reagieren sollte. »Ich hab keine Liebschaft mit der Mandy. Da läuft nichts von dem, was du dir vorstellst. Bedeutet sie dir so viel? Bist etwa du an ihr interessiert?«

»Ich arbeite mit ihr zusammen, tagtäglich, da wird man vertraut miteinander. Deswegen muss man nicht gleich mit jemand ins Bett steigen und ich hab auch nicht die Absicht, das in der nächsten Zeit zu tun.« Die zeitliche Einschränkung war Thomas irgendwie in den Satz gerutscht. Einmal ausgesprochen, irritierte ihn diese Feststellung, er fühlte sich genötigt, die Sache richtigzustellen. »Ich meine, ich habe nicht die Absicht, es jemals zu tun.«

»Wenn ich ein Verhältnis mit Mandy hab, Thomas, dann bist du der Erste, der es erfahren wird. Des darfst mir glauben. Leider ist da aber nichts. Sie ist einfach ein Pfundskerl, deine Kollegin. Die Ausflüge sind super mit ihr. Wenn sie dir im Biergarten gegenübersitzt und dich anlacht, mit ihren blauen Augen, da kann einem schon schummrig werden ... Weißt du, beim Radeln, da lasse ich sie gerne vor mir herfahren, und wenn ich sie dann so vor mir hab, mit ihrem schönen ...«

»Danke, das reicht! Das musst du mir jetzt nicht in allen Einzelheiten schildern«. Allerdings regten die Bilder, die Helmut heraufbeschworen hatte, nun auch in Thomas' Kopf die Fantasie an.

Er musste seinem Freund recht geben. Mandy war etwas Besonderes. Warum wollte er sich nicht eingestehen, dass sie für ihn mehr war als nur eine Arbeitskollegin? Dennoch, in Anwesenheit von Helmut wollte er diese Gedanken nicht vertiefen. »Ist schon gut, ich versteh dich. Übrigens – um das Thema zu wechseln – ich möcht dir noch danken für deine Auskünfte über das Konto vom Rausch. Die Pfarrkirchner Polizei wird dir am Ende einen Orden verleihen deswegen.«

»Bloß nicht«, lachte Helmut, »sonst kann ich in Zukunft die Scheiben wischen und den Gehweg kehren, statt Kreditverträge abzuschließen.«

»Blühen denn deine Bankgeschäfte? Da ist doch nur mehr von Krise die Rede.«

»Weißt du, im Rottal ist nicht unbedingt die Hochfinanz zu Hause. Aber ein gediegener Mittelstand, und bei dem läuft es immer noch rund. Und auch beim Immobilienhandel sind wir stark im Geschäft. Beim Hausverkauf von dir und Marion hast du von unserer Kompetenz profitiert.«

Als wäre es so geplant gewesen oder als ob ein hintertriebener Drehbuchschreiber Hand angelegt hätte, fuhr in diesem Moment ein Wagen in den Bauernhof ein und hielt vor der Haustür, in Sichtweite der Terrasse.

Die beiden Freunde erhoben sich gleichzeitig wortlos von ihren Stühlen und gingen auf das Auto zu, dem Marion entstiegen war. Sie lächelte, doch der Ausdruck ihres Gesichtes war alles andere als froh und heiter. Die geröteten Augen, die blasse Hautfarbe und die wirren, ungeordneten Haare sprachen eine deutliche Sprache.

»Marion!« Mehr brachte Thomas in seiner Verblüffung nicht hervor. Als er vor seiner aufgelösten Noch-Ehefrau stand, wusste er nicht, wie er sie begrüßen sollte. In einer ersten Reaktion streckte er ihr die Hand entgegen, da Marion aber die Arme öffnete, entschloss auch er sich zu einer zaghaften Umarmung.

Helmuts Gang zum Auto war immer langsamer geworden. Der Anblick Marions hatte ihn endgültig gestoppt. Aus den Augenwinkeln heraus sah er, dass der Wagen bis oben hin gefüllt war mit Koffern, Schachteln, Decken und Kissen.

In den glücklichen Jahren des Ehepaares Huber hatte Helmut die Abende oft in deren Haus in der Stifterstraße verbracht. Sie waren eine vertraute Dreierrunde gewesen, die einander wertschätzte und die viel Spaß zusammen gehabt hatte. Doch an diesem Abend, in dieser Situation, war nichts mehr davon übrig. Helmut fühlte sich fehl am Platz. Er traute sich nicht einmal, an die beiden, die noch immer in ungelenker Umarmung neben dem Fahrzeug standen, heranzutreten. Als sich die Noch-Eheleute langsam voneinander lösten, sah er seinen Moment gekommen.

»Na, ihr zwei, ich werde euch dann mal alleine lassen. Es ist schon weit nach neun und ich möchte zu Hause sein, bevor es richtig dunkel wird. Mit dem Fahrrad ... Ihr wisst schon ...«

Die letzten Worte waren nicht mehr verständlich, da er sich entgegen seiner vorherigen Vorsicht gleich in den Sattel geschwungen hatte und über den holprigen Kiesweg vom Hof fuhr.

Ein mattes »Servus« brachte Thomas zwar noch hervor, wusste aber nicht, ob sein davoneilender Freund das noch gehört hatte. Marion dagegen blieb Thomas zugewandt und hielt sich bei ihm nach wie vor am Arm fest.

Thomas löste sich von ihr. »Geh schon rein, ich räum nur schnell noch den Tisch ab.« Auch er hatte das Gepäck und den Hausrat im Wagen bemerkt. Er wollte die wenigen Minuten, die er brauchte, um die Flaschen und Weißbiergläser vom Tisch zu holen und die Stühle windgeschützt unterzustellen, nutzen und die Lage, in der er sich plötzlich befand, kurz überschlagen.

Marion war offensichtlich in einem desolaten Zustand, es schien, als ob sie Reißaus genommen hätte und nun auf seine Hilfe zählte. Aber wie sollte diese aussehen? Ihm fiel siedend heiß ein, dass er bei der letzten Begegnung mehr oder weniger versprochen hatte, sich über eine mögliche gemeinsame Zukunft Gedanken zu machen. Er hatte es schlicht verdrängt.

Es war seine Marion. Sie brauchte ihn jetzt. Aber brauchte er sie? Wollte er sie?

Als er in das Haus zurückkehrte, fand er sie auf dem Sofa sitzend vor, die Arme auf die Knie gestützt und das Gesicht in den Händen vergraben. Das leichte Zucken des Körpers verriet, dass sie weinte. Thomas stellte die Biergläser in eine Ecke, setzte sich neben sie und legte ihr seinen Arm um die Schulter. Er empfand Mitleid mit ihr. Marion war keine Person, die oft weinte. Sie musste seelisch sehr verletzt sein.

Als Marion den Arm ihres Noch-Ehemannes spürte, hob sie den Kopf und blickte ihn an. Ihre Augen waren noch röter als vorher, die Wangen feucht und fleckig.

»Ich habe Georg verlassen!«

Thomas wusste nicht, was er darauf antworten sollte. Marion fuhr daraufhin einfach fort. »Keine Stunde hätte ich es länger dort ausgehalten! Ich bin fertig mit ihm. Er ist ein Scheusal! Ich weiß nicht, was er wirklich von mir wollte. Ich war nur mehr ein Möbelstück, das man benutzt, wenn man es braucht, ansonsten stand ich in der Ecke. Als ich ihn fragte, ob er lieber mich oder seine Pferde haben will, meinte er, mit den Tieren käme er besser zurecht.«

»So ein Arsch!«, entfuhr es Thomas.

»Wie konnte ich mich nur in so jemanden verlieben ... aber ich glaube jetzt, ich habe ihn gar nicht geliebt. Eigentlich ist er mir fremd geblieben. Die ganze Zeit. Ich habe etwas gesucht, das mir gefehlt hat. Beachtung, Aufmerksamkeit. Ausgerechnet bei ihm, bei Georg. Was hab ich mir dabei gedacht? Der ist mit seinen Viechern verheiratet, aber mit niemandem sonst.« Marion hatte sich weiter aufgerichtet und legte nun eine Hand auf Thomas' Bein. »Ich weiß jetzt, wie Männer sein können. Furchtbar. Ich sehe jetzt die Vergangenheit mit dir anders, Thomas. So hast du mich nicht behandelt. Nein, so nicht ... Du warst viel weg, auch am Abend, okay. Und ich habe mich oft allein gefühlt, das stimmt schon. Aber mit dir konnte man reden, du warst immer ehrlich und nie abweisend, verletzend. Thomas, ich bereue, was ich dir angetan habe.« Marion hatte sich im Laufe ihrer Rede immer weiter zu Thomas gelehnt und blickte ihm abwartend, beinahe flehend in die Augen. Sie hoffte auf irgendeine Art körperliche Erwiderung von ihm.

Thomas fühlte die Wärme von Marions Hand auf seinem Oberschenkel. Aber es war keine wohlige Wärme, vielmehr brannte es. Er spürte ihr Verlangen, das er wenigstens im Moment nicht stillen konnte. Er sah, dass sie eine Entscheidung von ihm forderte, die in Form einer Umarmung, eines Kusses oder Sex bekundet werden sollte.

Das war ihm jetzt zu viel. Er ließ den Arm, den er um sie gelegt hatte, auf das Sofakissen hinabgleiten und lehnte sich etwas zurück. »Es tut mir leid, was du durchg'macht hast. Wein dich aus, es ist vorbei. Du bist ja nicht verheiratet mit ihm. Es war ein Fehler ... du hast einen Fehler g'macht, aber die Welt ist nicht unter'gangen. Des wird scho wieder.«

Marion drehte sich auf dem Sofa noch weiter zu ihm und legte ihm auch die zweite Hand auf den Oberschenkel. »Thomas, ich möchte wieder zurück zu dir! ... Verzeih mir ... verzeih mir meinen Irrtum. Ich weiß jetzt, dass ich dich noch immer liebe. Du hast keine Ahnung, wie lieb ich dich hab. Bitte nimm mich in den Arm! Bitte ...!«

Dieser verzweifelten Marion konnte Thomas nicht völlig emotionslos begegnen. Schließlich waren sie lange ein Paar gewesen und ihm lag immer noch etwas an ihrem Wohlergehen. Mit gemischten Gefühlen und einer Spur Mitleid umarmte er seine Marion. Sie verharrten eine gute Weile in dieser Position.

Als Marion aber versuchte, ihm einen Kuss abzuringen, entwand er sich wieder.

Mit etwas Abstand zwischen ihnen fragte er: »Wo willst du jetzt hin? Was hast du vor?«

»Ich will nirgendwo hin, Thomas. Ich will bei dir bleiben.«

Nun stand er sprichwörtlich mit dem Rücken zur Wand. Es gab keine Ausflüchte mehr. »Du kannst bei mir bleiben. Selbstverständlich! Ich richte dir das Gästezimmer her. Ich muss nur das Kopfkissen rausholen und beziehen. Bleib inzwischen sitzen, oder hol dir was aus dem Kühlschrank.«

Ohne sich noch länger aufzuhalten, stand Thomas auf und flüchtete sich in die Aufgabe, seiner Noch-Ehefrau das kleine Gästeschlafzimmer im Erdgeschoss für die Nacht herzurichten.

Während er den Bezug über das Kissen streifte und einige hilflose Aktionen unternahm, um das provisorische Nachtlager etwas wohnlicher zu gestalten, fühlte er sich plötzlich schäbig und herzlos. Die Verzweiflung von Marion war echt und tiefgreifend. Sie hatte sich vor ihm seelisch in einer Weise entblößt und gedemütigt, wie sie es zu ihren Ehezeiten nie getan hatte. Dennoch bot er ihr keinerlei Halt oder Trost, der diesen Namen verdient hätte. Er agierte wie ein halbwegs verständnisvoller Freund und nicht wie jemand, der vor etwas mehr als einem Jahr noch bereit gewesen war, den Rest seines Lebens mit dieser Frau zu teilen.

Allerdings war ihm vollkommen klar, dass die Ehe praktisch wiederhergestellt wäre, würde er heute, getrieben von seinem Mitgefühl, das Bett mit ihr teilen und sie längerfristig bei ihm einziehen lassen. Und das wollte er keinesfalls.

Seit der Trennung und dem Umzug in das Sacherl hatte er zu keiner Zeit einen dieser Schritte bereut. Die anfängliche Angst, einen Ein-Mann-Haushalt führen zu müssen, hatte sich bald in Wohlgefallen aufgelöst. Seine Ehe war, so sah er es nun, schon lange vorher in eine irreparable Schieflage geraten und das Ende somit vorhersehbar gewesen. Es gab für ihn deshalb keinen Grund, sich das frühere Verhältnis zurückzuwünschen. Außerdem waren da noch Angela und Mandy ...

Zurück im Wohnzimmer hörte er Geräusche aus der kleinen Toilette am Ende des Flurs. Also nahm er die vorher beiseite gestellten Biergläser und machte sich gedankenverloren in der Küche an den Abwasch des wenigen Geschirrs.

»Gute Nacht, Thomas!« Die Worte, die Marion hinter seinem Rücken gesprochen hatte, ließen ihn aufschrecken. Als er sich umdrehte, stand sie in der Küchentür.

»Gute Nacht. Wann willst du morgen aufstehen? Ich bereite uns das Frühstück.« Marion sah ihn lange an, sagte aber nichts.

Nach einer halben Ewigkeit wandte sie sich ab und verschwand Richtung Gästezimmer.

Er schlief nicht gut. Obwohl er zu keinem Zeitpunkt gänzlich wach wurde, quälte er sich im Halbschlaf durch die Stunden. Schwere Träume ließen ihn sich hin und her wälzen. Viel zu früh wurde er, ohne die Chance, noch einmal einschlafen zu können, wieder munter. Er tappte in das Badezimmer und spülte sich mit kaltem Wasser die Nacht aus dem Gesicht. Noch im Pyjama ging er die Treppe hinab und klopfte leise an die Tür des Gästezimmers. Als er keine Antwort vernahm, legte er ein Ohr an das Türblatt und lauschte. Kein Geräusch. Vorsichtig drückte er die Klinke nach unten und öffnete einen Spalt. Das Bett war benutzt, aber leer. Auf dem Nachttisch fand er einen kleinen Zettel. Er überflog die Zeilen: »Lieber Thomas, tut mir alles so leid. Ich habe es verbockt. Liebe Grüße, deine Marion«

Er eilte den Flur entlang und trat in den Hof hinaus. Das Auto war fort. Trotz seines unruhigen Schlafes hatte er nicht bemerkt, dass Marion weggefahren war. Er wusste nicht einmal, ob sie noch am späten Abend oder erst am frühen Morgen das Weite gesucht hatte. Ihre zweite Flucht in zwei Tagen.

NEUNUNDZWANZIG

Donnerstag

»Dreimal dürfen Sie raten, wer mich gestern noch spätabends zu Hause angerufen hat«, polterte der Polizeichef Josef Kiermeier schlecht gelaunt um 8.00 Uhr zu Beginn der Frühbesprechung in seinem Büro. Neben den beiden Pfarrkirchner Kripobeamten Thomas Huber und Mandy Hanke waren auch Polizeihauptmeister Karl Auer, Polizeiobermeister Stefan Wegerer sowie der Leiter der Kriminaltechnik, Hartmut Rieger, anwesend.

»Ich schätz mal, dass der Rechtsanwalt Meiler bei Ihnen ang'rufen hat, um sich über die Verhaftung seines Sohnes zu beschweren.« Trotz des aufregenden Abends gestern konnte Thomas an diesem Morgen klare Gedanken fassen.

»Respekt, Herr Huber, für die richtige Einschätzung. Dann werden Sie sich bestimmt auch noch an unsere Begegnung mit dem Herrn Rechtsanwalt im letzten Jahr erinnern können?«, vermutete Kiermeier mit leicht ironischem Unterton.

Es folgte ein stummes Nicken des 36-jährigen Kripobeamten.

»Dann wissen Sie auch noch, dass wir damals bestimmt nicht als Sieger vom Platz gegangen sind, um es vorsichtig in der Sportlersprache auszudrücken. Das darf uns nicht noch einmal passieren, meine Herrschaften. Ist das klar?«, drohte Kiermeier.

»Die Beweislage ist diesmal eine ganz andere, Chef«, hielt Thomas sachlich dagegen.

»Das will ich hoffen. Ja dann, berichten Sie mal, welche Beweise wir gegen den Herrn Meiler junior in der Hand haben«, forderte Kiermeier.

Thomas informierte über die Beschattung und die anschließende Verhaftung des vermeintlichen Einbrecherduos in der Jagdhütte des Rechtsanwalts. Mandy ergänzte die aus ihrer Sicht ausreichende Beweislage mit dem Geständnis von Andreas Berger und der damit einhergehenden Belastung von Simon Meiler.

»Dann bin ich mal gespannt, was er diesmal für Geschütze auffahren wird. So ein Misserfolg wie letztes Jahr darf sich nicht wiederholen. Es dürfte Ihnen klar sein, dass ich die Vernehmung vom Nebenraum aus beobachten werde«, machte Kiermeier unmissverständlich deutlich. Die Begeisterung über diese Ankündigung des Chefs hielt sich bei den Anwesenden in Grenzen.

Ungehalten legte der 57-Jährige nach. »Mit unserem Mordfall sind wir wieder keinen Schritt weiter, oder?«

Jetzt wurde es der jungen Kripobeamtin Mandy Hanke, die sich bisher stark zurückgehalten hatte, zu bunt.

»Chef, ich dachte, Sie freuen sich, dass wir endlich die Einbruchsserie aufgeklärt haben. Stattdessen legen Sie so eine schlechte Laune an den Tag«, warf ihm Mandy vor, die ihrem Vorgesetzten selten so direkt und bestimmt entgegentrat.

»Ich kann meine Freude über die Aufklärung von Einbruchsdelikten nicht zeigen, wenn der Mörder von Herrn Doktor Rausch immer noch frei herumläuft und ich jeden Tag von der Staatsanwaltschaft und der Presse mit Fragen über den Stand der Ermittlungen genervt werde«, stellte Kiermeier klar.

Mandy gab sich mit dieser Aussage jedoch nicht zufrieden. »Trotzdem will ich bei dieser Gelegenheit meine Kollegen Thomas, Karl und Stefan loben, die bei der Verhaftung des Einbrecherduos hervorragende Polizeiarbeit abgeliefert haben.«

Noch bevor der Chef darauf antworten konnte, revanchierte sich Thomas für das ausgesprochene Lob. »Und ohne dich, Mandy, hätten wir die beiden gar ned verhaften können, weil du uns erst auf den Andreas Berger aufmerksam g'macht hast.«

»Okay, okay, ich habe schon verstanden. Ich werde künftig wieder mehr Wert auf einen motivierenden Führungsstil legen«, versprach der Vorgesetzte und stieß einen Seufzer aus, den man auch als leicht genervt interpretieren konnte. »Wenn wir den Mordfall aufgelöst haben, werde ich euch alle zum Essen einladen.«

Geht doch, dachte Mandy und nickte ihren Kollegen aufmunternd zu.

»So, aber jetzt will ich über den aktuellen Ermittlungsstand informiert werden«, kam der 57-Jährige nach der ihm unangenehmen Lobhudelei wieder auf das schon seit Tagen in Pfarrkirchen vorherrschende Thema zurück. Mandy fühlte sich als Erste angesprochen. Sie berichtete, ohne ein Blatt vor den Mund zu nehmen, vom Verhältnis zwischen Angela Hiermer und dem Opfer. Unverblümt erläuterte sie der Runde, dass sich die stellvertretende Schulleiterin vor einem Jahr an den Direktor herangemacht und ihn dann wieder fallengelassen hatte, als sie den Posten bekommen hatte.

»Also hat sich die Hiermer quasi hochgeschlafen«, schlussfolgerte Kiermeier ungläubig.

»Genauso sehe ich das«, bestätigte Mandy triumphierend.

Thomas dagegen war die Diskussion über seine heutige Kochpartnerin äußerst unangenehm. Er rutschte immer tiefer in seinen Stuhl und musterte interessiert den grauen Teppichboden. Das schlechte Gewissen schmälerte die Vorfreude auf den spannenden Kochabend erheblich.

»Dann hat die Hiermer ja ein astreines Motiv«, stellte Kiermeier fest. »Das muss man sich mal vorstellen. Das wäre ja, wie wenn sich Frau Hanke an mich rangemacht und ich ihr als Belohnung eine Führungsfunktion verschafft hätte.«

»Das will ich mir jetzt nicht vorstellen, Herr Kiermeier«, empörte sich Mandy.

Thomas dagegen musste sich richtig zusammenreißen, um nicht in spöttisches Gelächter auszubrechen.

»Das war ja rein hypothetisch, Frau Hanke. Ich wollte nur das Motiv besser veranschaulichen. Ja gut, dann versuche ich es noch mal aus der Sicht des Opfers«, setzte

Kiermeier neu an, wohl wissend, dass er bei seiner Mitarbeiterin mit diesem Vergleich ins Fettnäpfchen getreten war. »Wenn die Hiermer den Doktor Rausch einfach abserviert hat, kann man sich doch vorstellen, wie dieser seiner Ex, zumindest in der Schule, das Leben zur Hölle gemacht haben dürfte, oder? Für mich ist die Frau Hiermer die Hauptverdächtige.«

Mit dieser Bemerkung brachte er die sowieso schon gesunkene Vorfreude seines Mitarbeiters Huber auf einen neuen Tiefpunkt.

»Ich habe ihr Alibi überprüft«, sagte Stefan Wegerer zur Überraschung aller. Er meldete sich sonst meist nur nach Aufforderung zu Wort.

»Und?«, fragte Kiermeier gespannt.

»Der Karl war ja bei der Vernehmung von dem jungen Einbrecher dabei. In der Zeit hab ich mit zwei weiteren Lehrern, die am Freitagabend beim ›Schachtl‹ dabei waren, g'sprochen.

Ich habe eine Frau Birgit Eberl und einen Herrn Eduard Reseneder unabhängig voneinander befragt. Sie haben angegeben, dass Frau Hiermer von ungefähr 21.30 bis 23.00 Uhr mit ihnen im Biergarten war.«

»Das sagt doch noch gar nichts. Wo war sie zwischen 20.45 und 21.30 Uhr? Rekonstruieren Sie den Weg vom Gymnasium zum Biergarten!«, forderte Kiermeier.

»Angeblich war sie noch zu Hause beim Duschen und Umziehen«, warf Mandy ein.

Thomas dagegen hielt sich bei dieser Diskussion vornehm zurück. Er grübelte immer mehr über sein Date am Abend mit der derzeit Hauptverdächtigen. Er wollte sich gar nicht erst ausmalen, was passieren würde, wenn jemand von der Inspektion davon erfahren würde.

»Wo wohnt denn diese Frau?«, fragte Kiermeier genervt.

»Am Hopfenberg«, antwortete Mandy.

»Dann rekonstruieren Sie den Weg vom Gymnasium zum Hopfenberg und von dort in den Biergarten. Fragen Sie die Nachbarn, ob die irgendwas gehört oder gesehen haben. Vielleicht hat sie ja nicht geduscht, was weiß ich. Stoppen Sie die Zeit, ob der Weg auch in einer halben Stunde zu schaffen ist«, ordnete der Polizeichef an.

Nachdem ihm seine Mitarbeiter nicht widersprachen, kam er zum Ende der Besprechung: »Gibt es sonst noch Themen, die wir zu erörtern haben?«

Sowohl Hartmut Rieger als auch Karl Auer wollten gleichzeitig loslegen.

»Herr Rieger, was gibt's?«

»Ich habe jetzt das Bewegungsprofil von Sara Rauschs Handy ausgewertet. Es war am letzten Freitag um 21.45 Uhr in Passau eingeloggt, in der Funkzelle, die ihr Haus abdeckt«, berichtete der Leiter der Kriminaltechnik.

»Dann scheidet seine Tochter wohl als Täterin aus, von Pfarrkirchen bis Passau braucht sie mindestens eine Stunde«, schlussfolgerte Mandy.

»Sag ich doch!«, legte Kiermeier nach. »Es läuft alles auf die Hiermer hinaus. Ein wenig Menschenkenntnis habe ich schon noch. Ihr könnt euch gar nicht vorstellen, zu was karriereorientierte Menschen fähig sind. Herr Auer? Sie wollten doch auch noch was sagen, oder?«

»Ich wollt nur sagen, dass ich heut das Videomaterial vom Spielcasino krieg«, begann Karl Auer seinen Beitrag, wurde aber unerwartet unterbrochen.

Ein wutentbrannter Mann mittleren Alters stürmte in das Büro und brüllte: »Wo ist mein Sohn?«

DREISSIG

»Ich hab gar ned g'wusst, dass du dich nach Pfarrkirchen hochg'schlafen hast.« Thomas genoss es, Mandy aufziehen zu können. Die beiden waren nach dem abrupten Ende der heutigen Besprechung in ihr Büro zurückgekehrt. Mandy jedoch wirkte nicht halbwegs so amüsiert wie Thomas.

»Sei still, da verstehe ich keinen Spaß. Wenn der Kiermeier oder du das nicht gemerkt habt, dann gebe ich es euch beim nächsten Mal schriftlich. Solche Gerüchte bekommen gerade in Pfarrkirchen ganz schnell Flügel, und wenn man mal in eine Schublade gesteckt wurde, kommt man so schnell nicht mehr heraus. Der vergleicht mich mit der Hiermer, ich kann es nicht fassen«, schimpfte Mandy. Sie konnte solche Anspielungen, noch dazu durch den Vorgesetzten, partout nicht ausstehen.

Beim Stichwort Hiermer wurde es Thomas wieder anders und er wechselte das Thema. »Wann gehen wir zu unserem Lieblingsrechtsanwalt?«

»Ich denke, wir sollten ihm noch eine halbe Stunde Zeit geben, um sich mit seinem Sohn besprechen zu können. Dann kann er sich wenigstens nicht gleich wieder beim Chef beschweren. In der Zwischenzeit können wir die Akten der Einbrüche nochmals durchgehen«, schlug Mandy vor.

»Herr Huber, was werfen Sie meinem Sohn vor?«, fragte Rechtsanwalt Meiler, als Thomas und Mandy den Vernehmungsraum betraten. Thomas antwortete nicht sofort, sondern stellte zuerst seine Kollegin vor, die bisher noch nicht persönlich »das Vergnügen« mit dem Juristen gehabt hatte.

Anschließend setzten sich die Pfarrkirchner Ermittler an den Tisch in der Mitte des Raumes zu den beiden Meilers. Auch Karl Auer war wieder anwesend.

Thomas drückte den Knopf des Aufnahmegerätes.

»Um auf Ihre Eingangsfrage zurückzukommen. Wir verdächtigen Ihren Sohn der Beteiligung an vier Wohnungseinbrüchen und dem Diebstahl von 75 Schmuckgegenständen«, fasste er die Vorwürfe sachlich zusammen, sehr bemüht, Hochdeutsch zu sprechen.

»Das ist alles ein Missverständnis. Mein Sohn Simon hat mit der Sache rein gar nichts zu tun. Er ist völlig unschuldig«, polterte Meiler aufgebracht.

Thomas und Mandy hatten schon gewusst, dass die Vernehmung im Beisein des in Rechtsfragen versierten Vaters nicht gerade leicht werden würde, aber mit einer kompletten Schuldabweisung hatten die Ermittler angesichts der erdrückenden Beweislage nicht gerechnet.

»Wie erklären Sie es sich dann, dass wir Ihren Sohn mit seinem Komplizen in Ihrer Jagdhütte zusammen mit dem gestohlenen Schmuck aufgegriffen haben?«, konterte Thomas spontan.

»Das kann ich Ihnen gerne erklären. Mein Sohn wurde von seinem ehemaligen Klassenkameraden zur Jagdhütte bestellt. Dieser Andreas Berger hat ihm den Schmuck zum Verkauf angeboten. Natürlich hat mein Sohn nichts gekauft, woher hätte er auch das Geld nehmen sollen? Wenn Sie ihn nicht verhaftet hätten, wäre er bestimmt zur Polizei gegangen und hätte den Diebstahl zur Anzeige gebracht«, erläuterte Meiler, während sein Sohn wie ein Häufchen Elend auf seinem Stuhl saß und teilnahmslos auf die braune Tischplatte starrte.

Angesichts dieser dreisten These musste Thomas schlucken und kurz überlegen.

Mandy nutzte die Gelegenheit und sprang für ihn ein. »Wir haben gestern bereits den ehemaligen Schulfreund Ihres Sohnes vernommen. Andreas Berger hat eindeutig gestanden, die vier Einbrüche zusammen mit Ihrem Sohn begangen zu haben.«

»Und wahrscheinlich hat er auch noch ausgesagt, dass ihn mein Sohn dazu überredet hat, oder?«, legte Meiler nach.

»Nein, das hat er nicht gesagt«, entgegnete Mandy.

»Dann steht Aussage gegen Aussage, und Sie wissen wohl noch vom letzten Jahr, wie weit Sie damit kommen werden. Geben Sie doch auf, Huber. Ihre Aktenlage ist außerordentlich dünn, Ihre Ermittlungsarbeit hat mich schon beim letzten Mal nicht überzeugt. Damals haben Sie meinen Mandanten auch mit haltlosen Unterstellungen konfrontiert.«

In Thomas brodelte es. Dieser Kotzbrocken! Nur nicht provozieren lassen. Ihm war klar, dass er nicht die Nerven verlieren durfte, zumal Kiermeier die Vernehmung vom Nebenraum aus verfolgte. Auch Mandy wusste nicht recht, wie sie Thomas jetzt helfen konnte. Dieser schnaufte kurz durch und erinnerte sich dann an seine Bluff-Technik, die er schon öfters erfolgreich angewandt hatte.

»Gut, wie Sie wollen. Aufgeben können Sie vergessen, Herr Meiler … Dann werden wir als Nächstes einen DNA-Vergleich vornehmen«, schlug Thomas in ruhigem Ton vor.

Meiler war irritiert. »Wieso DNA-Vergleich?«

»Wir werden die DNA-Spuren, die wir von den Einbrechern am Tatort gefunden haben, mit der DNA Ihres Sohnes vergleichen«, schwindelte Thomas. Er wusste genau, dass er sich mit dieser Aussage auf dünnem Eis bewegte.

»Dafür brauchen Sie einen richterlichen Beschluss. Das ist Ihnen wohl klar, Huber!«, bellte Meiler arrogant zurück.

»Das ist doch kein Problem bei dieser Beweislage, das dürfte Ihnen wiederum bewusst sein, Herr Meiler.«

Noch bevor Meiler antworten konnte, richtete sich Simon auf seinem Stuhl auf. »Papa, lass gut sein«, sagte er mit zitternder Stimme und mit Tränen in den Augen.

»Sei ruhig, Simon«, fauchte ihn sein Vater an.

»Ich war lange genug ruhig … Ich will jetzt was sagen«, kündigte Simon Meiler an.

»Lassen Sie Ihren Sohn doch aussprechen«, verlangte Thomas, der sich von dessen Aussage Klärendes erhoffte.

»Wenn man einen Fehler gemacht hat, dann muss man auch dazu stehen. Ich habe mit Andreas zusammen den Schmuck gestohlen«, gestand Simon unter Tränen. Sein Vater hielt sich die Hände vor den Kopf und rutschte auf seinem Stuhl immer weiter nach unten.

Mandy wollte die Aussage noch präziser dargelegt haben. »Dann waren Sie also bei allen vier Einbrüchen dabei?«

»Ja, das stimmt.«

»Warum, Simon?«, seufzte Richard Meiler.

»Das wirst du nicht verstehen, Papa.« Simon versuchte sich erst gar nicht zu rechtfertigen. Sein Vater schüttelte den Kopf, wobei für die Ermittler nicht klar war, welche Tatsache für ihn schwerer wog. Die Straftat seines Sohnes oder seine eigene Demütigung als Rechtsanwalt.

»Nach den Einbrüchen habt ihr die Beute immer in die Jagdhütte gebracht, oder?«, hakte Mandy nach.

»Ja, das stimmt. Wir konnten ja die Teile nicht mit nach Hause nehmen. Unsere Eltern hätten das bestimmt früher oder später entdeckt. Die Hütte war unser Versteck.«

»Wie oft habt ihr euch dort aufgehalten?«, wollte Mandy wissen. Thomas runzelte die Stirn und wunderte sich über den Sinn dieser Frage.

»Wir waren fast jeden Abend dort und haben ein, zwei Bier getrunken, bevor wir dann in die Diskos aufgebrochen sind«, gab Simon zu.

»Seid ihr letzten Freitag auch in der Jagdhütte gewesen?«, fragte Mandy und jetzt war auch Thomas klar, worauf Mandy hinauswollte.

»Ja, am Wochenende sind wir fast immer draußen.«

»Ganz sicher am letzten Freitag auch?«

»Ja klar, wir waren ungefähr von 20.00 bis 22.00 Uhr in der Hütte und anschließend sind wir ins ›Fun‹ nach Eggenfelden gefahren«, gestand Simon.

Mandy blickte triumphierend zu Thomas, der ihr anerkennend zunickte. Welch geniale Kollegin ich doch habe, dachte er. Gleichzeitig ärgerte er sich, dass er bei der gestrigen Vernehmung von Andreas Berger nicht nach dessen Alibi für Freitagabend gefragt hatte.

Polizeichef Kiermeier betrat den Vernehmungsraum und winkte seine beiden Mitarbeiter nach draußen. »Respekt, meine Herrschaften. Jetzt steht es eins zu eins. So klein habe ich den Meiler noch nicht gesehen«, freute sich Kiermeier.

»Ich auch nicht«, stimmte Thomas mit breiter Brust zu.

»Sie haben sich nicht provozieren lassen und sind immer cool geblieben. Das hat mich beeindruckt«, lobte Kiermeier seinen Mitarbeiter Huber. So viel Lob aus dem Munde seines Vorgesetzten hatte er noch nie gehört. Thomas wurde sichtbar um einige Zentimeter größer.

»Ich habe gar nicht gewusst, dass wir DNA-Spuren der Einbrecher sichergestellt hatten«, fuhr sein Chef fort.

»Wir hatten auch keine DNA-Spuren, aber in diesem Fall hab ich wieder einmal erfolgreich geblufft«, gab Thomas ohne Umschweife zu.

»Mein lieber Mann. Sie trauen sich was, noch dazu vor dem Meiler ... Aber der Erfolg gibt Ihnen recht ... Und Sie, Frau Hanke, haben mich auch beeindruckt. Sie haben den Transfer von den Einbrüchen zu unserem Mordfall blitzschnell hergestellt«, lobte Kiermeier auch die junge Thüringerin. Er hatte anscheinend von der morgendlichen Lektion dazugelernt. »Jetzt wissen wir wenigstens, dass der Berger junior ein Alibi hat und somit als Mörder ausscheidet«, schlussfolgerte Kiermeier.

»Das stimmt, Herr Kiermeier. Aber damit wissen wir jetzt auch, dass der Berger senior keins hat. Der hat nämlich behauptet, zusammen mit seinem Sohn zu Hause gewesen zu sein«, ergänzte Mandy.

»Ja klar. Dann hat euch der Oberstudienrat angelogen. Ich kümmere mich gleich um einen Hausdurchsuchungsbeschluss. Wenn wir Blutspuren des Opfers oder gar die Tatwaffe fänden, wäre er überführt.« Voller Tatendrang wollte sich Kiermeier schon auf den Weg machen, Thomas hielt ihn aber gerade noch so davon ab.

»Chef, warten S' noch kurz. Was sollen wir jetzt mit den jungen Einbrechern machen?«

»Ich habe heute früh schon mit dem Staatsanwalt gesprochen. Die waren ja beide geständig, die können nach Hause gehen. Es liegen keine Vorstrafen vor und gewalttätig waren sie auch nicht. Fluchtgefahr sehe ich keine. Ihrer gerechten Strafe werden sie später zugeführt.«

Damit nickte Kiermeier Mandy und Thomas zu und wollte sich erneut abwenden, als ihm noch ein weiterer Gedanke kam. »Mir ist gerade eingefallen, Sie könnten doch gleich den jungen Berger fragen, ob ihn sein Vater zu einem falschen Alibi angestiftet hat. Nach einer Nacht in der U-Haft wird er bestimmt die Wahrheit sagen.«

»Das hätten wir sowieso gleich gemacht«, entgegnete Mandy bestimmt.

»Sehr gut, Leute, sehr gut«, lobte Kiermeier erneut und verschwand in den Gängen der Polizeiinspektion.

»So viel Lob wie heute haben wir ja noch nie bekommen«, stellte Mandy zufrieden fest.

»Da macht das Arbeiten gleich viel mehr Spaß«, freute sich Thomas und umarmte seine schlaue Kollegin kurz.

Nach diesem Motivationsschub gingen die beiden Beamten wieder in den Vernehmungsraum, in dem die beiden Meilers schweigend und niedergeschlagen auf ihren Plätzen saßen.

Thomas verkündete ihnen die frohe Botschaft: »Sie dürfen jetzt nach Hause gehen, die Staatsanwaltschaft kommt auf Sie zu, aber das kennen Sie ja als Jurist, Herr Meiler.« Eine weitere kleine Spitze gegen den arroganten Rechtsanwalt konnte sich Thomas nicht mehr verkneifen: »Ihr Sohn hat einen großen Fehler gemacht, das weiß er, aber er hat Charakter.« Das Anhängsel »im Gegensatz zu Ihnen« hing unausgesprochen in der Luft.

EINUNDDREISSIG

»Herr Berger, Sie haben uns ang'logen!«, warf Thomas dem anderen Einbrecher im Verhörraum vor.

»Nein, ich hab Sie nicht angelogen. Ich hab doch alles zugegeben«, antwortete Andreas Berger. Er sah die beiden Kommissare völlig verunsichert mit seinen großen Augen an.

»Die Einbrüche schon, jetzt geht es aber um den Mord«, sagte Thomas.

»Ich habe mit dem Mord an Doktor Rausch nichts zu tun, das hab ich Ihnen schon gestern gesagt!«

»Das glauben wir Ihnen auch, Sie haben ja ein Alibi«, besänftigte ihn Thomas.

»Warum soll ich dann gelogen haben?«

»Sie haben uns doch erzählt, dass Sie zusammen mit Ihrem Vater am Freitagabend zu Hause waren. Somit haben S' Ihrem Vater ein falsches Alibi verschafft.«

Da Andreas mit der Antwort lange zögerte, griff Mandy ein: »Herr Berger, wir wissen, dass Sie zu der besagten Zeit in der Jagdhütte waren. Uns würde nur interessieren, ob Sie Ihr Vater zu dem falschen Alibi angestiftet hat.«

Andreas überlegte wieder ein paar Sekunden, bevor er antwortete. »Mein Vater bringt mich sowieso um, deswegen ist das auch schon egal«, murmelte er vor sich hin, wurde dann aber lauter und schaute die Ermittler direkt an. »Ich habe ihm versprechen müssen, dass ich bei dieser Aussage bleibe. Er hat g'meint, das wäre für uns zwei besser, damit wir nicht in den Kreis der Verdächtigen geraten.«

»In diesen Kreis ist Ihr Vater aber jetzt so richtig hineingerauscht«, stellte Mandy fest.

Thomas war froh, dass seine heutige Kochpartnerin somit auf der Liste der Verdächtigen wieder nach unten rutschte. Er konnte sich überhaupt nicht vorstellen, dass die smarte Angela irgendwas mit dem Mord an ihrem Vorgesetzten zu tun haben sollte.

»Wir werden Sie jetzt nach Hause bringen«, kündigte Thomas an.

»Das heißt, ich komm nun nicht ins Gefängnis?« Andreas' Miene erhellte sich sichtlich.

»Nein, Sie kommen jetzt nicht ins Gefängnis. Natürlich müssen Sie sich vor Gericht für Ihre Straftat verantworten, aber Sie sind geständig, nicht vorbestraft, haben keine körperliche Gewalt angewendet und Sie werden außerdem nach dem Jugendstrafrecht verurteilt. Ich denke, da wird Ihre Strafe nicht allzu hart ausfallen«, stellte Mandy klar. »Aber für den entstandenen Schaden müssen Sie auf alle Fälle aufkommen. Wie viele Schmuckstücke haben Sie eigentlich schon verkauft?«

»Mehr als fünf Teile haben wir bisher nicht verkauft. Das meiste Geld davon haben wir noch«, erklärte Andreas.

Keine 15 Minuten später hielten zwei Polizeiwagen vor dem Grundstück der Familie Berger. Thomas, Mandy und der Sohn des Hauses stiegen aus dem ersten Wagen. Aus dem zweiten der Polizeiobermeister Stefan Wegerer, der zusammen mit drei Kollegen der SpuSi auf seinen Einsatz wartete.

Während der Fahrt hatte Andreas ausführlich über das schwierige Verhältnis zu seinem Vater berichtet. Er habe regelrecht Angst vor ihm, da er in der Vergangenheit auch vor körperlicher Gewalt nicht Halt gemacht hätte. Sowohl Thomas als auch Mandy sicherten ihm zu, dass sie mit dem Oberstudienrat sprechen würden, damit sich so etwas nicht wiederholen würde.

Als Andreas' Mutter Maria die Haustür öffnete, atmete er erleichtert auf.

»Andreas, ich hab mir solche Sorgen gemacht. Wie geht es dir?«, begrüßte die 45-jährige Hausfrau ihren Sohn und umarmte ihn gleich innig mit Freudentränen in den Augen.

Thomas und Mandy warteten, bis Frau Berger sich wieder von ihrem Sohn gelöst hatte und stellten sich anschließend vor.

»Ihr Sohn ist wieder frei, muss sich aber demnächst für die Einbrüche vor Gericht verantworten«, verkündete Mandy.

»Hauptsache, es geht ihm gut«, seufzte die fürsorgliche Mutter.

Hinter ihr waren schwere Schritte zu vernehmen.

»Ist mein krimineller Sohn auch wieder zu Hause? Ich dachte, Sie behalten ihn gleich im Gefängnis«, brüllte der Oberstudienrat schon von Weitem.

»Ja, Ihr Sohn ist wieder zu Hause, aber Sie müssen wir bitten, uns in die Polizeiinspektion zu begleiten«, kündigte Mandy an.

»Was wollen Sie denn von mir? Ich war bei den Einbrüchen nicht dabei«, erwiderte der Angesprochene selbstbewusst.

»Das erklären wir Ihnen alles in der Inspektion«, antwortete Thomas und ließ sich auf keinerlei Diskussion vor der Haustüre ein.

Als er die Polizisten in ihren weißen Overalls wahrnahm, empörte sich Berger senior weiter: »Was soll denn der ganze Aufmarsch da?«

»Die Kollegen werden Ihr Haus durchsuchen, während wir uns in der Inspektion unterhalten. Hier ist der Durchsuchungsbeschluss«, erklärte Mandy und hielt ihm das amtliche Schriftstück vor die Nase.

»Von mir aus können Sie unser Haus durchsuchen. Wir haben nichts zu verbergen und ich habe nichts Kriminelles getan«, meinte Berger kaltschnäuzig und ging widerwillig mit Thomas und Mandy zu deren Auto.

»Ich bin gleich wieder da, Maria. Ich habe nichts verbrochen. Es ist alles nur ein Missverständnis«, rief Gerhard Berger seiner Frau zu, als er in das Polizeiauto einstieg.

Im Vernehmungsraum der Polizeiinspektion angekommen, stellte Mandy den Oberstudienrat zur Rede: »Können Sie sich gar nicht vorstellen, warum wir Sie jetzt zu uns geholt haben und unsere Kollegen Ihr Haus durchsuchen?«

»Nein, ich habe Ihnen doch schon gesagt, dass ich mit den Einbrüchen nichts zu tun habe«, echauffierte sich Gerhard Berger erneut.

»Es geht nicht um die Einbrüche, Herr Berger. Es geht um den Mord an Ihrem Vorgesetzten Doktor Rausch. Deswegen haben wir Sie hergebeten«, stellte Mandy eingangs der Vernehmung klar.

»Auch das habe ich Ihnen bereits am Montag gesagt: Ich habe den Rausch nicht umgebracht.«

»Daran können wir uns noch gut erinnern, Herr Berger, wir sind ja nicht dement. Deswegen können wir uns aber auch noch gut entsinnen, wie Sie uns g'sagt haben, dass Sie zur Tatzeit mit Ihrem Sohn zu Hause waren«, erklärte Thomas, der den unsympathischen Pädagogen aus der Reserve locken wollte.

»Ich war zu Hause, da habe ich doch nicht gelogen.«

»Aber Ihr Sohn war nicht zu Hause.«

»Das mag schon sein, das weiß ich jetzt nicht mehr so genau«, räumte Gerhard Berger ein.

»Ihr Alibi ist geplatzt, Herr Berger, so schaut's aus«, erklärte ihm Thomas unmissverständlich.

»Und wenn, dann müssen Sie mir doch die Tat erst beweisen«, entgegnete Berger trotzig.

»Da sind wir gerade dabei.«

»Wir glauben, dass Sie Ihren verhassten Vorgesetzten umgebracht haben. Warum sonst haben Sie Ihren Sohn zu einem falschen Alibi angestiftet?«, kam Mandy auf den Punkt.

Gerhard Berger verschlug es die Sprache, er rutschte auf seinem Stuhl hin und her, und man sah ihm an, wie seine Gedanken kreisten.

»Nicht einmal auf sein Ehrenwort kann man sich verlassen«, klagte der Vater über seinen Sohn. »Ich dachte mir, das wäre das Beste für uns beide, damit der Verdacht gar nicht erst aufkommt.«

Jetzt wurde es Thomas zu bunt und seine aufgestaute Wut entlud sich in voller Kraft. Dabei nutzte er auch gleich die Gelegenheit, um sein Versprechen an Andreas einzulösen. »Wenn Sie irgendwelche Rachefeldzüge gegen Ihren Sohn hegen, dann werd ich persönlich dafür sorgen, dass Sie an der Schule maximal als Hausmeister weiterarbeiten dürfen. Ich hab Sie zwar nicht als Lehrer erlebt, aber als Vater haben S' mit Ihren pädagogischen Fähigkeiten komplett versagt. Haben S' mich verstanden?«

Berger sah den immer lauter werdenden Thomas mit weit aufgerissenen Augen an. Dieser war aber noch nicht mit seiner Predigt fertig. »Im Übrigen haben S' sich mit

Ihrer Lügerei nur tiefer hineingeritten. Für uns sind Sie jetzt der Hauptverdächtige«, behauptete Thomas, wohl wissend, dass sein Vorgesetzter vor wenigen Stunden noch eine andere Person dafür ausgemacht hatte. »Der Rausch hat Ihnen in der Schule das Leben zur Hölle g'macht, er hat die berufliche Zukunft Ihres Sohnes zerstört, und irgendwann hat es für Sie g'reicht. Jetzt geben S' es endlich zu, dann können wir den ganzen Zinnober hier beenden!«

Berger war inzwischen ganz klein auf seinem Stuhl, ging dann aber wieder in die Verteidigung über: »Ich war das aber nicht, das müssen Sie mir glauben. Ich habe den Rausch nicht umgebracht.«

Aber weder Mandy noch Thomas konnten ihm etwas entgegensetzen. In diesem Moment klopfte es an der Tür.

Karl Auer winkte die beiden Polizisten nach draußen. »Ich hab grad die Videoaufnahmen der Spielbank überprüft und dabei habe ich g'sehen, wie der Laubner das Gebäude um 20.50 Uhr verlassen hat«, berichtete der Polizeihauptmeister mit einem gewissen Stolz.

»Aber der Croupier hat doch g'sagt, dass er ihn um elfe g'sehen hat«, erinnerte sich Thomas.

»Des stimmt scho, der Laubner hat um 22.10 Uhr das Casino wieder betreten«, ergänzte Karl Auer.

»Dann war der Laubner eine Stunde und 20 Minuten nicht im Casino, und zwar zur Tatzeit. Da könnte er locker nach Pfarrkirchen und wieder zurück gefahren sein«, schlussfolgerte Mandy.

»Das schafft man leicht«, bestätigte Thomas. »Danke, Karl, sehr gut g'macht. Hat sich der Stefan schon bei dir g'meldet?«

»Nein, hat er ned.«

Thomas zückte sein Handy und wählte Stefan Wegerers Nummer. Er schaltete den Lautsprecher ein, sodass Mandy und Karl mithören konnten.

»Servus, Stefan, wie geht's euch? Habts schon was g'funden?«

»Nein, leider ned. Wir haben keine Tatwaffe und auch keine Blutspuren g'funden. Aber wir haben sämtliche T-Shirts und kurzärmligen Hemden mitg'nommen. Die bringen wir jetzt zum Hartmut«, berichtete der junge Polizeiobermeister.

»Weißt du, wie lange der Hartmut braucht?«

»Ja, ich hab mit ihm scho telefoniert. Er hat g'meint, in etwa zwei, drei Stunden ist er fertig. Er ruft euch dann gleich an.«

»Alles klar, Stefan, danke dir.«

»Dann werden wir den Herrn Oberstudienrat noch zwei, drei Stunden bei uns behalten müssen, bis die Ergebnisse feststehen«, schlug Mandy vor, nachdem Stefan das Telefonat beendet hatte.

»Ja, das schadet ihm gar ned, dem Herrn Oberstudienrat, und dem Andreas tut es auch gut, wenn er ned sofort wieder auf seinen Vater trifft.«

»Und jetzt fahren wir nach Passau zu unserem nächsten Klienten und lassen uns von dem Laubner erklären, wo er am Freitagabend während seiner Auszeit im Casino war.«

»Da werden wir wohl nicht drum herumkommen«, entgegnete Thomas, der wegen seines heutigen Dates einmal mehr in Sorge war. Hoffentlich geht sich das zeitmäßig aus und ich kann pünktlich zu meinem Kochabend erscheinen, dachte er in freudiger Erwartung.

ZWEIUNDDREISSIG

Kurze Zeit später saßen Mandy und Thomas auch schon im Auto Richtung Passau. »Wenn jetzt die Kollegen der Kriminaltechnik doch noch Blutspuren auf einem der Hemden vom Berger finden würden, könnten wir den Fall heute noch abschließen«, hoffte Thomas.

»Träum weiter, mein Lieber. Ich habe da ehrlich gesagt keine großen Erwartungen, so siegessicher, wie der Berger war«, erwiderte Mandy, die wie immer auf dem Beifahrersitz saß.

»Sollten die heut nichts finden, bleibt der Oberstudienrat trotzdem bei mir auf der Liste. Sein Hemd könnte er auch irgendwo entsorgt haben, sofern es überhaupt Blutspritzer abgekriegt hat. Dem trau ich den Mord zu. Der wurde vom Rauschi ständig gedemütigt und er ist gewalttätig.« Thomas konnte immer noch nicht glauben, dass ein solcher Pädagoge am Pfarrkirchner Gymnasium unterrichten durfte.

»Dafür brauchen wir aber Beweise, Thomas. Und die haben wir nicht. Irgendwie kommen wir bei unseren Ermittlungen nicht wirklich voran. Wir drehen uns im Kreis. Motive haben wir schon genügend: bei der Tochter, die sein ganzes Vermögen erben wird, bei unserem Oberstudienrat, dessen Sohn vom Rausch entlassen wurde, bei seiner Geliebten, die von ihrem Chef vielleicht mehr wollte als er. Bei seiner Ex-Geliebten, die ihn benutzt hat, weswegen er sich vielleicht rächen wollte«, fasste Mandy zusammen.

Thomas stöhnte bei der Erwähnung von Rauschs Ex-Geliebter innerlich auf, weswegen er gleich den nächsten Verdächtigen aufzählte. »Und beim Lebensgefährten der

Tochter. Der Rausch hat ihn durchschaut, von seiner Vorstrafe und seiner Spielsucht erfahren, und deswegen wollt er seine Tochter erpressen, damit sie mit dem Typen Schluss macht.«

»Das ist allerdings ein starkes Motiv, da gebe ich dir recht«, bestätigte Mandy. »Ich bin schon gespannt, wie er reagiert, wenn wir ihn mit seinem geplatzten Alibi konfrontieren.«

»Ich auch. Auf alle Fälle nehmen wir sein Hemd mit, das er am Freitagabend 'tragen hat.«

»Wir wissen aber nicht, wie sein Hemd ausgesehen hat.«

»Das haben wir gleich«, hoffte Thomas und wählte sogleich über die Freisprechanlage die Nummer von Karl Auer. Wenige Sekunden später hatte Thomas ein Foto des Spielsüchtigen vom Freitagabend auf seinem Handy.

Den Weg zum Passauer Steinweg kannten die beiden Pfarrkirchner Ermittler bereits. Gott sei Dank war ein Parkplatz unweit des Hauses von Sara Rausch und Felix Laubner frei, denn diese waren in der Altstadt der Drei-Flüsse-Stadt absolute Mangelware.

Nach dem zweiten Läuten öffnete Felix Laubner die Haustür. »Sie schon wieder. Wollen Sie zu mir oder zu Sara?«, fragte der braun gebrannte Schönling, dem deutlich anzumerken war, dass er vom Besuch der beiden Polizisten alles andere als begeistert war.

»Wir wollen zu Ihnen, Herr Laubner«, antwortete Mandy bestimmt.

Missmutig ging er mit den Beamten über die Treppe in das Wohnzimmer.

»Wieso wollen Sie schon wieder zu mir? Ich habe Ihnen doch schon alles gesagt, was ich weiß.« Laubner setzte sich gemeinsam mit Mandy und Thomas auf die Couchgarnitur und lehnte sich lässig zurück.

»Weil Sie uns beim letzten Mal nicht die ganze Wahrheit g'sagt haben«, warf ihm Thomas vor.

»Ich soll gelogen haben?«

»Ja, bezüglich Ihres Alibis haben Sie uns nicht die volle Wahrheit g'sagt.«

»Doch, ich war im Spielcasino, das können Sie gerne überprüfen.«

»Das haben wir g'macht und dabei festg'stellt, dass Sie von 20.50 Uhr bis 22.10 Uhr nicht im Casino waren. Sie haben um 20.50 Uhr das Gebäude verlassen und sind erst nach einer Stunde und 20 Minuten wiedergekommen. Und genau in diesem Zeitrahmen geschah der Mord. Außerdem braucht man von Füssing bis Pfarrkirchen höchstens eine halbe Stunde. Blöd, gell?« Thomas wähnte sich schon in der Endphase der Mordaufklärung.

Felix Laubner schüttelte den Kopf und hatte keine direkte Antwort parat. Nach einigen Sekunden fing er an, laut zu denken: »Ich war in der letzten Zeit jeden Tag in Füssing, deswegen weiß ich nicht mehr genau, wo ich am letzten Freitag zwischen 21.00 und 22.00 Uhr gewesen sein soll.«

»Das wäre jetzt aber für Sie von Vorteil, wenn Sie uns ein stichhaltiges Alibi liefern könnten und uns dabei nicht wieder anlügen würden.«

»Warten S'. Jetzt weiß ich es wieder! Ich war am Freitagabend zu dieser Zeit im ›Haslinger Hof‹ beim Essen. Ich hatte Hunger. Die Speisekarte im Casino hat mir nicht zugesagt, da bin ich schnell zum Haslinger rübergefahren und habe mich dort am Buffet bedient«, behauptete Felix Laubner.

»Wo und was ist der ›Haslinger Hof‹?«, fragte Mandy.

Laubner kam Thomas mit der Erklärung zuvor. »Mir scheint, Sie sind noch nicht lange in Niederbayern. Der ›Haslinger Hof‹ ist der größte und bekannteste Gastronomiebetrieb weit und breit. Den kennt hier jedes Kind.«

Mandy fühlte sich an ihre Anfangszeit in Pfarrkirchen vor eineinhalb Jahren erinnert, als sie wegen mangelnder Ortskenntnisse und ihrer Defizite in der niederbayerischen Mundart einen schweren Start hatte. »Wenn Sie wollen, dann zeige ich Ihnen gerne mal den ›Haslinger Hof‹«, bot Laubner der attraktiven Kommissarin mit einem verführerischen Lächeln an.

»Nein danke, kein Bedarf«, wiegelte Mandy professionell ab. Während Thomas sich weiter über das freche Angebot an seine Kollegin ärgerte, fuhr diese unbeeindruckt mit der Befragung fort.

»Hat Sie dort jemand gesehen? Kann irgendwer bezeugen, dass Sie zu der Zeit in diesem ›Haslinger Hof‹ waren?«

»Am Freitagabend ist dort immer die Hölle los. Da sind Tausende von Leuten, aber ich habe keinen gekannt. Ob mich jemand gesehen hat, kann ich Ihnen nicht sagen. Ich habe dort gemütlich gegessen und bin dann wieder ins Casino zurückgefahren.«

»Das ist aber schlecht. Haben Sie vielleicht noch den Kassenbon vom Restaurant?«

»Nein, den habe ich gleich weggeschmissen. Den kann ich ja nicht von der Steuer absetzen«, bekräftigte Felix Laubner. Dass er erneut ins Fadenkreuz der Ermittler geraten war, ging ihm gehörig gegen den Strich.

»Leute, ich war das nicht, mit dem Tod vom Volker habe ich nichts zu tun, wie oft soll ich euch das noch sagen?«, versuchte er nochmals seine Unschuld zu verdeutlichen.

»Das sagen sie fast alle. Nur die wenigsten Täter geben ihre Tat zu. Die meisten lügen uns ins Gesicht, und genau deswegen sind wir von Natur aus misstrauisch. Da müssen Sie uns schon verstehen«, unterwies ihn Thomas in Oberlehrermanier.

»Da verstehe ich euch schon, aber ich war das trotzdem nicht. Das werde ich wohl noch sagen dürfen, oder?«

Für Mandy war jetzt der Punkt erreicht, an dem sie ihre Strategie änderte. »Sehen Sie, Herr Laubner, Sie haben ein starkes Motiv. Der Vater Ihrer Freundin hat seine Tochter mit der Einstellung der monatlichen Unterstützungszahlung erpresst, damit sie mit Ihnen Schluss macht. Das ist doch unbestritten, oder?« Als der Angesprochene ein Nicken andeutete, fuhr Mandy fort. »Das heißt für uns ganz klar, das Opfer konnte Sie nicht leiden, und Herr Doktor Rausch war eine große Gefahr für Ihre Beziehung mit Sara. So, und jetzt haben Sie noch dazu zufällig kein Alibi für die Tatzeit. Da können Sie sich doch vorstellen, dass wir Sie auf unserer Liste ganz oben stehen haben. Sie behaupten zwar, dass Sie unschuldig sind ...«, schilderte Mandy die Lage ruhig und sachlich aus ihrer Sicht.

»Ja, das bin ich auch«, erregte sich Laubner verzweifelt.

»... aber angesichts der Situation rate ich Ihnen, uns zu helfen, Ihre Unschuld zu beweisen«, fuhr Mandy unaufgeregt fort.

Thomas war tief beeindruckt von Mandys Ruhe in dieser Situation. Oder hatte der Laubner sie etwa so mit seiner Attraktivität beeindruckt, dass sie ihm glauben und den Verdacht aus der Welt schaffen wollte? So wie er bei Angela. Da war er sich nicht sicher.

Apropos Angela, ein Blick auf seine Uhr ließ ihn in leichte Panik verfallen. Es war schon fast 17.30 Uhr und um 19.00 Uhr hatte er das spannendste Date des Jahres, zu dem er nur äußerst ungern zu spät kommen wollte.

»Wie soll ich Ihnen dabei helfen, meine Unschuld zu beweisen?«

»Indem Sie ehrlich unsere Fragen beantworten, Herr Laubner. Haben Sie ein Handy?«, fragte Mandy, die sich in ihrer Rolle als »good cop« sichtlich wohlfühlte.

»Ja, natürlich habe ich ein Handy.«

»Haben Sie es vergangenen Freitagabend dabeigehabt?«

»Ja schon, aber wenn ich ins Casino gehe, habe ich mein Handy immer ausgeschaltet, da will ich mich auf mein Spiel konzentrieren und mich nicht von irgendwelchen Anrufen ablenken lassen.«

»Das ist schlecht«, zeigte sich Mandy enttäuscht. Die Erstellung eines Bewegungsprofils für den verdächtigen Zeitraum war damit vom Tisch. Doch schon fiel ihr das nächste Beweismittel ein. »Wissen Sie noch, welches Hemd Sie am Freitagabend getragen haben?«

Felix Laubner war irritiert und überlegte lange, bevor er aufstand und aus dem Wohnzimmer ging. Ein paar Minuten später lagen zwei kurzärmlige Hemden auf dem Wohnzimmertisch, da Laubner sich nicht sicher war, welches der beiden er am Freitagabend getragen hatte.

»Könnten wir dieses Hemd für ein paar Tage mitnehmen?«, fragte Thomas. Er griff sofort nach dem blau-grün gestreiften Hemd, welches er als das Kleidungsstück auf dem Foto von Karl Auer erkannt hatte.

»Wenn es meine Unschuld beweist, können Sie es gerne mitnehmen«, stimmte Laubner zu. Mandy hatte ihn durch ihre besonnene Art so weit beruhigt.

»Dann mache ich noch ein Foto von Ihnen. Sind Sie damit einverstanden?«, fragte Mandy.

Auch das noch, dachte Thomas, der schon auf glühenden Kohlen saß.

»Warum denn das?«, fragte Laubner.

»Wir wollen das Foto von Ihnen den Angestellten dieses ›Haslinger Hofes‹ zeigen. Vielleicht kann sich jemand an Sie erinnern«, erklärte Mandy und zückte ihr Smartphone.

Da kein Einspruch des Finanzmaklers zu vernehmen war, machte sie ein Foto von ihm.

»Wenn jemand bezeugen würde, dass Sie am Freitagabend dort waren, wären Sie aus dem Schneider.«

Thomas stand auf und wollte seiner Kollegin damit signalisieren, dass es für heute reichte.

Ein wenig irritiert von Thomas' Eile tat Mandy es ihm gleich.

Doch eine Frage hatte sie noch. »Wo ist eigentlich Ihre Lebensgefährtin?«

»Sie ist gerade bei der Beerdigung ihres Vaters.«

»Und Sie sind nicht dabei?«, wunderte sich Mandy.

»Nein, Sara wollte das nicht. Sie hat gesagt, weil ich mich mit ihrem Vater nicht gut verstanden habe, sei sie der Meinung, ich solle fernbleiben. Bei der Urnenbestattung sind nur sie, ihre Mutter und der Pfarrer dabei, sonst niemand.«

»Kennen Sie die Mutter von Sara?«

»Ja natürlich, wir waren schon öfters in Landshut bei ihr.«

»Haben Sie zu ihr auch so ein schlechtes Verhältnis wie zu Herrn Rausch?«

»Nein, überhaupt nicht, wir verstehen uns gut.«

»Mit Frauen verstehen S' sich besser als mit Männern, oder Herr Laubner?«, giftete Thomas. Er vermutete, dass er die Mutter genau wie die Tochter mit seinem Äußeren beeindruckt hatte.

Schon auf dem Weg zum Auto kam Thomas auf das brisante Thema, das ihm auf der Zunge brannte, zu sprechen. »Hat er dich auch so beeindruckt wie Mutter und Tochter Rausch?«

»Jetzt mach aber einen Punkt, Thomas. Der Laubner sieht gut aus, das stimmt, das habe ich dir schon beim letzten Mal gesagt. Aber glaubst du, dass ich mich so leicht um den Finger wickeln lasse? Noch dazu von einem spielsüchtigen Verdächtigen? Da schätzt du mich aber falsch ein!«, rechtfertigte sich Mandy, die dann sogleich zum Gegenschlag ausholte. »Und was ist mit dir? Meinst du, ich habe nicht gemerkt, wie dich die Frau Hiermer beeindruckt hat? Du gibst es noch nicht einmal zu. Wer im Glashaus sitzt, sollte nicht mit Steinen werfen.«

Spätestens jetzt bereute Thomas die Diskussion, die er initiiert hatte. Eigentlich beherrschte er die Kunst des »Herumeierns« nicht, aber er musste es jetzt zumindest probieren. Schweigen wäre in dieser Situation mit einem Schuldeingeständnis gleichzusetzen. »Ja klar ist die … Frau Hiermer« – beinahe hätte er Angela gesagt – »eine attraktive Frau, aber da stehe ich drüber«, sagte er, ohne rot zu werden.

»Wer's glaubt«, murmelte Mandy mehr zu sich selbst als zu ihrem Kollegen.

Thomas war dieses Thema äußerst unangenehm geworden, weshalb er versuchte, die Aufmerksamkeit auf etwas anderes zu lenken. »So eine Befragungsstrategie von dir hab ich auch noch nicht erlebt, Mandy.«

»Ich bin doch immer für Überraschungen gut, mein Lieber.« Mandy konnte ein Grinsen nicht unterdrücken. »Er war kooperativ und hat dann auch noch das richtige Hemd herausgerückt. Da bin ich nicht sehr optimistisch, dass die Kollegen Blutspritzer darauf finden werden«, fuhr Mandy fort.

An ihrem Dienstwagen angekommen, setzte sich Thomas erneut hinter das Steuer und fuhr über die B 388 zurück in Richtung Pfarrkirchen. Als Mandy den Verweis auf Bad Füssing auf einem der gelben Wegweiser sah, hatte sie eine andere Idee.

»Wir könnten doch noch wegen des Alibis von Laubner zu diesem ›Haslinger Hof‹ fahren, jetzt, wo wir eh schon in der Nähe von Bad Füssing sind.«

»Jetzt?!«, entfuhr es Thomas, der seit einer Stunde ständig die Uhr im Blick hatte, damit er nicht zu spät zu seinem Date kam.

»Ja natürlich jetzt«, bestätigte Mandy.

»Nein, heute nicht mehr, das können wir morgen auch machen. Es ist jetzt schon fast sechs und ich hab daheim eine Menge zu tun«, schwindelte Thomas, »und außerdem geht es um diese Zeit richtig zu beim Haslinger. Da wär's besser, wenn wir morgen Vormittag hinfahren würden«, legte er noch nach.

»Hast du heute noch was vor? Vorhin hattest du es auch schon so eilig.«

»Nein, nichts Besonderes, ich bin schon recht kaputt, anscheinend macht mir die Hitze zu schaffen und daheim ist einiges liegen geblieben. Ich bin froh, wenn ich heut früher heimkomm«, log Thomas erneut. Er fühlte sich dabei alles andere als wohl.

Das Telefon läutete.

Froh über diese Ablenkung nahm Thomas den Anruf von Hartmut Rieger entgegen. Der Leiter der Kriminaltechnik hatte keine guten Nachrichten für die beiden. Auf den Hemden von Gerhard Berger waren keine Blutspuren gefunden worden.

»Ich hab das schon befürchtet. Vielleicht verrennen wir

uns auch mit diesen Blutspritzern«, stellte Thomas frustriert fest.

»Und trotzdem lasse ich das Hemd von Laubner ebenfalls noch untersuchen. Du hast schon recht, wir dürfen uns auf nichts versteifen, auf keine Blutspritzer und auch nicht auf unsere Hauptverdächtigen. Am Ende war es jemand, den wir im Moment gar nicht auf dem Schirm haben«, orakelte Mandy.

Nach einer kurzen Stille fügte sie hinzu: »Weißt du was? Eigentlich hättest du jetzt doch Urlaub. Ich werde jetzt unseren Oberstudienrat in die Freiheit entlassen und du kannst gleich nach Hause fahren.«

»Du bist ein Schatz.« Endlich stand Thomas' Date nichts mehr im Wege.

DREIUNDDREISSIG

Jetzt war Eile geboten. Es war schon fast 18.45 Uhr, als Thomas nach diesem wiederum sehr anstrengenden Arbeitstag an seinem Sacherl ankam. Zuerst riss er sich die verschwitzten Klamotten vom Leib und sprang in die Dusche. Anschließend trug er deutlich mehr Deo auf als sonst, denn der Duft sollte bei einem Date eine ganz entscheidende Rolle spielen. Als Nächstes stellte sich die Frage, welches

Outfit er für diesen spannenden Abend wählen sollte. Er entschied sich für seine Baldessarini-Jeans, die er erst kürzlich im Pfarrkirchner Modehaus Pollozek erworben hatte, und ein kurzärmliges dunkelblaues Seidenhemd. Die Nervosität stieg bei Thomas von Minute zu Minute und die Gedanken kreisten stetig in seinem Kopf. Auf der einen Seite freute er sich riesig auf diesen Abend. Er hatte mal in einer Zeitschrift gelesen, dass es bei den meisten Paaren beim dritten Date zum Sex kommt. Wie lange hatte er schon keinen Sex mehr gehabt? Das war schon über ein Jahr her. Hoffentlich konnte er die niveauvolle Frau zufriedenstellen, sofern es so weit kommen würde. Auf der anderen Seite durfte er nicht vergessen, dass sie immer noch auf der Verdächtigenliste stand. Zumindest in den Augen seines Chefs und seiner Kollegin. Im schlimmsten Fall würde er dann mit einer Mörderin schlafen. Aber dieser Gedanke verschwand gleich wieder. Er war sich ziemlich sicher, dass Angela mit dem Mord nichts zu tun hatte.

Er mochte es sich allerdings nicht ausmalen, was passieren würde, sollte Mandy von seiner Verabredung Wind bekommen.

Thomas schüttelte seine Gedanken mit einer abwehrenden Geste ab. Es würde schon alles gut gehen.

Er schnappte sich die sündhaft teure Weinflasche aus der Küche und packte sie zusammen mit den Pralinen in eine Stofftasche. Die kleine zusätzliche Überraschung, die er extra noch besorgt hatte, steckte er in die Hosentasche seiner Jeans. Als er das Haus verlassen wollte, fiel ihm ein, dass er noch etwas Gemüse aus seinem Garten mitbringen könnte.

Das wird mir bestimmt zusätzliche Punkte bei der blonden Schönheit einbringen, dachte er.

Thomas machte also noch einen kleinen Umweg über den Garten, wo er einige reife Tomaten, zwei Schlangengurken und einen Kopfsalat pflückte und sie in einer weiteren Stofftasche verstaute. Dann aber stieg er endlich in sein Auto und fuhr los.

Als er mit seinen zwei Taschen an der Eingangstür zu Angelas Wohnung läutete, war sein Herzschlag ungefähr so schnell wie nach einem 50-Meter-Sprint auf dem Fußballplatz.

Wenige Sekunden später surrte der Türöffner. Mit weichen Knien eilte er in den zweiten Stock.

»Was hast denn du alles dabei?«, fragte Angela überrascht und musterte Thomas, der mit seinen Beuteln in der Hand vollbepackt vor ihrer Wohnungstür stehen blieb.

»Das werde ich dir gleich zeigen«, versprach der Hobbykoch.

Angela streckte ihre Arme nach ihm aus, weswegen er schnell die Taschen abstellte, um ihre Umarmung zu erwidern.

Sie sah einfach klasse aus. Eine hautenge weiße Jeans und ein eng geschnittenes hellblaues Top betonten ihre makellose weibliche Figur.

»Schön, dass du gekommen bist«, flüsterte ihm die Pädagogin während der innigen Umarmung ins Ohr. Dabei stieg ihm ihr betörendes Parfum in die Nase.

»Ich freu mich, dass du mich eingeladen hast«, bedankte sich der Polizist artig.

Nach dieser herzlichen Begrüßung bat die Studiendirektorin ihren Gast in die Vierzimmerwohnung. Thomas stellte seine beiden Taschen auf einem freien Stuhl am festlich gedeckten Esszimmertisch ab.

»Jetzt bin ich aber schon gespannt, was du mir alles mitgebracht hast.«

»In der einen Tasche habe ich nur ein wenig Veganes aus meinem Garten dabei.«

»Was? Einen eigenen Gemüsegarten hast du auch noch!«, staunte die Pädagogin.

Genau diese Reaktion über das selbst angebaute Gemüse hatte sich Thomas erhofft. »Und in der anderen Tasche hab ich dir was zum Naschen und zum Genießen mit'bracht«, verriet Thomas und überreichte ihr die Pralinen und die Flasche Wein.

»Wow, einen Barolo Montanello«, zeigte sich die stilsichere junge Frau beeindruckt, »der ist einer meiner Lieblingsrotweine! Danke, Thomas.« Angela gab ihm einen Kuss auf die Wange.

»Gerne.«

»Jetzt bekommst du aber von mir auch was. Ich habe uns einen Aperitif vorbereitet, und zwar einen Cassis-Prosecco. Ich hoffe, du magst so was.« Sie geleitete ihren Gast an die Theke, welche die Küche vom Esszimmer trennte. Dort standen bereits zwei mit Prosecco gefüllte Sektgläser, in denen schwarze Johannisbeeren in Eiswürfeln und Rosmarinzweigen schwammen.

»Das schaut gut aus«, freute sich Thomas ehrlich.

»Ja dann, auf einen schönen Abend«, prostete die Hausherrin ihrem Gast mit einem verschmitzten Augenzwinkern zu.

»Der schmeckt ja so fruchtig und leicht wie der heurige Sommer, Angela.«

»Das ist schön. Übrigens, du kannst gerne Angie zu mir sagen. Das ist viel vertrauter. Angela hört sich so förmlich an.«

»Ja gern, dann trinken wir noch mal, und zwar auf dich, Angie.« Thomas sprach ihren Namen bewusst englisch aus, genauso wie Mick Jagger im gleichnamigen Welthit der Rolling Stones.

»Ach, Thomas, bevor ich es vergesse, deine Kollegin war gestern wieder bei mir. Langsam wird es peinlich. Ich glaube wirklich, dass sie mich für die Mörderin vom Rausch hält«, beklagte sich Angie erneut.

»Nein, das glaub ich ned. Die macht einfach nur ihre Arbeit«, beschwichtigte Thomas. »Als sie erfahren hat, dass du eine Beziehung mit dem Rauschi hattest, musste sie mit dir nochmals reden.«

»Das war ja keine wirkliche Beziehung, das war nur eine kurze Affäre, weiter nichts und außerdem ist es schon lange her«, wiegelte die Pädagogin ab und schnitt daraufhin sofort ein anderes Thema an. »Apropos gestern, du wolltest dir doch noch ein weißes Pferd kaufen. Warst du erfolgreich?«, kokettierte Angie mit mehreren Wimpernschlägen.

»Ja klar war ich erfolgreich«, trumpfte Thomas zur Verwunderung seines Gegenübers auf. »Ich hab es sogar dabei.«

Thomas kramte seine Überraschung aus der Hosentasche seiner Jeans und überreichte sie mit einem breiten Grinsen im Gesicht der verblüfften Gastgeberin. Angie betrachtete den kleinen Schlüsselanhänger, an dem ein eleganter Schimmel hing, und strahlte Thomas an.

»Wow, das ist klasse. Du hast es ja faustdick hinter den Ohren. Danke, Thomas«, sagte sie und gab ihm einen Kuss auf den Mund.

Volltreffer, dachte Thomas, der schon von Sex mit fünf Sternen träumte.

Aber zunächst stand das gemeinsame Kochen an. »Ach, übrigens. Was zaubern wir eigentlich heute Köstliches?«

»Ach so, wir wollten ja noch kochen heute. Ich habe mir im Kochbuch Tagliatelle mit Lachssahne herausgesucht und dazu machen wir einen knackigen Salat. Die Zutaten habe ich alle eingekauft, aber du musst den Chefkoch spielen, ich bin nur deine Assistentin«, bestimmte Angie grinsend und zeigte ihm das Rezept.

»Sehr gut, ich denk, das schaffen wir«, gab sich der Hobbykoch optimistisch, nachdem er die Angaben zur Zubereitung studiert hatte.

Angie schnürte zunächst ihrem Chefkoch und anschließend sich selbst eine Schürze um. Die L-förmige moderne Designer-Küche in mattem Dunkelgrau harmonierte perfekt mit der Arbeitsplatte aus Granit, auf der moderne Küchengeräte in Edelstahl glänzten. Die Zutaten standen in verschiedenen Schüsseln schon zur Verarbeitung bereit, genauso wie man es in den Kochshows im Fernsehen oft sah.

»Ich sehe, du hast schon alles vorbereitet«, lobte Thomas. Er drückte seiner Assistentin eine Limette in die Hand und bat sie, die Schale abzureiben und den Saft auszupressen. In dieser Zeit widmete er sich den Schalotten und der Chilischote und schnitt sie in kleine Würfel. Anschließend schnappte sich Thomas die Pfanne und schwitzte beides glasig an.

Die Hausherrin hatte an alles gedacht.

Im Weinkühler wartete bereits ein fruchtiger Riesling. Sie prosteten sich wiederholt zu und genossen das gemeinsame Kochen. Als er die Schalotten mit Sahne aufgießen wollte, suchte er Letztere vergebens. Sie war weder auf der Arbeitsplatte bei den anderen Zutaten noch im Kühlschrank.

»Angie, wo hast du denn die Sahne?«

»Mist! Genau die habe ich vergessen«, rief Angie aus und fasste sich dabei an die Stirn.

Ein Blick auf die Uhr verriet den beiden, dass es schon relativ spät geworden war. »Es ist zehn vor acht, der Supermarkt hat gerade noch offen.«

»Tagliatelle mit Lachssahne ohne Sahne geht wirklich nicht. Dann fahr ich gleich«, bot Thomas an.

»Nein, das mach ich. Das war mein Fehler, deswegen sause ich los und du kannst in der Zwischenzeit den Salat schnipseln«, bestimmte Angie vehement.

Gesagt, getan. Innerhalb weniger Sekunden verschwand die Hausherrin aus ihrer Wohnung.

Thomas wollte die Zeit sinnvoll nutzen, holte sich eine Schüssel aus dem Schrank und fing an, die Tomaten und den Kopfsalat zu waschen und die Gurke zu schälen, als das Festnetztelefon läutete. Da er sich in einer fremden Wohnung befand, war für ihn klar, dass er das Gespräch nicht annehmen durfte. Nach mehrmaligem Läuten schaltete sich Angies Anrufbeantworter ein: »Hallo, das ist der Anschluss von Angela Hiermer. Schade, ich bin jetzt gerade nicht zu Hause, aber wenn Sie mir eine Nachricht hinterlassen wollen, können Sie dies gerne nach dem Piepston tun.«

Nach wenigen Sekunden meldete sich eine ihm unbekannte Männerstimme: »Hallo, Angie, hier spricht der Rainer. Du, ich habe jetzt meine Kollegen im Kultusministerium so weit. Sie wollen dich als neue Direktorin des Pfarrkirchner Gymnasiums haben. Ich finde, das sollten wir feiern, deswegen habe ich uns für Samstag ein Zimmer in München im ›Bayerischen Hof‹ reserviert. Ruf mich doch an, wenn du wieder da bist, dann können wir die Details besprechen. Ciao, Angie, bis bald.«

»Das gibt's ja ned«, entfuhr es Thomas.

Völlig schockiert musste er sich erst einmal hinsetzen. Ihm wurde ganz anders und seine Gesichtsfarbe wurde merklich blasser. Sie benutzt die Männer grad so, wie sie's braucht, ich fass es ned, dröhnte es in seinem Kopf. Die Meinung über seine hübsche Kochassistentin änderte sich augenblicklich. Mandy hatte wieder mal recht, sie hat sich tatsächlich hochgeschlafen. Anscheinend war sie noch nicht am Ziel angelangt. Aber warum hatte sie sich an ihn, Thomas, rangemacht? Sie profitierte doch nicht von ihm. Oder doch? Vielleicht war sie die Mörderin und wollte ihn ablenken und bezirzen, damit er nicht auf den Gedanken käme, sie hätte mit der Tat etwas zu tun, sinnierte der Polizist. Er fühlte sich hintergangen. Was sollte er jetzt machen? Einfach abhauen oder so tun, als wäre nichts geschehen? Die Lust auf das gemeinsame Kochen beziehungsweise Essen und auf die eventuelle »Nachspeise« in ihrem Schlafzimmer war ihm definitiv vergangen. Viel Zeit zum Überlegen blieb ihm jedoch nicht, denn da hörte er auch schon den Schlüssel an der Wohnungstür klappern.

»Was man nicht im Kopf hat, hat man in den Beinen«, hallte es wenig später durch den Flur zur Küche. Angie war zurück und hielt triumphierend einen Becher Sahne in die Höhe. »Ich hatte Glück, der Supermarkt wollte gerade dichtmachen, aber mich haben sie noch hineingelassen.«

»Du bist halt einfach ein Glückskind«, bemerkte Thomas mit gequältem Lächeln. »Dann können wir ja weiterkochen.«

Thomas versuchte, seinen plötzlichen Stimmungsumschwung zu überspielen. Angie dagegen war weiterhin bester Laune und prostete ihrem Chefkoch mit dem Riesling öfters freudestrahlend zu.

Nachdem Thomas das Angebratene mit der Sahne aufgegossen hatte, legte er die Lachswürfel dazu. Angie war für die Nudeln zuständig. Während der Lachs in der Pfanne vor sich hin schmorte, verfeinerte Thomas das Gericht mit verschiedenen Kräutern. Parallel dazu machte er den Salat mit einem feinen Honig-Senf-Dressing an. Dieses Rezept hatte er vor einigen Wochen von seiner Koch-Mentorin Hilde Bernauer erhalten.

Kurze Zeit später ließ er die Hausherrin von seiner Sahnesoße probieren.

»Wow, das schmeckt aber köstlich, da könnte ich mich glatt reinlegen«, schwärmte Angie.

»Dann können wir anrichten«, schlug Thomas vor, dem neben seiner Lust auch der Appetit deutlich vergangen war.

Beim Essen machte er weiterhin gute Miene zum bösen Spiel und ließ sich nicht anmerken, was er vor einigen Minuten durch den Lautsprecher des Anrufbeantworters zu hören bekommen hatte. Es hätte alles so schön werden können, grübelte Thomas. Das Ambiente war perfekt für einen herrlichen Abend. Am Tisch brannten drei Kerzen, die von einem dreiarmigen silbernen Kerzenständer gehalten wurden. Das Essen war ihm gut gelungen und der fruchtige Wein schmeckte ausgezeichnet. Ihm gegenüber saß eine wunderschöne Frau, die offensichtlich auch Gefallen an ihm gefunden hatte, daran bestand kein Zweifel mehr. Aber der kurze Anruf zuvor hatte alles zunichtegemacht. Es war alles nur Schein.

»Sag mal, Thomas, an was denkst du? Du wirkst so abwesend«, bemerkte Angela.

»Ich muss ständig an den Mordfall denken«, schwindelte der Polizist, dem gerade nichts Besseres eingefallen war.

»Habt ihr immer noch keine heiße Spur?«, erkundigte sich Angie neugierig.

In diesem Moment war Thomas klar, dass seine Notlüge ein Eigentor gewesen war. Über den Mordfall wollte und konnte er jetzt ganz bestimmt nicht mit ihr reden.

»Wir haben schon verschiedene Verdachtsmomente, aber keine heiße Spur, mehr darf ich auch nicht sagen«, wiegelte Thomas ab.

»Hast du eigentlich dem Volker, äh, dem Rausch sein Buch schon gelesen?«, fragte Angie als Nächstes.

»Nein, hab ich noch ned«, gestand der Polizist.

»Ich bin es in den letzten Tagen durchgegangen. Dabei kam mir eine Sache komisch vor: Vor einem halben Jahr etwa hat mir der Martin, der Doktor Lehner meine ich, einen Aufsatz gemailt. In diesem Aufsatz ging es um moderne Unterrichtsmethoden, er wollte meine Meinung dazu einholen«, begann Angie zu erzählen.

»Ja und?« Thomas war ungeduldig.

»Dieser Aufsatz steht nahezu eins zu eins in dem Buch, das der Rausch letzte Woche vorgestellt hat«, ergänzte die Pädagogin.

»Dann wird der Lehner dem Rausch die Seiten übergeben haben«, mutmaßte Thomas. Er war sich nicht sicher, welche Absicht sie damit verfolgte. Wollte sie den Schotten belasten oder von sich selbst ablenken? »Du kannst mir ja diese E-Mail vom Lehner weiterleiten, dann schaue ich mir das mal durch«, bot Thomas an, der damit endgültig das Thema wechseln wollte.

In der Zwischenzeit hatten sich die Teller und Schüsseln auf dem Tisch geleert. Thomas überlegte, wie er den Abend am elegantesten beenden konnte.

Er erhob sich von seinem Platz. »Vielen Dank für den

schönen Abend, aber ich muss jetzt langsam aufbrechen. Ich hab morgen wieder einen anstrengenden Tag vor mir«, schob der Polizist vor.

»Was, du willst jetzt schon gehen?«, wunderte sich Angie. Sie stand ebenfalls auf, ging zu Thomas, umarmte ihn, schmiegte sich nah an ihn und begann ihn zu küssen.

»Eine süße Nachspeise hätte ich schon noch anzubieten«, flüsterte sie ihm verführerisch ins Ohr.

Thomas war hin- und hergerissen. Sollte er die Schönheit tatsächlich von der Bettkante stoßen, zumal sein bestes Stück ganz schnell Bereitschaft signalisierte?

Aber sein Verstand siegte letzten Endes doch über jegliche körperlichen Signale.

Thomas drückte sich behutsam weg von ihr. »Sei mir bitte nicht böse, Angie. Ich bin noch nicht so weit«, entschuldigte er sich und ließ die enttäuschte Gastgeberin allein zurück.

VIERUNDDREISSIG

Freitag

In dieser Nacht von Donnerstag auf Freitag fand Thomas schon wieder keinen Schlaf. Zu sehr hingen ihm die Ereignisse des Abends nach. Ihm ging diese Frau nicht aus dem Kopf. Wollte sie ihn genauso benutzen wie den Rauschi oder diesen Rainer vom Kultusministerium? Aber warum? Wenn sie das wollte, hatte sie doch garantiert etwas mit dem Mord zu tun. Vielleicht lagen Mandy und Kiermeier richtig mit ihrer Vermutung. Motiv eindeutig, Alibi unsicher. Ihm fiel ein, dass sie auch noch Rechtshänderin war, in der Küche hatte sie das Messer mit der rechten Hand geführt. Sie war definitiv nicht aus dem Kreis der Verdächtigen ausgeschlossen.

Kurz nachdem ihn die Müdigkeit doch noch übermannt hatte, riss ihn der Wecker unbarmherzig aus dem Schlaf. Er sprang in die Dusche und betrachtete sich anschließend im Spiegel. Oje, wie siehst du denn heute aus, dachte der Polizist. Die kurze Nachtruhe war ihm nur allzu deutlich anzusehen. Er erinnerte sich an einen Spruch, den er vor wenigen Tagen im Radio gehört hatte: »Wer morgens zerknittert aussieht, kann sich den ganzen Tag so richtig entfalten.« Hoffentlich trifft dieser Spruch auch auf mich zu, dachte Thomas. Hundemüde machte er sich auf den Weg zu seinem Arbeitsplatz.

Dort erwartete ihn nicht nur Mandy, sondern auch eine fahrbare Pinnwand, auf der ein Plakat mit allen in den Fall involvierten Personen geheftet war.

»Wow, du warst aber produktiv«, begrüßte Thomas seine Kollegin und staunte über ihre Fleißarbeit.

»Ich konnte nicht mehr schlafen, da bin ich gleich in aller Früh ins Büro gefahren und wollte uns einen Überblick über den komplizierten Fall verschaffen.«

»Das ist dir voll und ganz gelungen«, lobte Thomas. Er kam aus dem Staunen gar nicht mehr heraus. Auf dem

Papier waren sämtliche Personen beschrieben, die im Rahmen des Mordfalls von ihnen als Verdächtige befragt worden waren. In der Mitte hing ein Foto des Opfers, das während seiner Buchvorstellung aufgenommen worden war. Die dort anwesend gewesenen Verdächtigen, Sara Rausch, Angela Hiermer und Doktor Martin Lehner, waren ebenfalls mit Foto zu sehen. Ebenso heftete das Bild von Felix Laubner, das Mandy gestern von ihm gemacht hatte, auf der Pinnwand.

Lediglich Elke Moosburger sowie Gerhard und Andreas Berger waren ohne Foto aufgelistet. Unter den jeweiligen Namen standen die Adresse, das Alter und die berufliche Tätigkeit.

Noch weiter unten waren jeweils das Motiv und das angegebene Alibi aufgeführt. Und das war noch nicht alles. Darüber hinaus hatte sie das Motiv der jeweiligen Personen mit ein bis drei Sternen und das Alibi mit ein bis drei Fragezeichen bewertet.

»Was sagst du zu meiner Bewertung der Motive und der Alibis?«, fragte Mandy ihren Kollegen, dessen Blick auf die Tafel fokussiert war.

»Ja, das passt schon«, stammelte Thomas.

»Na gut, dann gehen wir zum Chef hinüber in die Frühbesprechung, nicht dass wir wieder eine gesonderte Einladung von ihm bekommen«, schlug Mandy vor und schob den Flipchart-Ständer aus ihrem Büro hinüber zu Kiermeier.

Auch der Polizeichef staunte nicht schlecht. »Da war jemand mal so richtig kreativ«, lobte er Mandys Plakat.

Die Kommissarin wies auf ihr System hin und fügte ergänzend hinzu, dass lediglich Andreas Berger einen grünen Haken hinter sein Alibi bekommen habe, da dies ja schon eindeutig bestätigt werden konnte. »Also können wir den schon mal von unserer Liste streichen«, führte Mandy aus und strich den Namen Andreas Berger auf ihrem Plakat demonstrativ durch. »Alle anderen haben im Prinzip kein wasserdichtes Alibi. Bei Sara Rausch und Elke Moosburger habe ich ein Fragezeichen, und nachdem bei Gerhard Berger, Angela Hiermer, Felix Laubner und Doktor Lehner im Prinzip kein Alibi auszumachen ist, habe ich drei Fragezeichen vergeben«, begründete Mandy ihr Vorgehen, und da sie sowieso gerade das Wort hatte, informierte sie ihre Kollegen bei dieser Gelegenheit noch über die gestrige Befragung von Felix Laubner und Gerhard Berger sowie über die Hausdurchsuchung bei Letzterem. Aber selbst dann war die junge Kripobeamtin mit ihren Ausführungen noch lange nicht fertig. »Jetzt zum Motiv. Das stärkste haben für mich Gerhard Berger, Felix Laubner und Angela Hiermer, deswegen drei Sterne, und bei den anderen drei habe ich lediglich einen Stern vergeben.«

Die Kollegen waren platt. »Sehr schön, Frau Hanke«, lobte Kiermeier seine Mitarbeiterin. Auch die restlichen Anwesenden, Thomas Huber, Karl Auer und Stefan Wegerer, zollten ihr mit einem stummen Nicken Respekt.

»Ist einer von denen zufällig Linkshänder?«, fragte Kiermeier in die Runde.

Mandy und Thomas schauten sich kurz an.

»Sind alles Rechtshänder«, gab Thomas kurz und bündig an.

Lediglich Elke Moosburger hatten sie diesbezüglich noch nicht befragt.

Das ist jetzt aber nicht entscheidend, dachte Thomas, die Moosburger bildet mit jeweils nur einem Stern und einem Fragezeichen das Schlusslicht der Rankingliste.

»Dann hilft uns das auch nicht weiter«, resümierte Kiermeier kurz. »Die weitere Vorgehensweise haben Sie ja bereits vorgegeben, Frau Hanke. Die drei Personen, die auf Ihrer Liste ganz oben zu finden sind, äh …, mit den meisten Sternen und Fragezeichen, sind auch für mich die ›Topkandidaten‹. Der vorbestrafte Spielsüchtige, der cholerische Pädagoge und die durchtriebene Karrierefrau«, fasste der Polizeichef die Situation treffend zusammen.

Bei der Beschreibung von Angela durchzuckte es Thomas wieder. Leider hatte Kiermeier den Nagel auf den Kopf getroffen.

»Dann wissen Sie ja, was Sie zu tun haben. Nehmen Sie sich den Laubner nochmals vor, aber vorher fragen Sie im ›Haslinger Hof‹ nach, ob sich jemand doch noch an ihn erinnern kann. Vielleicht haben die auch Überwachungskameras. Checken Sie das Alibi von der Hiermer. Stoppen Sie den Weg vom Gymnasium zu ihrer Wohnung und zum Biergarten. Hat sie sich wirklich geduscht und umgezogen? Fragen Sie bei der Biergartengesellschaft nach, was weiß ich. Und sprechen Sie mit den Nachbarn vom Berger, ob er vielleicht zur Tatzeit doch außer Haus gesehen wurde, und so weiter und so fort.«

»Alles klar, Chef«, sagte Thomas, dem beim Aufstehen noch eine andere Frage einfiel. »Wo ist eigentlich der Hartmut? Der wollte doch das Hemd vom Laubner auf Blutspuren untersuchen. Mandy, weißt du dazu etwas?«

»Ich habe ihm das Hemd gestern Nachmittag auf den Schreibtisch gelegt und ihm einen Zettel geschrieben, dass er es so bald wie möglich untersuchen soll«, ergänzte Mandy.

»Herr Rieger hat sich gestern Nachmittag bei mir abgemeldet, ihm ging es nicht gut und heute ist er krank«, erklärte sein Vorgesetzter.

»Wer untersucht dann das Hemd?«

»Ich werde mich darum kümmern und einem anderen Kollegen der Kriminaltechnik Bescheid geben«, erklärte der IT-Experte Stefan Wegerer.

»Ach, übrigens, Herr Wegerer. Haben die Kollegen in Passau den Laptop schon knacken können?«, fragte Kiermeier zum Schluss der Besprechung.

»Noch nicht, aber sie sind dran. Ich rufe nachher wieder an, und wenn sie den Zugang zur Festplatte entschlüsselt haben, dann werde ich gleich nach Passau fahren«, versprach der junge Polizeiobermeister.

Anschließend baten die beiden Ermittler ihre Kollegen Karl Auer und Stefan Wegerer in ihr Büro.

»Ihr beide kümmert euch um die Nachbarn von unserem Oberstudienrat, und bitte fragt bei den Lehrern, die beim ›Schachtl‹ waren, ob die Hiermer ihr kleines Schwarzes auch im Biergarten anhatte. Den Laptop kann auch ein Kollege der Spurensicherung holen«, bat Mandy, ohne sich mit Thomas vorher abgesprochen zu haben. Dieser wollte nach wie vor einen großen Bogen um die Ermittlungen gegen seine gestrige Gastgeberin machen. Aber eine Intervention wäre zu auffällig gewesen, dessen war er sich bewusst.

Nachdem sich Karl und Stefan an ihre Arbeit gemacht hatten, musste Thomas noch ein großes Kompliment an seine Kollegin loswerden. »Starker Auftritt, Mandy, der Kiermeier war ja ganz beeindruckt von dir.«

»Keine Angst, Thomas, ich will nicht Chefin werden, ich will nur unseren Fall aufklären, damit du endlich deinen Urlaub antreten kannst und wir zum Frühstücken gehen können«, entgegnete Mandy bescheiden und zwinkerte Thomas zu.

FÜNFUNDDREISSIG

Vor der Fahrt zum »Haslinger Hof« checkte Thomas im Büro noch seine E-Mails. Seine Herzfrequenz erhöhte sich abrupt, als er eine Nachricht von Angela im Posteingang entdeckte. Gott sei Dank konnte Mandy an ihrem gegenüberliegenden Schreibtisch seinen Herzschlag nicht hören. Im Gegensatz zu seiner Mimik konnte Thomas den ja leider nicht unter Kontrolle halten. »Lieber Thomas, wie gestern versprochen, leite ich dir die damalige Mail von Doktor Lehner samt Anhang weiter, liebe Grüße Angie. P.S. Melde dich, wenn du so weit bist. Mit dir ist es anders.«

Was sollte das schon wieder heißen? Thomas war verwirrt.

»Wie wär's, wenn wir uns zuerst um Frau Hiermer kümmern und dann erst zum ›Haslinger Hof‹ fahren?«, fragte Mandy, aber Thomas reagierte gar nicht erst, so gedankenverloren stierte er in seinen Bildschirm. »Hallo, Thomas, ich rede mit dir«, verlieh Mandy ihrer vorherigen Frage Nachdruck.

»Oh, entschuldige, ich hab grad ned auf'passt.«

Kopfschüttelnd betrachtete Mandy ihren Kollegen. »Das habe ich bemerkt. An was denkst du?«

»Ach, ich hab grad an meine jugendlichen Erlebnisse im ›Haslinger Hof‹ 'dacht.«

»Sehr schön«, kommentierte Mandy mit einem belustigten Schnauben, »über die möchte ich aber schon Bescheid wissen.« Erwartungsvoll sah sie Thomas an.

»Die willst du gar ned wissen, das ist ja schon Jahre her«,

beschwichtigte Thomas und winkte ab. Die Ausrede ging ja mal wieder nach hinten los, dachte er.

Mandy zuckte mit den Schultern und erhob sich von ihrem Stuhl. »Gut, dann fahren wir gleich zu diesem Hof, ich bin gespannt, was mich da erwartet.«

Als Thomas auf der »Rottaler-Autobahn«, wie die B388 im Volksmund oft genannt wurde, in Richtung Kirchham fuhr, bohrte Mandy, in der Absicht mehr über Thomas' Jugendsünden zu erfahren, weiter. Dieses rege Interesse an seiner Person nervte ihn zwar, er begann aber trotzdem zu erzählen. Aus der Nummer würde er so schnell nicht mehr herauskommen.

»Es ist allgemein bekannt, dass der ›Haslinger Hof‹ nach dem Internet die größte bayerische Kontaktbörse ist. Hier vermischen sich Einheimische und Kurgäste gleichermaßen.«

»Und du warst mittendrin und hast dich an Frauen herangemacht.«

»Was heißt mittendrin? Bevor ich die Marion kenneng'lernt hab, war ich mit meinen Kumpels oft da und hab mich ein bisschen umg'schaut«, gestand Thomas.

»Umg'schaut heißt das also bei euch.« Mandy grinste wissend.

»Wir haben halt ein wenig rum'blödelt, mehr nicht«, untertrieb Thomas. Seine Kollegin musste ja nicht alles über ihn wissen.

»Ich verstehe schon.«

Kurze Zeit später staunte Mandy nicht schlecht, als sie durch das überdimensionale Holztor auf das Gelände des »Haslinger Hofs« fuhren.

»Das ist ja kein Hof, das ist ja ein ganzes Dorf!«, rief sie überrascht aus. Die Ausmaße dieses Gastronomiebetriebes hatte sie sich bisher nicht vorstellen können. Seit den 1970er-Jahren hatte sich der »Haslinger Hof« von einer reinen Landwirtschaft zu einem kultigen Unterhaltungstreffpunkt für alle Altersklassen entwickelt. Jahr für Jahr wurde investiert und erweitert. Mittlerweile zählten unter anderem mehrere Restaurants und Tanzböden, ein Hotel, eine eigene Metzgerei und ein Spa- und Fitnessbereich zu diesem Erlebnispark. Aber auch an die Kinder war gedacht worden, mit Spielplätzen und Tiergehegen. Jeden Tag fanden auf dem Gelände zahlreiche Veranstaltungen für die Erlebnishungrigen statt.

»Das ist ja eine mission impossible. Wie sollen wir da jemanden finden, der sich an unseren Verdächtigen erinnern kann?«, raunte Mandy, als sie vom Auto ausstieg und über das großzügige Gelände blickte.

»Leicht wird das nicht. Ich hoff, dass hier Videokameras installiert sind«, meinte Thomas, als sie durch den Haupteingang den Gebäudekomplex betraten. Um diese Zeit war natürlich so gut wie nichts los im Vergnügungspark. Die beiden Pfarrkirchner Ermittler trafen auf viele fleißige Frauen, die gerade dabei waren, die Spuren des Vortags zu beseitigen.

Thomas ging auf eine von ihnen zu und fragte, wo sie hier den Chef oder die Chefin finden würden. Mit starkem osteuropäischen Akzent antwortete die stämmige brünette Dame: »Chefin dort vorne im Büro.« Mit dem Finger zeigte sie auf eine breite helle Holztür, die sich in der Ecke eines alten, mit Efeu bewachsenen Stadels befand.

Nachdem Thomas an besagter Tür angeklopft hatte, öffnete ihnen eine elegante schwarzhaarige Frau um die 50. Sie stellte sich als Maria Schubert, Assistentin der Geschäftsleitung, vor. Mandy und Thomas gaben sich als Kripobeamte zu erkennen. Daraufhin bot ihnen Frau Schubert einen Platz in ihrem Büro an.

»Wir verzichten bewusst auf Überwachungskameras in unserem Betrieb, da unsere Kunden großen Wert auf Diskretion legen«, antwortete Frau Schubert auf die Frage des 36-Jährigen. Das ist natürlich ganz schlecht, dachte Thomas grimmig.

»Sie haben ja bestimmt deutlich mehr als 1.000 Gäste am Tag. Wie garantieren Sie diesen denn die Sicherheit auf dem Gelände?«, bohrte Mandy nach.

»Erstens kommen zu uns fast nur friedliebende Menschen, die ein wenig Ablenkung vom Alltag und Unterhaltung suchen, und zweitens haben wir Sicherheitspersonal angestellt, das sofort eingreift, falls es irgendwo Streit geben sollte. Aber warum fragen Sie das alles? Fand bei uns etwa ein Verbrechen statt?«, fragte die Assistentin der Geschäftsleitung besorgt.

»Nein, das nicht«, beruhigte Mandy Frau Schubert. Sie zückte ihr Handy und rief das Foto von Felix Laubner auf. »Wir wollen nur wissen, ob dieser Mann letzten Freitagabend bei Ihnen im Restaurant war.«

Maria Schubert betrachtete das Foto und schüttelte den Kopf. »Noch nie gesehen. Wo soll er denn genau gewesen sein?«

»Er soll sich bei Ihnen am Buffet bedient und anschließend gegessen haben. Wer könnte uns da weiterhelfen?«

»Ein Buffet gibt es in unserem Marktrestaurant. Aber das ist schwierig. Besonders am Freitagabend ist dort ziemlich viel los … Heute ist doch auch Freitag. Ich würde Ihnen empfehlen, Sie kommen heute Abend nochmals und fragen unser Personal. Die meisten Angestellten, die letzten Freitag Dienst hatten, müssten auch heute im Einsatz sein.

Vielleicht kann sich jemand an den Mann erinnern. Gut ausschauen tut er jedenfalls.«

Nach dieser Empfehlung verabschiedeten sich Mandy und Thomas von der Mitarbeiterin des »Haslinger Hofs«.

»Das war wohl ein Satz mit X«, klagte Thomas auf dem Weg zum Auto.

»Das sehe ich nicht so, zumindest weiß ich jetzt, wo ich hinfahren muss, wenn ich einen Partner suchen will«, scherzte Mandy und grinste schelmisch dabei.

»Ich dachte, du hast von der Männerwelt genug«, entgegnete Thomas irritiert.

»Zeiten ändern sich, mein Lieber«, meinte Mandy kess. »Da können wir heute Abend gleich mal schauen, ob für mich einer dabei wäre.«

»Und mir hältst du Vorträge, dass man Berufliches und Privates stets trennen soll«, hielt Thomas dagegen. Er wusste nicht so recht, ob seine Kollegin es ernst meinte oder nicht.

»Ganz ruhig, mein Lieber, das war doch nur ein Scherz«, beschwichtigte Mandy und grinste.

»Ich hab es mir schon fast ’dacht«, lachte Thomas, wurde dann aber wieder etwas ernster. »Ich bin mir nicht mehr sicher, ob wir wirklich heute Abend noch runterfahren sollen. Die Erfolgsaussichten sind doch äußerst gering. Und eigentlich müsste er uns beweisen, dass er da war und nicht umgekehrt.«

»Jetzt warten wir das Ergebnis der Analyse des Hemds und die Auswertung des Laptops ab und dann entscheiden wir«, schlug Mandy vor.

SECHSUNDDREISSIG

»Mit dir ist es anders …« Während Thomas mechanisch Daten über die Tastatur in seinen Computer hämmerte, schwirrte ihm immer wieder dieser bohrende Satz Angelas durch den Kopf.

War das wirklich ehrlich gemeint von ihr? Gab es hinter all diesen Halbwahrheiten und nebulösen Beziehungsgeflechten tatsächlich eine Angela, die es ernst mit ihm meinen konnte? Der Verstand hatte ein klares Urteil dazu gefällt, aber sein Gefühl klammerte sich an diese wenigen Worte: »Mit dir ist es anders.«

»Was murmelst du denn ständig vor dich hin?« Wie einen erwischten Sünder riss ihn die neugierige Frage Mandys aus seiner Gedankenwelt. »Wenn du mir etwas sagen willst, dann bitte direkt und verständlich. Wenn nicht, dann lass mich jetzt bitte mit Karl telefonieren, ich will wissen, wie weit er mit seinen Befragungen ist.«

»Jaja, mach zu, ich habe nur laut über … äh … Laubner und seine Ausflüchte nachgedacht«, schwindelte Thomas.

»Dann denk mal weiter!« Mit einem leichten Kopfschütteln griff Mandy zum Telefon und wählte die Nummer ihres Kollegen Auer.

Kaum hatte Mandy Karl am Apparat, ging die Bürotür einen Spalt auf und der Kopf Hilde Bernauers lugte herein.

»Wie kannst du so ruhig hinter deim Schreibtisch sitzen, Thomas?«, legte Hilde ungefragt los. »Ich glaub, du weißt noch gar ned, was passiert ist.«

»Nein, aber du wirst es mir gleich anvertrauen, stimmt's?«

»Du magst es ja ned glauben, aber deine Frau is wieder solo. Sie hat den Rosstreiber verlassen und ist bei ihrer Mutter z' Eggenfelden ein'zogen.«

»Bist du dir da auch wirklich sicher, Hilde?«, warf Thomas ein.

Er hatte die Neuigkeit zwar schon gestern aus erster Hand erfahren, trotzdem war er beeindruckt, wie schnell das die Runde gemacht hatte.

»Freilich weiß ich des g'wies. Mei Schwägerin ist doch im Frauenbund und dort hat s' gestern in der Versammlung deine frühere Schwiegermutter 'troffen. Die war ja vollkommen überrascht, als ihre Marion plötzlich wieder vor der Tür g'standen ist. Mit Sack und Pack hat sich die Frau wieder im Elternhaus einquartiert. Sogar die ganzen Kochtöpf hat's im Auto dabeig'habt. Wie ein Schlosshund soll s' g'weint haben. Der Rosstreiber muss doch a richtig g'scherter Hund g'wesen sei ... Was jetzt bloß aus der Marion wird? Aber ich glaub ...«

Thomas war so gar nicht daran interessiert, die Mutmaßungen der Inspektionssekretärin über sich ergehen zu lassen, und stoppte ihren ungehemmten Redefluss. »Hilde, Hilde, mach keine Pferde scheu. Das sagt noch gar nichts. Streit gibt's in den besten Familien ...«

»Mei geh! Jetzt verteidigt er auch noch den Haderlump. Wenn's um seine eigene Marion geht. Jetzt schamst dich aber schon! Überleg doch mal! Die ganzen Scheidungskosten kannst dir jetzt sparen ...«

Schon längst hatte Mandy den Hörer aufgelegt und war ganz Ohr ob der interessanten Nachrichten aus dem geschwätzigen Mund der Sekretärin. Nun konnte sie nicht anders, als sich selbst in die lebhaft geführte Diskussion einzumischen. »Ich wusste es sofort, als ich das Wort ›nett‹

in diesem Zusammenhang gehört habe. Das passt einfach nicht auf einen zukünftigen Lebenspartner. Wenn Marion das damals gesagt hat, dann war ihr im Unterbewusstsein bereits klar, dass das nicht lange währt. Ich kann einen Onkel ›nett‹ finden oder den Großvater, aber nicht den, mit dem ich jeden Abend ins Bett steige.«

Spätestens nach dieser für Mandy unüblich intimen Einlassung war für Thomas der Punkt erreicht, an dem die öffentliche Aufarbeitung seiner Noch-Ehe die Grenzen des Erträglichen überschritten hatte. »Erstens wissen wir gar ned, was da tatsächlich vorg'fallen ist, und zweitens habt ihr offensichtlich vergessen, dass wir in einer Polizeiinspektion sind und einen Mord aufzuklären haben. Hilde, du hast doch auch sicher noch was anderes zu tun. Und du, Mandy, sagst mir jetzt, was der Karl am Telefon erzählt hat!«

Die Sekretärin drückte sich leicht beleidigt durch die Tür nach draußen, aber nicht ohne mit dem Kopf Richtung Thomas zu nicken und dabei Mandy vielsagend zuzuzwinkern.

Mandy bemühte sich um einen ernsten Gesichtsausdruck, durfte Thomas dabei jedoch nicht in die Augen sehen. »Karl befindet sich mit dem Stefan gerade in der Wittelsbacherstraße. Sie befragen die Nachbarn von Gerhard Berger. Bisher hat sich noch nichts Konkretes ergeben. Niemand will etwas bemerkt haben. Sie sind aber mit der Befragung auch noch nicht fertig. Allerdings haben sie genaue Auskünfte zum Outfit von Angela Hiermer bekommen. Sowohl Birgit Eberl als auch Eduard Reseneder – du weißt, die zwei Lehrer, die auch am Freitagabend beim ›Schachtl‹ anwesend gewesen sind –, also die zwei haben unisono bezeugt, dass die Hiermer mit Jeans und T-Shirt und nicht im kleinen Schwarzen im Biergarten aufgekreuzt ist. Sie muss sich also zu Hause umgezogen haben. Und das bedeutet ...«

»... aber nicht, dass wir jetzt den ganzen Weg, den die Hiermer genommen haben müsste, ablaufen und dabei die Zeit stoppen«, warf Thomas ein.

»Doch, genau das bedeutet es!«, hielt ihm Mandy entgegen.

»Aber das sind doch Annahmen, die auf Spekulationen zurückgehen und die auf Unsicherheiten beruhen. Das führt absolut nirgendwohin. Den Todeszeitpunkt kann man nicht auf die Minute festlegen. Und man kann auch nicht rekonstruieren, ob jemand schnell gelaufen ist, langsam geduscht oder sich in Windeseile umgezogen hat! Da können wir gleich in die Glaskugel schauen.«

»Wenn du das dem Chef verklickern willst, okay. Ich für meinen Teil werde das jetzt überprüfen.« Mandy schnappte sich einen Notizblock und erhob sich von ihrem Schreibtisch. Ohne noch eine weitere Aufforderung an ihren Kollegen zu richten, verließ sie das Büro. Thomas machte keine Anstalten, Mandy zu folgen, sondern blieb vor seinem Computer sitzen und grübelte: Das ganze Unterfangen ist doch läppisch und hat null Aussagekraft. Nur weil sich Kiermeier auf Angela als Verdächtige versteift, soll ich diese absurde Zeitnahme für ihr Bewegungsprofil erstellen. Wie schnell geht denn eine Frau, die einen Mord in einem schwarzen Etuikleid begangen hat und das Laufen vermeiden will, um keine Aufmerksamkeit auf sich zu ziehen? Muss sie sich duschen oder zumindest waschen, um mögliche Blutspritzer am Körper verschwinden zu lassen? Wie schnell kommt man aus einem eng anliegenden Kleid und zieht sich neue Klamotten über? Bei Marion hat das immer eine halbe Ewigkeit gedauert. Überhaupt ist vollkommen unverständlich, wieso sich Mandy auf so einen Schwachsinn einlässt, nur weil die Anordnung von oben kommt. Bei anderen Gelegenheiten hat sie oft bewiesen, dass sie den Chef mit Argumenten von einem dummen Einfall abbringen kann. Glaubt sie auch an diese gewagte Theorie bezüglich einer Täterschaft von Angela?

Thomas sprang auf und eilte seiner Kollegin hinterher. Er musste diese Farce beenden.

Als er auf die Arnstorfer Straße vor der Polizeiinspektion trat, konnte er Mandy gerade noch am Ende der Dr.-Bayer-Straße links abbiegen sehen. Durch einen kurzen Spurt, bei dem ihm mehrere Passanten verwundert nachblickten, holte er die Kommissarin in der nördlichen Ringstraße ein. Die letzten Meter lief er langsamer, sonst wäre er sich wie ein Schuljunge vorgekommen, der seinen Kameraden hinterhereilt.

»Glaub bloß nicht, dass ich deswegen von diesem Unsinn etwas halte! Reine Zeitverschwendung.« Mit diesen Worten begegnete er den ungläubigen Blicken Mandys, als er unvermittelt an ihrer Seite auftauchte. Mit dem Handy vor der Brust war sie von der Pforte des Gymnasiums aus die einzig mögliche kurze Strecke Richtung Hopfenberg, wo sich die Wohnung der stellvertretenden Direktorin befand, gelaufen, stets die Stoppuhr-Funktion des Smartphones im Auge.

»Wir machen unsere Arbeit, nicht mehr und nicht weniger«, war die knappe Antwort der Ermittlerin.

»Bist du nicht etwas zu schnell unterwegs? Dieser schwarze Rock ist doch unten furchtbar eng. Mit dem kann man doch nicht ansatzweise so dahinstürmen wie du jetzt.«

»Spricht hier der Fachmann? Wie oft bist du denn schon im Rock ausgegangen?«

»Kann es vielleicht sein, dass du nur die Kiermeier'schen Thesen von der Hauptverdächtigen Hiermer untermauern willst? Hauptsache, der Chef hat recht!«

»Das ist doch Quatsch, Thomas! Es geht schlicht und ergreifend darum, ob deine nette Angela ein stichhaltiges Alibi hat oder nicht.«

»Was soll das jetzt mit dem ›nett‹? Langsam gehst mir auf den Geist mit deinen Verdächtigungen.«

Mandy ließ sich auf diesen Vorwurf nicht ein, sondern fixierte wieder die Stoppuhr des Handys.

Mittlerweile hatten die beiden die Gartlbergstraße erreicht und bis zum Hopfenberg war es nicht mehr weit. Je näher sie der Wohnung kamen, desto mehr stieg in Thomas die Angst, von Angela gesehen zu werden. Als sie die Bergstraße hochstapften, wandelte sich die Angst in eine Panik, die er körperlich zu spüren bekam. Seine Nackenmuskeln verspannten sich und der Puls beschleunigte sich merklich.

»Deine Kondition war schon einmal besser«, bemerkte Mandy, die den steil ansteigenden Weg, der seinem Namen alle Ehre machte, als Grund für die tiefen Atemzüge ihres Kollegen sah.

»Weißt was? Die paar Meter bis zur Wohnung kannst auch alleine gehen. Ich wart hier inzwischen. Lang g'nug hab ich mich an diesem Krampf beteiligt.«

Mandy blickte zwischen ihrem Smartphone und Thomas hin und her. Für sein Verhalten hatte sie kein Verständnis, dennoch willigte sie ein. »Okay, wie du willst, aber stör mich nicht noch einmal. Ich erledige nur unseren Job«, rief sie im Weitergehen zurück.

Als Mandy oben in den Hopfenberg einbog, läutete bei Thomas das Handy. Karl Auer, der sich mittlerweile wieder in der Inspektion befand, meldete sich mit Neuigkeiten, die die Sachlage von Grund auf verändern sollten. »Der Laptop vom Laubner hat seinen Widerstand aufgeben. Wir haben jetzt Zugriff auf die Daten, Thomas, und bereits hochinteressante Entdeckungen g'macht. Der Laubner war mit dem Rausch in regem E-Mail-Kontakt. Es schaut so aus, als hätt er ihn stark bedrängt. Und das noch Wichtigere: Auf dem Hemd vom Laubner haben wir kleine Reste von Blut g'funden!«

»Dann ab damit ins Labor, wenn ihr das noch nicht g'macht habt. Danke, Karl, gute Arbeit. Ich bin glei bei euch. Wir bringen das hier schnell zu Ende.«

»Zwölf Minuten und dreißig Sekunden, nun bleibt noch die Strecke bis zu diesem Gasthof ›Schachtl‹.« Mandy war zurück vom Hopfenberg, immer noch das Handy vor sich hertragend.

»Ich glaub, das hat sich erledigt«, bereitete Thomas seine Co-Ermittlerin auf die neuesten Untersuchungsergebnisse vor. »Der Karl hat mich in der Zwischenzeit ang'rufen. Die haben einiges g'funden, was unsern Laubner in verdammte Schwierigkeiten bringen wird.«

Mandy vernachlässigte für einen Moment ihre Stoppuhr und sah Thomas indigniert an. »Mag sein, aber das ziehen wir jetzt durch … ich zumindest. Ich bin nicht die ganze Strecke umsonst gelaufen, verstehst du? Man kann nicht eine Untersuchung auf halbem Weg einstellen, weil andernorts eine andere Spur aufgetaucht ist. Das ist keine seriöse Polizeiarbeit.«

Zu einer anderen Zeit wäre Thomas wohl mit Schwert und Keule in die Schlacht um die richtige Auffassung von polizeilicher Ermittlungstätigkeit gezogen. Im Moment aber hatte er nicht den Nerv, sich seiner Kollegin entgegenzustellen. Sie hatte sich seiner Meinung nach nur auf die Durchführung dieser fragwürdigen Zeitmessung versteift, weil sie dem Chef Folge leisten und an Angela Hiermer als Verdächtiger unbedingt festhalten wollte. Also gab er kurzfristig klein bei und trabte Mandy hinterher, mit der Genugtuung im Hinterkopf, dass die bleischweren Indizien gegen Rauschs windigen Schwiegersohn in spe bald die Absurdität des gegenwärtigen Unterfangens beweisen würden.

»Zehn Minuten! In der Summe also zweiundzwanzigeinhalb«, tönte Mandy vor der Gaststätte in der Passauer Straße. »Geben wir noch ein paar Minuten für das Umziehen hinzu, so könnte die Hiermer in weniger als einer halben Stunde den Weg geschafft haben. Da bleibt genügend Zeit für einen Mord im Affekt.«

»Okay, nun kannst du Kiermeier davon umgehend in Kenntnis setzen. Er wird schon händeringend auf diese Information warten. Können wir jetzt endlich umkehren und uns den wichtigen Sachen zuwenden? Wir sind lang g'nug bei dieser Hitz auf der Straß herumgerannt!«

Mandy suchte noch nach einer passenden Antwort, als Thomas sie genauer über die Hinweise, die er von Karl Auer erhalten hatte, aufklärte. »Die Blutspritzer, die wir die ganze Zeit g'sucht haben, sind auf dem Hemd vom Laubner aufgetaucht. Und außerdem verrät er sich mit seinen E-Mails, die er an den Rausch g'schickt hat.«

Schlagartig schluckte Mandy alle bereits im vorderen Zungenbereich aufgestauten Schimpftiraden hinunter und steckte ihr Handy mit tickender Stoppuhr in die Brusttasche.

»Warum hast du mir das nicht gleich gesagt? Du lässt mich Subbotnik leisten und behältst diese brisanten Informationen für dich. Komm, zurück zur Dienststelle, beeilen wir uns und verhaften diesen Schönling, bevor er aus Passau verschwindet.«

Thomas war sein Triumph mit einem breiten Grinsen ins Gesicht geschrieben. Im Laufschritt hasteten sie die Passauer Straße zurück auf die Ringstraße. Eine Frage konnte er sich jedoch nicht verkneifen.

»Sobu… Sobotik? Was ist das denn?«

»Subbotnik ist ungeliebte, weil unbezahlte und freiwillige Arbeitsleistung, vorzugsweise nach Dienstende. Was DDR-Wortschatz anbelangt, ist das Rottal wohl ein Tal der Ahnungslosen.«

»Verspüre ich da so etwas wie Nostalgie?«, feixte Thomas.

Ein bekanntes, sich schnell annäherndes Motorengeräusch ließ seine Nackenhaare jedoch schnell zu Berge stehen und ihn die Stichelei mit Mandy vergessen. Angelas Motorrad stoppte neben den beiden. Die langen Beine der Fahrerin hielten das Gefährt im Gleichgewicht. Dann nahm sie den Helm ab und schüttelte ihre blonde Mähne.

»Servus, Thomas, ausgezeichnet, dass ich dich hier treffe. Ich wollte dich sowieso heute Abend noch anrufen. Ich hätte da eine super Idee für eine neue Tour am Wochenende, nur wenn du magst natürlich.« Angela blickte den Kommissar mit erwartungsfrohen Augen an. Von seiner Begleiterin nahm sie nicht die geringste Notiz.

»Angie … äh … Angela … ich … äh … Was für eine Tour? … Ich meine … Wieso eine neue …?« Auf seiner Stirn bildeten sich Schweißperlen und es wollte ihm partout nicht einfallen, wie er in dieser Situation den Kopf aus der Schlinge ziehen könnte.

»Der letzte Motorradausflug mit dir war doch einfach wunderbar und ...«

»Das ... das ist doch schon so ... so lange her, Angela. Ich muss ... ich kann ... ich habe jetzt viel zu tun ... ausschließlich ... mit der Aufklärung des Mordes, auch am Wochenende, das ist doch sicher auch im Sinne der Schule ... Schulbehörde. Das verlangt die volle Konzentration von uns, deshalb ... deshalb bin ich dir auch für alle Hinweise sehr dankbar. Die haben uns auf alle Fälle sehr viel weitergebracht. Es war ... nett, ja sehr, sehr nett von dir, dass du dich dafür zur Verfügung gestellt hast. Aber jetzt müssen die Kommissarin Hanke und ich, die du ...«

»Ja, die kenne ich mittlerweile sehr gut!« Auch in diesem Moment würdigte Angela die Polizistin nicht eines Blickes. Ihr bezauberndes Lächeln war ganz allein auf Thomas gerichtet, der darin wie eine kleine Fliege im Netz der schwarzen Spinne gefangen saß. »Wenn das alles für dich schon so lange her ist, Thomas, dann sollten wir doch nicht noch einmal so viel Zeit für ein neues Treffen verstreichen lassen. Du weißt ja, wo ich wohne. Wenn es dir nicht mehr einfallen sollte, kannst du gerne deine Kollegin fragen.«

Die blonde Haarpracht verschwand wieder unter dem elfenbeinfarbenen Helm, und statt eines Abschiedswortes heulte das Motorrad laut auf, bevor es die Abzweigung zur Gartlbergstraße nahm und verschwand.

Thomas hatte die dunklen buschigen Augenbrauen von Mandy noch nie so nahe beisammen gesehen. Der ganze Gesichtsausdruck, den seine Kollegin aufgesetzt hatte, war ihm bis dato unbekannt gewesen – und er versprach nichts Gutes.

»Angie! ... Thomas! ... Ich kann es einfach nicht glauben! Du bist doch der verlogenste ... Hurenbock ... im bayerischen Polizeidienst! Wie viele Touren hast du denn schon gemacht mit … mit deiner Angie? Wie oft warst du schon zu Hause bei deiner Angie?«

»Bitte, Mandy, das hast du vollkommen falsch verstanden, ich …«

»Was gibt es da, bitte schön, falsch zu verstehen? Willst du mich auch noch für blöd verkaufen? Das ist eine Verdächtige in einem Mordfall. Eine Verdächtige! Was hast du dir bloß dabei gedacht? Vermutlich gar nichts! Der Verstand ist dir offensichtlich weit nach unten gerutscht!« Zum Wohle der Pfarrkirchner Polizeiinspektion befand sich, Gott sei Dank, während dieses öffentlichen Disputes niemand in Hörweite. Die Autorität der Dienststelle hätte andernfalls sicherlich deutlich gelitten.

Hatte Mandy ihre Anklage bisher in fast schrillem Ton vorgebracht, wurde sie nun leiser und wandte sich halb von Thomas ab. »Das wird Konsequenzen haben. Tut mir leid. Wir fahren jetzt nach Passau … nein, *du* nicht! *Ich* fahre mit Karl dorthin und verhafte den Laubner. Du wirst wissen, was du zu tun hast.«

Der junge Kommissar blickte seiner davoneilenden Kollegin hinterher. Er wusste absolut nicht, was er zu tun hatte.

Zuerst schlug Thomas ebenfalls die Richtung zur Polizeiinspektion ein. Allerdings in einem äußerst gemäßigten Tempo, für das sogar der Begriff »schlendernd« noch eine euphemistische Überhöhung war. Er war nicht in der Lage, ordnende Gedankenketten zu bilden. Seine gereizten Neuronen führten wilde Tänze auf und erzeugten abenteuerliche bis abstruse Bilder in seinem Kopf. Nein, so konnte er nicht an seine Arbeitsstelle zurückkehren. Anstatt also zur Arnstorfer Straße zu gehen, bog er nach Süden zum

Stadtplatz ein, um zwischen den Läden, Restaurants und Cafés der Pfarrkirchner Altstadt Ablenkung zu suchen.

In weniger als 24 Stunden hatte er mit allen Frauen, die ihm etwas bedeuteten oder bedeutet hatten, gebrochen. Die Schuld lag bestimmt nicht nur bei ihm, aber anscheinend war er nicht in der Lage, eine unkomplizierte und vielversprechende Beziehung aufzubauen. Vielleicht auch deshalb, weil er sich nicht entscheiden konnte oder wollte, weil er auf zwei oder drei Hochzeiten gleichzeitig tanzen hatte wollen. Er spürte einen Schmerz in seiner Brust. Dieser Schmerz setzte sich aus einer gehörigen Portion Selbstmitleid, gepaart mit Ohnmacht und einer Prise Perspektivlosigkeit zusammen. Er hatte ähnlich gelitten, als er vom Seitensprung seiner Ehefrau erfahren hatte.

Damals richtete sich die Wut und Aggression jedoch gegen Marion, nun kehrte sich beides gegen ihn selbst. Es drängte ihn danach, laut zu brüllen. Dafür war die stark frequentierte Altstadt unter Berücksichtigung seines hohen Bekanntheitsgrades allerdings denkbar ungeeignet. Da hätte er genauso gut um eine Versetzung zur Verkehrspolizei im hinteren Bayerischen Wald bitten können.

Wie zum faktischen Beweis dieser Sachlage trat ihm in diesem Moment Doktor Lehner entgegen, der gerade eine Apotheke am Stadtplatz verlassen hatte. Er trug eine Motorradjacke und unter seinen Arm war ein Sturzhelm geklemmt.

»Na, Herr Huber, dienstlich unterwegs? Sind Sie dem Übeltäter auf der Spur? Ich hoffe, Sie verfolgen nicht mich, hahaha.« Das Lachen des Lehrers war nicht besonders ansteckend und eher auf sich selbst bezogen.

»Hallo … ich wusste gar nicht, dass Sie auch Motorrad fahren!«

»Roller, kein Motorrad! Einen Roller fahre ich, das genügt. Ist ja nur für die kleinen Distanzen im Stadtbereich.«

»Dafür sind Sie aber dick eingepackt. Ist Ihnen das nicht zu heiß? Ich komme schon ins Schwitzen, wenn ich Sie nur anschaue.«

»Sicherheit geht vor. Die Jacke ziehe ich im Frühling an und im Herbst wieder aus, wenn der Roller für den Winter eingemottet wird. So fährt man günstig, und Parkgebühren fallen auch keine an. Der Schweiß gehört dazu. Sie wissen doch, Blut, Schweiß und Tränen ...«, er sah Thomas abwartend an, doch als dieser nicht antwortete, brachte er den Satz selbst zu Ende, »machen stark! Auf Wiedersehen, Herr Huber.« Mit geübtem Griff hatte Doktor Lehner den Helm aufgesetzt, schwang sich auf seine betagte graue Vespa und düste, ohne sich noch einmal umzudrehen, davon.

Blut, Schweiß und Tränen, grübelte Thomas, sollen stark machen? Schon zu seiner Schulzeit hatte Doktor Lehner mit seinen seltsamen und kauzigen Parolen bei ihm und seinen Klassenkameraden häufig für Gelächter gesorgt. Der Schotte war bestimmt kein schlechter Pädagoge, aber etwas zu schrullig, um sich den vollen Respekt seiner Schülerschaft erwerben zu können. Thomas erinnerte sich an die E-Mail von Angela mit den Texten Doktor Lehners. Er hatte den Anhang noch nicht geöffnet.

Seiner Intuition folgend, ging der Kommissar in eine nahe gelegene Buchhandlung in der Bahnhofstraße und verlangte nach dem Buch, welches der Schuldirektor dem Publikum in der Mordnacht vorgestellt hatte. »Sie haben Glück«, ließ der junge Verkäufer verlauten, »das hier ist mein letztes Exemplar. Der Titel hat sich zum Bestseller entwickelt, aber der gute Herr Rausch hat ja leider nichts mehr davon.«

SIEBENUNDDREISSIG

Mandys Wutausbruch über Thomas' Verhalten hatte sich auf dem Rückweg zur Polizeiinspektion in eine dichte Wolke aus Traurigkeit und Enttäuschung verwandelt. Trotz des sonnigen, heißen Tages hatte sich über die Pfarrkirchner Straßenfluchten in ihrer Wahrnehmung ein diffuses Grau gelegt. Auch die belebenden Geräusche der Innenstadt, das Lachen der Kinder oder das Zwitschern der Vögel in den Bäumen entlang der Ringstraße drangen nicht mehr zu ihr durch. Höchstens die schrillen, aggressiven Töne, wie das Quietschen der Bremsen und das Kratzen einer Straßenkehrmaschine.

Sie wollte über das eben Erlebte nicht nachdenken. Sie zwang sich, ihre Konzentration auf Laubner zu richten und klopfte vor ihrem geistigen Auge die bisherigen Begegnungen mit ihm hinsichtlich verräterischer Andeutungen oder Äußerungen ab.

Mandy erinnerte sich nur allzu deutlich an Laubners Äußerung, nichts mit Rausch zu tun gehabt zu haben. Der rege Austausch von E-Mails sprach dagegen. Verdächtig war auch, wie schnell Felix Laubner mit der Hinzuziehung eines Anwaltes gedroht hatte. Nicht gerade ein Hinweis auf ein ruhiges Gewissen. Dazu sprachen die wechselnden und kaum überprüfbaren Angaben zu seinem Alibi ebenfalls eine deutliche Sprache.

Zurück im Büro nahm sie sich sofort die Textnachrichten zwischen Laubner und Volker Rausch vor. Mandy war erstaunt über die hohe Anzahl von Laubners Mails, die die IT-Spezialisten auf dem Laptop des Direktors sichergestellt hatten.

In den letzten Wochen hatte der erfolglose Finanzberater seinen Schwiegervater in spe regelrecht mit Anfragen und Bettelbriefen bombardiert. »Du darfst Sara gerade jetzt nicht hängen lassen. Die geplante Ausstellung verschlingt Geld, bringt ihr aber sicher den Durchbruch …«, las Mandy. Die nächste Mail wiederholte das Gesuch mit variierter Wortwahl: »… deine Tochter ist verzweifelt, ihr fehlt keinesfalls das Talent, nur die Mittel, um es zur Geltung zu bringen. Und glaube mir, sie liebt dich …«. Der nächste Text bot Ähnliches: »… sie hat dir immer vertraut und nun fühlt sie sich verlassen und leidet darunter sehr. Sie hat es nicht verdient, dass du ihre Bitten so kalt zurückweist …«. Dann aber auch »Lass mich alles erklären, wann kann ich bei dir vorbeikommen?« und »… ich ertrage es nicht, Sara in solcher Betrübnis und Verbitterung zu sehen. Ich muss dich unbedingt sprechen …«

Die Texte hatten zwei Stoßrichtungen. Zum einen wollte er offensichtlich den wohlhabenden Beamten zur Wiederaufnahme der finanziellen Hilfe zugunsten seiner Tochter überreden und drang auf ein Treffen unter vier Augen. Zwischen den Zeilen konnte man aber zum anderen auch die Ängste eines Getriebenen herauslesen, der die Situation seiner Lebensgefährtin vorschob, um eigene Vorteile zu erreichen. Die Antworten Rauschs dazu waren eher einsilbig und wenig konkret.

Die Indizien um Felix Laubner begannen sich zu verdichten.

Eine intensive Vernehmung im Verhörraum, so vermutete Mandy, könnte zum Erfolg führen oder wenigstens deutliche Widersprüche in den Aussagen des Verdächtigen zum Vorschein bringen. Der unumstößliche Beweis würde schließlich das Ergebnis der Blutanalyse sein.

Mandy beschloss, ihren Gedanken Taten folgen zu lassen.

Sie machte sich auf den Weg zu Karl Auer, um ihn zu bitten, sie nach Passau zu begleiten. »Wir holen Felix Laubner in den Verhörraum. Er soll merken, dass die Sache ernst für ihn wird. Ich nehme an, er wird sowieso einen Anwalt hinzuziehen wollen.«

»Geht klar, aber sollt nicht eigentlich der Thomas diese Aufgabe übernehmen?« Karl wunderte sich über Mandys Alleingang. Die Überführung des Verdächtigen nach Pfarrkirchen war durchaus eine brisante Angelegenheit, und er konnte sich nicht erklären, weshalb Thomas nicht daran beteiligt sein sollte. Schließlich war er doch Mandys Partner.

»Der hat anderes zu tun«, gab Mandy knapp zurück. Sie war dem Polizisten Auer keine Rechenschaft schuldig. Aber was hätte sie anderes antworten können? Karl, sag es nicht weiter, aber der Kommissar ist gerade mit spezieller Vernehmungstechnik im Schlafzimmer der Verdächtigen Hiermer aktiv? Eigentlich hasste sie sarkastische Gedanken, da sie ins Lächerliche führten. Aber sie war einfach nur extrem wütend auf Thomas, der diese absurde Situation erst heraufbeschworen hatte.

Als Thomas in das Kommissariat zurückkehrte, war Mandy bereits weg. Er war froh darüber, denn so würde er wenigstens in den nächsten Stunden nicht den eisigen Blicken seiner erzürnten Kollegin standhalten müssen. Im leeren Büro setzte er sich hinter seinen Schreibtisch und öffnete Angelas E-Mail mit dem Essay von Doktor Lehner im Anhang.

Der Text war der Projektarbeit und der Übertragung von mehr Verantwortung an die Schüler gewidmet. Ihm fehlten die pädagogischen Kenntnisse, um der Argumentation der Thesen in all seinen Verästelungen folgen zu können. Darüber hinaus knüpften seine gereizten Neuronen bei jedem passenden Moment abschweifende Assoziationen, die schnurstracks zu Mandy führten. Er hatte sie noch nie so zornig gesehen. Grund dafür hatte sie allemal. Wie konnte er das je wieder geradebiegen?

Thomas musste den eben überflogenen Absatz wieder von vorne anfangen. Er hatte ihn zwar gelesen, aber in das Bewusstsein war nichts davon vorgedrungen.

Beim Rest des Textes ging es ihm nicht besser. Es war, als ginge er beim Treppensteigen zwei Stufen hoch, nur um dann wieder eine Stufe zurückzugehen. Entsprechend mühsam kämpfte er sich durch die Seiten. Hätte er das Gelesene wiedergeben müssen, so wäre er wohl daran gescheitert. Immerhin hatte er nun eine vage Idee von den erziehungstheoretischen Ergüssen Doktor Lehners.

Nachdem er den Anhang wieder geschlossen hatte, befiel ihn der spontane Gedanke, auf Angelas Mail zu antworten. Aber was sollte er ihr schreiben? War das überhaupt noch wichtig? Er glaubte nicht mehr daran, dass es bei ihm »etwas anderes« sei. Nein, das Kapitel war erledigt, und er musste schleunigst alle Illusionen, denen er sich noch vor wenigen Tagen bereitwillig hingegeben hatte, still, aber endgültig beerdigen. Zudem musste er hoffen, dass der Polizeioberrat Kiermeier nichts von seinem Treffen mit Angela erfahren hatte, denn für diesen zählte sie ja immer noch zu den Hauptverdächtigen.

In der Vergangenheit hatte seine Kollegin stets bewiesen, dass sie loyal an seiner Seite stand. Außerdem hatte sie ihn mehrmals vor seinem Chef verteidigt. Diesmal war die Ausgangslage jedoch eine andere. Er hatte sich mit einer Person eingelassen, die im Zusammenhang mit einem Kapitalverbrechen polizeilichen Ermittlungen ausgesetzt war. Das konnte für ihn disziplinarische Maßnahmen bedeuten. Sollte dabei herauskommen, dass Mandy davon gewusst hatte, ihn aber deckte, so wäre auch sie betroffen.

Ihm wurde klar, wie sehr er sie enttäuscht hatte. Er musste dringend, sehr dringend, mit ihr reden.

Die Fahrt nach Passau verlief weitgehend schweigsam. Karl hatte bemerkt, dass die Kommissarin heute nicht gerade gesprächig war. Außerdem musste er sich mental auf seine bevorstehende Aufgabe vorbereiten, die er durchaus als heikel einstufte. Man konnte nie genau voraussagen, wie jemand reagierte, der ob eines dringenden Mordverdachts zur Vernehmung in die Inspektion beordert wurde. Eines musste Karl dann aber doch noch loswerden: »Übrigens, die Befragung der Nachbarn vom Berger hat nichts 'bracht.«

Diese Nachricht überraschte Mandy keineswegs.

Momentan hatte sie aber andere Dinge im Kopf. Ihre Gedanken kehrten immer wieder zur Szene in der Ringstraße zurück. Fortwährend hatte sie Thomas' Gesichtsausdruck während seiner kläglichen Erklärungsversuche vor Augen. Die verräterische Röte, gepaart mit dem Ausdruck eines ertappten Schuljungen und die aufgerissenen Augen. Unreif und naiv, dachte Mandy verbittert. Es fiel ihr schwer, diesen Eindruck von Thomas mit der Vorstellung, die sie bisher von ihm gehabt hatte, zu vereinbaren.

Er hatte sich von einer unbekannten Seite gezeigt.

Wie weit war Thomas tatsächlich in seiner Annäherung an diese Frau gegangen? War es nur ein gemeinsamer Motorradausflug gewesen oder hatte da mehr stattgefunden? Sie spürte, dass ihr die Antwort auf diese Fragen nicht egal war. Und das nicht nur in dienstlicher Hinsicht.

Mandy bog in den Steinweg ein und suchte einen Parkplatz für den Dienstwagen, damit dieser in der engen Gasse die Durchfahrt anderer Fahrzeuge möglichst nicht behinderte. An der Wohnungstür von Sara Rausch und Felix Laubner stellte sich Karl hinter die Kommissarin, die den aktiven Part übernahm. Auf das Klingeln hin öffnete die Tochter des Mordopfers. »Guten Tag, Frau Rausch, schön, dass Sie zu Hause sind. Ich hoffe, wir haben bei Herrn Laubner dasselbe Glück. Wir würden ihn gerne sprechen.«

»Äh …, ja, hallo, kommen Sie herein!« Sara blickte verwundert auf Mandy und dann auf den Polizisten dahinter. »Wie weit sind Sie denn mit Ihren Ermittlungen? Wir haben nicht mehr viel von Ihnen gehört.«

»Bei unserem letzten Besuch hier am Dienstagnachmittag waren Sie nicht anwesend. Hat Ihnen Ihr Lebensgefährte nichts davon gesagt?«

»Tatsächlich? Äh … nein, hat er nicht.« Die Augen Sara Rauschs wurden größer. »Felix, kommst du mal bitte. Du hast Besuch.«

Inzwischen waren sie in den Flur getreten, von wo aus Sara in das obere Stockwerk gerufen hatte. Nach geraumer

Zeit hörte man Bewegung oben an der Treppe. Dann kam Laubner gemächlich die Stufen herab. Die Lässigkeit verschwand etwas, als er registrierte, wer ihn unten erwartete.

»Warum hast du mir nicht erzählt, dass die Polizei am Dienstag hier war?«, stellte ihn Sara mit scharfem Ton zur Rede.

»Weil es nicht wichtig war und ich es später gleich wieder vergessen habe«, erwiderte der Angesprochene. Dann wandte er sich an Mandy. »Und ich denke, das ist auch heute wieder so, stimmt's, Frau Kommissarin?«

»Das wird sich herausstellen, Herr Laubner! Wir bitten Sie, auf das Kommissariat mitzukommen, um dort Ihre Aussagen zu Protokoll zu geben.«

Jetzt war es mit der Coolness des Lebemannes vorbei. »Sie wissen doch alles von mir. Ich wüsste nicht, was ich Ihnen noch sagen könnte, was ich nicht schon erwähnt habe.«

Empört und genervt warf er seinen Kopf in den Nacken.

»Ich habe absolut keine Lust, mich ein weiteres Mal Ihren stupiden Fragen auszusetzen. Davon abgesehen habe ich in wenigen Minuten einen unverschiebbaren Kundentermin. Senden Sie mir Ihren Fragenkatalog per Mail und ich werde ihn beantworten, sobald meine Zeit es zulässt.«

»Herr Laubner, ich fürchte, ich kann Ihnen keine Wahl lassen. Ich rate Ihnen, freiwillig mitzukommen, ansonsten muss ich Sie verhaften.« Kaum hatte Mandy das letzte Wort ausgesprochen, als Sara Rausch einen spitzen Schrei ausstieß und sich mit beiden Händen an die Wangen griff.

»Felix, was … was …?«, war alles, was sie hervorbrachte.

»Beruhige dich, Mausi, das kann nur ein großer Irrtum sein. Ich habe nichts getan. Das wird sich klären.« Er legte seiner Freundin einen Arm auf die Schulter und wollte

Souveränität ausstrahlen, allerdings wirkten seine Bewegungen jetzt fahrig.

»Ich werte das als Ihr Einverständnis, dass Sie uns freiwillig begleiten«, schlussfolgerte Mandy. »Folgen Sie uns also bitte zum Auto. Und nehmen Sie Ihr Handy mit.«

»Felix, bitte sag mir, dass das nicht wahr ist ...« Sara hatte sich nicht beruhigt, im Gegenteil. Sie hielt sich an ihrem Lebenspartner fest, oder wollte ihn festhalten, jedenfalls zog sie verkrampft an seinem Hemd.

»Frau Rausch, beruhigen Sie sich. Am Abend ist Ihr Freund voraussichtlich wieder bei Ihnen.« Es war Mandys Absicht, die bis zum jetzigen Zeitpunkt friedlich verlaufene Aktion in diesen ruhigen Bahnen zu beenden. Aufgrund des schweren Verdachts glaubte sie jedoch selbst nicht an eine frühzeitige Rückkehr des Beschuldigten.

Während Auer den Dienstwagen durch die verwinkelten Straßen der Passauer Altstadt lenkte, wandte sich Mandy an den auf der Rückbank sitzenden Felix Laubner. »Sie können jetzt gerne das Handy gebrauchen und Ihren Kundentermin verschieben.«

»Pffft!« Wieder flog der Kopf des Finanzberaters in den Nacken, dann wandte er sich zur Seite und betrachtete ohne Interesse die vorbeiziehenden Häuserreihen.

Kosenamen in Partnerbeziehungen fand Mandy eher befremdlich. Die niederbayerischen Gepflogenheiten konnten wahrlich mit allerhand wunderlichen Ausbildungen aufwarten. Das vorhin vernommene »Mausi« hatte jedoch den Vogel abgeschossen und beinahe hätte sie trotz ihrer getrübten Stimmung laut losgelacht. Sie fragte sich, ob es bei »Mausi« bleiben würde, falls es zur Anklage käme.

ACHTUNDDREISSIG

Thomas begann in seiner vorhin erstandenen Ausgabe von Doktor Rauschs Buch zu blättern. Wie blöd musste man sein, dachte er, ein Werk der Erziehungswissenschaften zu erwerben, nur weil der Autor ermordet worden war. Vielleicht lässt man es sich später vom Mörder signieren. Aber dafür musste er diesen erst noch finden.

Nach der Einleitung folgte ein erstes Kapitel über Projektgruppen. Schon nach wenigen Absätzen las Thomas Zeilen, die ihm sehr bekannt vorkamen. Er öffnete erneut den Anhang von Angelas E-Mail auf seinem Computer. Auch das Essay des Studienrates Lehner enthielt eine Passage über Projektgruppen. Schnell hatte er die vergleichbaren Stellen in beiden Texten lokalisiert. Der Wortlaut war identisch – und zwar seitenweise.

Der Ermittler nahm sich nun auch die anschließenden Kapitel vor. Dasselbe Spiel zog sich durch das gesamte Buch. Die Abhandlung Lehners bildete die Basis der einzelnen Kapitel, welche der Gymnasialdirektor lediglich mit einigen simplen Beispielen angereichert hatte.

Thomas durchforstete die Literaturliste, die Danksagung, die Widmung und erneut die Einleitung des Buches. Nirgends wurde Doktor Lehner erwähnt oder auf sein Essay Bezug genommen. Ein dreister Ideenklau, das stand eindeutig fest.

Man konnte Doktor Rausch sicher keinen rechtskräftigen Plagiatsvorwurf machen, da die Abhandlung Lehners offensichtlich nicht veröffentlicht worden war. Moralisch gesehen aber hatte sich der Direktor gegenüber seinem untergebenen Lehramtskollegen wie ein Schweinehund verhalten.

Die Verärgerung Lehners über die schamlose und unverhüllte Verwendung seiner Ideen musste enorm sein.

Thomas erinnerte sich an seine eigene Schulzeit am Gymnasium. Die Schüler hatten stets ein geschärftes Gespür für die Rang- und Hackordnungen ihrer Erzieher. Damals schon war Lehner der eilfertige Diener seines Herrn gewesen. Neben dem selbstherrlichen Doktor Rausch, der aber respektiert worden war, war Lehner der Sonderling gewesen, der Schotte, der schon kleidungsmäßig vom Rest der Lehrerschaft abgehoben hatte. Daran hatte sich bis heute nichts geändert, stellte der Polizist fest, als er an die heutige Begegnung vor der Apotheke dachte. Wer fährt sonst bei solcher Hitze mit einer dicken Motorradjacke auf dem Roller durch die Gegend?

Eigentlich, schlussfolgerte Thomas, müsste er die Motorradjacke auch an dem Abend der Buchvorstellung während der Fahrten getragen haben. Was wäre, wenn er diese nach der Lesung wieder übergezogen hätte, dann aber, anstatt auf dem Roller nach Hause zu fahren, noch einmal in die Gymnasialräume zurückgekommen wäre, um mit Rausch über den Ideenklau zu sprechen? Hätte er die Tat begangen, würden sich die Blutspritzer nicht auf der Kleidung Lehners finden, die auf den Fotos im Saal zu sehen waren, sondern auf der Motorradjacke.

Allerdings hatte der Kommissar bei ihrer flüchtigen Begegnung in der Stadtmitte nichts auf der Jacke bemerkt, was seinen Verdacht hätte erhärten können. Andererseits wäre Lehner bestimmt nicht so einfältig, sich nach einem Mord mit einer blutbespritzten Jacke in der Öffentlichkeit zu zeigen. Thomas blickte auf seine Uhr. Noch war es Zeit für eine schnelle Überprüfung.

Als Mandy und Auer mit Felix Laubner im Gepäck in der Polizeiinspektion ankamen, hatte Thomas das Büro bereits wieder verlassen. Die Kommissarin war zwar überrascht über die Abwesenheit ihres Kollegen, nichtsdestotrotz war es ihr in Anbetracht ihrer anhaltenden Wut auf ihn durchaus recht, das bevorstehende Verhör alleine durchzuziehen.

Sie wies Karl in knappen Worten an, den Verdächtigen in den Vernehmungsraum zu bringen, während sie selbst noch schnell Kiermeier über die beginnende Befragung Laubners und die bestehenden Verdachtsmomente informieren wollte.

Kurz darauf saß Mandy dem halbseidenen Finanzmakler gegenüber. Karl hatte wie immer auf dem Stuhl neben dem Eingang Platz genommen und beobachtete mit stoischer Miene den sich entwickelnden Wortwechsel. Laubner saß weit zurückgelehnt auf seinem Stuhl und konnte sich sogar wieder ein gewinnendes Lächeln abringen, nachdem er die Fahrt nach Pfarrkirchen eher stumm und missmutig im Fond des Wagens zugebracht hatte.

Er ist nicht nur gut aussehend, musste sich Mandy eingestehen, sondern hat auch das gewisse Etwas, das es ihm leicht macht, Menschen für sich einzunehmen. Leider schien es, als habe er dieses Talent jedoch nur für egoistische Zwecke eingesetzt.

»Herr Laubner, wir zeichnen das Gespräch auf. Das dient der beiderseitigen Sicherheit und ich denke, Sie werden nichts dagegen einzuwenden haben.« Da der Angesprochene nur leicht mit den Schultern zuckte, fuhr die Kommissarin fort. »Sie sind in der Wohnung von Sara

Rausch, Ihrer Lebenspartnerin, angemeldet. Besitzen Sie daneben noch einen zweiten Wohnsitz?«

»Zu viel Immobilienbesitz bringt nur Belastung mit sich, das Geld ist gewinnbringender in Investmentfonds aufgehoben.«

»Haben Sie denn größere Vermögenswerte, Herr Laubner?«

»Sie meinen, ob ich schon an meine Pensionierung denke? Ihr Beamte habt einfach eine andere Grundauffassung von Lebensqualität. Ich habe jedenfalls nicht vor, als reichster Mann auf dem Friedhof zu enden. Das Leben muss man leben und sonst nichts. So einfach ist das, und die wenigsten können es.«

»Ist Ihre Partnerin Sara Rausch ebenfalls dieser Auffassung?«

»Jedenfalls hat sie sich nicht gegenteilig geäußert.«

»Sie sind in der Vergangenheit wegen Betrugs verurteilt worden, trotzdem versuchen Sie sich als Finanzjongleur. Mit wenig Erfolg, wie wir herausgefunden haben ...«

»Steter Erfolg ist nur für Feiglinge notwendig.«

»Das stimmt! Sie brauchen Mut, Herr Laubner. Sie sind mittellos, haben Geldnöte und wohnen bei einer ebenso erfolglosen Künstlerin, deren einzige Geldquelle, die regelmäßigen Zuwendungen ihres Vaters, versiegt ist. Ich würde Ihre Lage durchaus als verzweifelt beschreiben. Und in dieser Situation fällt Ihnen nichts Besseres ein, als Ihr Glück in der Spielbank zu suchen.«

»Das Schicksal mischt die Karten und ich spiele«, sinnierte Laubner in Sprichwortmanier weiter.

»Ihre E-Mails an Volker Rausch, zu dem Sie ja angeblich kaum Kontakt hatten, zeigen deutlich, in welcher Zwangslage Sie sich befanden. Sie flehten ihn geradezu um Geld an. Natürlich nicht für Sie, nein, wie selbstlos. Sie erbaten es für seine Tochter. Nur ganz nebenbei hätte das auch Ihre Existenzprobleme gelöst. Stimmt's, Herr Laubner?«

Das Lächeln im Gesicht des Finanzmaklers war gänzlich verschwunden und die Manie, den Kopf in den Nacken zu werfen, hatte zugenommen. »Sie reimen sich etwas zusammen, weil es Ihnen so in den Kram passt. Worauf wollen Sie hinaus?«

»Sie haben Ihren Schwiegervater in spe mehrfach um ein Treffen angesucht. Nur hatte der offensichtlich nicht die geringste Lust auf eine Zusammenkunft mit Ihnen. Dann wollten Sie diese einfach erzwingen. Sie wussten von der Lesung. Also haben Sie ihn dort gestellt und mit Ihrem Problem konfrontiert. Vermutlich war Rausch hinsichtlich ihrer Forderungen stur geblieben, und das musste er schließlich mit seinem Leben bezahlen.«

Die nächste Textilreinigung befand sich in der Lindnerstraße in der Pfarrkirchner Altstadt. Thomas musste nur die Arnstorfer Straße zum Zentrum hinunterlaufen. Im Stadtkern bog er in das kurze Hans-Wimmer-Gassl ein und stand bereits nach wenigen Metern vor der Wäscherei. Er kannte das Geschäft, denn für gewöhnlich brachte auch er Kleidungsstücke, die er nicht seiner Waschmaschine anvertrauen wollte, hier vorbei.

Es war jedoch das erste Mal, dass er der älteren Verkäuferin seine Dienstmarke zeigen musste, um klarzustellen, dass es sich hier um polizeiliche Ermittlungen handelte.

Die Frage, ob der Lehrer Martin Lehner hier kürzlich neben anderen Wäschestücken auch seine Motorradjacke zur Reinigung übergeben hatte, wurde verneint. Der Lehrer war bekannt, aber schon seit geraumer Zeit nicht mehr im Laden gesehen worden.

Als Thomas vor die Tür trat, überraschte ihn Helmut, der gerade mit seinem Fahrrad Richtung Stadtplatz unterwegs war. »Nimmst dein Radl neuerdings auch mit ins Bett?«

Helmut stieg ab und zog sich den Helm vom Kopf, wodurch die Haare so in die Höhe standen, als hätte er ein Nest auf der Schädeldecke.

»Training, alles Training«, erwiderte der junge Banker. »Aber gut, dass ich dich treff. Ich wollt dir sowieso etwas sagen, damit du nicht wieder die beleidigte Leberwurst spielst. Das Training hat seinen tieferen Sinn, denn ich hab mit Mandy eine neue Tour vereinbart. Jetzt bist eing'weiht. Mach mir also bitte keine Szene.« Dabei klopfte Helmut seinem Freund kichernd auf die Schulter.

»Mach, was d' willst, ich hab eh grad keine Zeit. Servus.« Thomas ließ seinen verdutzten Freund stehen.

Er erinnerte sich an eine weitere chemische Reinigung in der Tassilostraße. Die lag jedoch am nördlichen Stadtrand, weswegen er sich enorm beeilen musste, um es noch vor Ladenschluss dorthin zu schaffen.

Deshalb entschloss er sich, zur Polizeiinspektion zurückzukehren und sich einen Wagen zu organisieren. Ansonsten hätte er die gut zwei Kilometer bis zur Wäscherei schon fast rennen müssen.

Trotzdem konnte er nicht verhindern, dass er stark verschwitzt das Geschäft betrat, bevor man sich dort ins Wochenende verabschiedete.

Die Luft an diesem späten Nachmittag war immer noch schwülheiß und die Klimaanlage des Polizeiautos hatte auf der kurzen Fahrstrecke noch nicht anschlagen können.

Auch dieses Mal stellte Thomas anhand seiner Legitimation klar, dass es sich um einen dienstlichen Besuch handelte.

»Ja, natürlich kennen wir hier den Lehner«, eröffnete ihm der leutselige Angestellte. »So Lehrer haben ja bestimmt kein schlechtes Gehalt. Aber der liefert uns allweil Wäsch, die andere bei der Caritas zur Altkleidersammlung geben. Ausg'franste Hemden, abg'wetzte Hosen ...«

»Eine Motorradjacke ... hat Martin Lehner zuletzt auch eine Motorradjacke vorbeigebracht?«, unterbrach der Kommissar den Wortschwall des Verkäufers.

»Und was für eine! Die kenn ich bei ihm bestimmt scho seit zwanzig Jahr. Obwohl er des altersschwache Teil scho länger nimmer präsentiert hat. Ich hab dacht, er hätt die Jacke scho längst pensioniert ...«

»Wann war das genau?«, beharrte Thomas ungeduldig.

»Anfang der Woch, Montag oder Dienstag. Ich hab nämlich ...«

»Entschuldigung, aber könnten Sie gleich mal nachsehen und den entsprechenden Kassenbon heraussuchen?«, drängelte Thomas.

Unter dem Eindruck der sachlichen Art und des strengen Blickes des Ermittlers reagierte der Angestellte zunächst stumm auf die Aufforderung. Er zog eine Schublade auf und durchblätterte langsam einen größeren Stapel Kassenzettel.

Endlich hatte er das gewünschte Exemplar gefunden. »Hier, am Montag hat er sie abgegeben und am Donnerstag wieder mitgenommen. Beim Abholen ist er immer schnell, der Lehner. Wird ned viel G'wand dahoam haben ...«

»Danke, Sie bekommen ihn wieder!« Ohne nachzufragen, hatte Thomas den Bon einfach an sich genommen und war aus dem Laden gestürmt. Er wollte jetzt ohne

Umschweife den Studiendirektor mit seinem Verdacht konfrontieren.

Doktor Lehner wohnte am anderen Ende von Pfarrkirchen in der Sankt-Nikolaus-Straße. Der Roller neben der Haustür deutete an, dass dieser zu Hause sein würde.

Diese Vermutung bestätigte sich, als auf Thomas' energisches Klingeln nach wenigen Sekunden die Tür geöffnet wurde.

Martin Lehner stand, trotz der Schwüle mit einer grauen Hausjacke mit Ärmelschonern bekleidet, mit fragenden Augen vor dem Kommissar.

»Herr Huber, servus! Noch im Dienst an diesem späten Freitagnachmittag, oder kommen Sie privat?«

»Servus, Herr Doktor Lehner, darf ich kurz eintreten? Es ist eher dienstlich. Mir schwirren da einige Gedanken im Kopf herum, die ich nicht ordnen kann. Vielleicht können Sie mir dabei helfen.«

»Kommen Sie rein! Dafür sind wir Lehrer schließlich da. Schießen S' los! Worum geht's?«

»Ich hab Ihren jüngsten Aufsatz …«

»Essay, Herr Huber, ein Essay!«

»Gut, Essay, gelesen. Ihre Thesen machen fast das gesamte Buch von Volker Rausch aus. Sie werden aber nirgends zitiert oder genannt. Das ist doch eigentlich eine große Schweinerei.«

»Ja, das kann man so sehen. Aber andererseits ist es auch eine große Ehre, wenn die eigenen Gedanken vom Chef aufgegriffen werden. Das ist der Beweis, dass man gut gearbeitet hat.«

»Jetzt stellen Sie Ihr Licht aber arg unter den Scheffel. Jeder weiß, dass Sie gut arbeiten. Ich an Ihrer Stelle hätte da gehörig auf den Busch geklopft. Sie haben ausgiebig ausgesät und Ihr Vorgesetzter fährt vor breitem Publikum die Ernte ein. Das wurmt doch gewaltig!«

»Ich bin nicht der Einzige, dem es so ergangen ist. So war halt der Rausch. Der Klügere gibt nach …«

Die liebenswürdigen Worte passten nicht zum betretenen Gesichtsausdruck des Studiendirektors. Fast ängstlich beobachtete er den Polizisten.

»Wenn Sie das so sehen, Herr Lehner, dann bewundere ich Sie doppelt für Ihr Gemüt.« Thomas blickte an Lehner vorbei auf die Motorradjacke, die an der Garderobe hing. »Das war's auch schon. Ich wünsch Ihnen noch ein schönes Wochenende.«

Thomas nickte Lehner zum Abschied freundlich zu und schlenderte zurück zu seinem Auto.

Während der Dienstwagen am Wohnhaus des Lehrers vorbeifuhr, stand die Haustür noch immer offen und die Gestalt im Türrahmen verfolgte den um die Ecke biegenden Wagen.

Kiermeier, der das Ende des Verhörs von Laubner abwartete, saß in seinem Büro, als Thomas mit Schwung und ohne zu klopfen eintrat. »Herr Huber, wie oft habe ich Ihnen …«

»Tut mir leid, Chef«, ließ der Kommissar den Polizeioberrat gar nicht erst richtig zu Wort kommen, »aber wir dürfen jetzt keine Zeit verlieren. Ich brauche unbedingt einen Durchsuchungsbeschluss und einen Trupp von der Spurensicherung.«

»Warum um Gottes Willen? Der Laubner schwitzt doch gerade Blut und Wasser in der Vernehmung durch Frau Hanke. So wie ich die Sache sehe, steht das Geständnis kurz bevor. Wieso sind Sie eigentlich nicht dort an der Seite Ihrer Teamkollegin?«

»Wir haben zwei verschiedene Spuren verfolgt. Teamarbeit ist eines, Effizienz das andere. Vertrauen Sie mir das eine Mal. Ich verteil ab nächster Woche Strafzettel auf dem Stadtplatz, falls ich falschliege. Wir müssen schnell machen, sonst sind alle im Wochenendmodus und nicht mehr greifbar.«

NEUNUNDDREISSIG

»Von mir aus beschwören Sie die Heilige Jungfrau, aber Sie werden mir keinen Mord anhängen. Ich war an diesem Freitag nicht einmal in der Nähe von ihm. Warum wollen Sie mir das nicht glauben?« Auf der Stirn von Felix Laubner bildeten sich Schweißperlen, die von den LED-Strahlern im Vernehmungsraum hell beleuchtet wurden.

»In der ersten Vernehmung haben Sie behauptet, Sie hätten kaum Kontakt zu Volker Rausch gehabt. Dann sehen wir am Computer, dass Sie ihn fast tagtäglich mit Mails bedrängt haben. Jetzt bestehen Sie darauf, ihn in der Mordnacht nicht gesehen zu haben, dabei verlangten Sie von Rausch dringend ein Gespräch unter vier Augen. Alle Angaben zu Ihrem Alibi sind nicht verifizierbar. Herr

Laubner, geben Sie mir einen Grund, warum ich Ihnen jetzt glauben sollte.«

Nun hatte die Kommissarin ihr Gegenüber in der Ecke, in der sie ihn haben wollte. »Es sieht leider nicht gut aus für Sie. Ihr Hemd wurde untersucht, Herr Laubner!«

Mandy wartete einige Sekunden, bevor sie fortfuhr. Sie wollte die Reaktion auf diese Eröffnung analysieren. Der Lebensgefährte von Sara Rausch blickte die Polizistin mit geweiteten Augen und geöffnetem Mund an. Er blieb aber stumm, als wartete er auf Erläuterungen.

»An Ihrem Hemd wurden Blutspuren festgestellt! Sie wissen, was das bedeutet. Bald liegt uns die Auswertung vor. Machen Sie es uns doch nicht so schwer, Herr Laubner, und geben Sie die Tat zu. Sie haben im Affekt gehandelt. Das wird das Gericht zur Kenntnis nehmen. Sie werden nicht wegen Mordes, sondern nur wegen Totschlags angeklagt werden.«

An den auf dem Tisch aufgestützten Händen konnte man erkennen, dass Felix Laubner zitterte. Er beugte den Oberkörper weit nach vorne, sodass er mit der Stirn fast die Tischkannte berührte. In dieser Position verharrte er eine geraume Weile. Kein Wort kam ihm über die Lippen, nur der Atem war zu hören, der nun schwer ging.

Da hob der Finanzmakler, nach wie vor weit nach vorne gelehnt, langsam den Kopf und sah Mandy von unten an.

»Nasenbluten … richtig, ich hatte vor einigen Tagen Nasenbluten. Deshalb die Spuren … deshalb haben Sie mich hergebracht … jetzt verstehe ich erst. Klar! Sie haben Blutreste gefunden und haben gedacht, die sind vom Rausch.« Laubner hatte sich wieder ganz aufgerichtet und in dem ansonsten schweißnassen Gesicht zeigte sich wieder ein mattes Grinsen.

In diesem Moment öffnete sich die Tür des Verhörzimmers. Hartmut Rieger, der Polizeitechniker, gab der Kommissarin ein Zeichen, mit auf den Gang hinauszukommen.

Mandy fixierte noch einmal Laubner, bevor sie Riegers Aufforderung folgte.

»Mandy, der Bluttest ist vorläufig abgeschlossen. Die Blutgruppe ist nicht mit der des Opfers identisch. Doktor Rausch hatte die seltene Gruppe AB Rhesusfaktor negativ. Am Hemd haben wir Null Rhesus positiv gefunden … Tut mir leid.«

»Danke, Hartmut, du kannst ja nichts dafür. Wir waren so nah vor dem Ziel und nun ist uns dieser Windhund durch die Maschen geschlüpft.«

Mandy kehrte zurück an den Vernehmungstisch. »Kennen Sie Ihre Blutgruppe, Herr Laubner?«

»Nicht sicher, aber ich glaub, ein Arzt hat mir einmal gesagt, sie sei Null. Warten Sie … in der Wohnung habe ich einen Impfpass, vielleicht ist darin die Blutgruppe verzeichnet. Ich rufe Sara an, die soll …«

Mandy winkte resigniert ab. »Lassen Sie es, Herr Laubner. Sie können gehen!«

Nicht einmal eine halbe Stunde war vergangen, als Kommissar Huber erneut vor dem Haus Martin Lehners in der Sankt-Nikolaus-Straße erschien. Diesmal waren ihm in einem zweiten Wagen drei Beamte der Spurensicherung gefolgt. Zudem war er mit einem Durchsuchungsbeschluss ausgestattet. Als hätte er hinter der Tür gewartet, öffnete der Studiendirektor schon beim ersten Klingeln.

»Herr Lehner, es tut mir persönlich sehr leid, aber ich verdächtige Sie des Totschlags an Ihrem Vorgesetzten, Doktor Volker Rausch. Die Herren hinter mir sind gerichtlich autorisiert, Ihr Haus und zugeordnete Baulichkeiten zu untersuchen. Gegebenenfalls können sie Gegenstände, die im Tatzusammenhang stehen, beschlagnahmen.«

»Herr Huber, ich habe Ihnen alles erklärt. Sie verdächtigen den Falschen. Mit dem furchtbaren Verbrechen habe ich nichts zu tun.«

Mittlerweile waren die Spurensicherer eingetreten und verteilten sich wort- und lautlos auf die verschiedenen Stockwerke des Hauses. Der Trupp war offensichtlich bestens aufeinander eingespielt und bedurfte keinerlei Anordnungen.

»Ihre Erklärungen wirken auf mich nicht glaubwürdig«, entgegnete Thomas, der mit Lehner immer noch im Flur des Hauses stand. Mit drei Schritten näherte er sich der Garderobe und nahm die uralte Goretex-Jacke an sich. »Ich bin mir ziemlich sicher, wir finden darauf Blutspuren des Ermordeten, Herr Lehner.«

»Schauen Sie sich die Jacke gerne an, die ist absolut sauber. Wenn sich da Blut darauf befände, wäre es höchstens meines.« Die Ruhe, die der Lehrer an den Tag legte, irritierte Thomas etwas, dennoch setzte er seine Argumentation fort.

»Sie wirkt äußerlich rein, das ist richtig. Sie ist deshalb sauber, weil Sie sie am Montag in die Reinigung gebracht haben.«

»Das war notwendig, weil …«

»… Sie die Spuren der Tat verschwinden lassen wollten. Leider genügt eine chemische Reinigung dafür nicht. Unser Labor wird Reste darauf erkennen und das Blut des Opfers identifizieren können. Das kann ich Ihnen mit aller Gewissheit versichern. Sie hätten die Jacke verbrennen sollen, aber dafür sind Sie ja bekanntermaßen zu sparsam.«

Nun war es mit der mühsam aufrechterhaltenen Gelassenheit des Studiendirektors doch vorbei. Die Gestalt sank in sich zusammen, und er schleppte sich mit müden Schritten an Thomas vorbei in die Küche. Dort setzte er sich auf den einfachen Stuhl, den er anscheinend immer benützte, und stützte die Ellenbogen auf den Tisch. Den Kopf vergrub er zwischen den Händen.

Wenige Minuten vergingen in einträchtigem Schweigen, bis einer der Beamten im weißen Overall zu den beiden in die Küche trat. »Thomas, das musst du dir unbedingt anschauen. Ich hab es im Keller in einem Regal g'funden. Es lag obenauf. Unglaublich!« Er hielt dem Ermittler einen Plastikbeutel mit einem spitzen silberfarbenen Gegenstand vor die Nase. Thomas erkannte den antiken Brieföffner von dem Foto, das sich auf dem Schreibtisch des Ermordeten befunden hatte, sofort.

»Herr Lehner, ich verhafte Sie wegen Totschlags an Doktor Volker Rausch, Ihrem Vorgesetzten.« Daran fügte er die übliche rechtliche Belehrung über die Aussagen und ihre mögliche Verwendung vor Gericht. Einen zusätzlichen Kommentar konnte er nicht zurückhalten. »Sie bewahren die Tatwaffe auf und verstecken sie noch nicht einmal ordentlich. Hatten Sie ausgeschlossen, dass man Sie verdächtigen könnte? Man kann es mit der Sparsamkeit auch übertreiben.«

»Sparsamkeit ist die Tochter der Weisheit. So einen schönen Brieföffner kann man nicht einfach wegwerfen.«

»In Ihrem Fall ist sie die Schwester der Dummheit. Gehen wir!«

VIERZIG

»Du bist ja noch hier!« Thomas war äußerst überrascht, seine Kollegin im Büro vorzufinden.

Mandy war ihrerseits verwundert. Sie hatte nicht damit gerechnet, ihren Co-Ermittler an diesem Tag noch anzutreffen. Mehr erstaunte sie jedoch dessen offensichtliche gute Laune, für die aus ihrer Perspektive nicht der geringste Grund vorhanden war. Entsprechend gekränkt reagierte sie. »Jemand muss wohl die Stellung halten. Wolltest du nicht eine Motorradtour unternehmen? Viel Spaß dabei!« Bei den letzten Worten hatte sie sich schon wieder demonstrativ ihrem Computer zugewandt.

Sie war sich definitiv zu schade dafür, gute Miene zum bösen Spiel zu machen.

»Jetzt tust mir unrecht. Der Fall ist auf'klärt und ich hab absolut nichts anderes vor, als morgen mit dir zu frühstücken. War ja so ausg'macht!« Um seiner Sache zusätzliche Aussagekraft zu verleihen, baute er sich vor ihrem Schreibtisch auf und ließ sie nicht mehr aus den Augen.

Für Mandy war der Siedepunkt erreicht, an der die Unverfrorenheit ihres Kollegen ihre Galle zum Überlaufen brachte. »Aufgeklärt!? Dass ich nicht lache! Wenn du dich wenigstens ein bisschen ernsthafter in den Fall eingebracht hättest, wüsstest du längst, dass der Laubner aus dem Schneider ist und ich wieder ganz am Anfang stehe. *Ich*, denn mein Kollege Huber hat sich offenkundig auf seine eigenen Ermittlungsmethoden versteift und sich aus der Teamarbeit verabschiedet. Thesen aufstellen und Verdächtige flachlegen, kann man so deine investigativen Untersuchungen am besten umschreiben?« Am liebsten hätte sie ihm jetzt noch zusätzlich den Locher an den Kopf geworfen.

»Mandy, komm wieder runter. Du hast ja recht. Ich habe Fehler gemacht ... Aber wer redet denn vom Laubner? Der Lehner sitzt bereits im Vernehmungsraum und ist geständig. Ich will, dass er das Geständnis vor uns beiden ablegt. Wir haben an dem Fall gemeinsam gearbeitet und wir bringen das gemeinsam zu Ende ... wie es sich gehört!« Thomas' Blick hätte unschuldiger nicht sein können. Die Schlusswendung seines Satzes war so ausgereift wie edler Burgunder im Abgang.

Mandy war tatsächlich sprachlos, was ihr bisher nur einmal passiert war, nämlich als ihr damals eröffnet wurde, dass im Moment offenkundig nur eine geeignete Stelle als Kommissarin im niederbayerischen Rottal frei wäre.

»Auf geht's, Frau Hanke, lassen wir den armen Karl nicht die ganze Zeit allein mit unserem Verdächtigen.«

Verhöre stellten nicht nur für den Verdächtigen eine enorme psychische Belastung dar, sie verlangten auch von den Fragen stellenden Ermittlern ein gehöriges Maß an Konzentration, Nerven und Ausdauer. Befragungen konnten sich über Stunden hinziehen und bedurften einer ausgeklügelten Strategie, die flexibel sein musste, um auf überraschende Aussagen oder unbeabsichtigte Hinweise seitens des Befragten reagieren zu können. Entsprechend zwiespältig war die Meinung über die Vernehmungen in den Kommissariaten. Für manche bildeten sie einen besonderen Reiz, dem Mühlespiel vergleichbar, bei dem man seine Steine Zug um Zug nach vorne schob und dem Delinquenten alle möglichen Ausflüchte verschloss, bis das Geständnis als einzige logische Möglichkeit übrig blieb. Die meisten jedoch empfanden die zermürbenden Gesprächsrituale als Ärgernis und Unannehmlichkeit, die das Polizeiwesen unvermeidlich mit sich brachte.

Für Mandy und Thomas stellte das abschließende Verhör mit Martin Lehner an diesem späten Freitagabend jedoch keine große Herausforderung dar.

Der Lehrer wusste, dass spätestens mit Auffindung der Tatwaffe ein Leugnen keine vernünftige Option mehr war. Es ging ihm vielmehr um die Frage des Protokolls, die Dinge aus seiner Sicht zu schildern, sich dadurch zu rechtfertigen, und um das Bild, welches er in der Öffentlichkeit abgeben würde.

Nachdem sich die beiden Kommissare an den Vernehmungstisch gesetzt hatten und das Aufzeichnungsgerät angeschaltet worden war, forderte Thomas den geständigen Studiendirektor auf, die Geschehnisse der Mordnacht zu schildern. Lehner antwortete bereitwillig.

»Der Volker und ich waren seit einem Vierteljahrhundert Kollegen, aber das wissen Sie ja, Herr Huber. Wir hatten uns schon lange vorher an der Uni kennengelernt. Anfänglich waren wir Freunde auf Augenhöhe, aber bald war mir Volker immer einen Karriereschritt voraus. In dieser Hinsicht war er wirklich ein Gewinnertyp. Er wusste stets genau, wo und wann er anklopfen musste, um eine Sprosse höher auf der Leiter zu klettern. Ich hätte es ihm problemlos gegönnt, wäre nicht gleichzeitig seine Wandlung in ein machtbesessenes Arschloch in Gang gekommen. Er konnte Leute unter ihm derart drangsalieren, dass einige die Schule wechselten oder den Beruf ganz an den Nagel hängten. Seit vielen Jahren gehörte auch ich zu denjenigen, die mit seinen Demütigungen irgendwie zurechtkommen mussten. Ich weiß nicht, warum! Vielleicht waren ihm meine Stellungnahmen bei den Beratungen zu geistreich. Vielleicht war ich ihm zu beliebt im Kollegium. Keine Ahnung, was da in ihm vorging. Er hat meine Ideen gerne aufgegriffen, aber nicht ohne mich dabei trickreich und hinterhältig zur Sau zu machen. Weiß der Teufel, wie er das immer geschafft hat.«

»Mit Ihrem Aufsatz, ähm, mit Ihrem Essay erging es Ihnen nicht anders«, assistierte Thomas.

»Richtig! Ich hatte es zuerst an Volker und später auch an die Hiermer übergeben, ich Blödmann, und auf eine Einschätzung und gute Ratschläge gehofft. Natürlich hätte ich es besser wissen müssen. Ausgerechnet den beiden, die keinen Erfolg neben sich dulden können, habe ich mein Manuskript anvertraut. Keiner von denen hat irgendwie darauf reagiert. Als wäre ich einer Antwort unwürdig. Das hätte den Exzellenzen wohl einen Zacken aus der Krone gebrochen. Haben Sie eine Ahnung, wie ich mich bei der Buchvorstellung gefühlt habe? Für mich war das eine geistige Hinrichtung. Volker hat damit jegliche weitere Zusammenarbeit zwischen uns an derselben Schule zunichtegemacht. Ich hätte mich doch in keinem Spiegel mehr betrachten können, wenn ich ihm das hätte durchgehen lassen. Aber wo sollte ich mit meinen 55 Jahren noch hin, und mit welcher offiziellen Begründung?«

»Sie hätten Volker Rausch doch auch anzeigen können wegen des Plagiates«, warf Mandy ein.

»Ich hatte ihm den Text schon vor geraumer Zeit gedruckt gegeben. Wer hätte mir geglaubt und nicht dem renommierten Fachbuchautor? Es gab keinen eindeutigen Beweis.«

»Also beschlossen Sie, ihn zu töten!« Der Zeitpunkt und die Tatwaffe deuteten auf Totschlag im Affekt, dennoch wollte Thomas auf eine Erklärung Lehners hierzu nicht verzichten.

»Nein, ganz und gar nicht! Selbstverständlich wollte ich ihn zur Rede stellen. Im Anschluss an die Buchvorstellung war Volker wie immer umgeben von Heuchlern und Leisetretern. Da bin ich erst mal nach Hause gefahren. Aber ich fand keine Ruhe. Ich habe geschäumt. Also habe ich mich noch einmal auf meinen Roller geschwungen und bin in das Gymnasium zurückgefahren. Ich war mir sogar ziemlich sicher, dass ich ihn gar nicht mehr antreffen würde. Warum ist dieser Mistkerl an dem Abend nicht mit seinen Speichelleckern zum Saufen gegangen? Ich fand ihn allein in seinem Büro. Ganz allein. Wissen Sie, womit er sich rausreden wollte? Meine Thesen seien sowieso nur eine Sammlung seiner eigenen Äußerungen und Ratschläge an das werte Lehrerkollegium. Ich sei also der eigentliche Plagiator. Dieses Dreckschwein und Lügenmaul! Als ich den Brieföffner liegen sah, kam es zum Kurzschluss. Ich wollte ihn nicht töten, ihm nur wehtun … ja, nur wehtun …, so wie er mir schon viele Jahre wehgetan hat.«

EINUNDVIERZIG

Samstag

Es war das erste Mal, dass er sich in einer solchen Situation befand. Ein Eingeständnis sollte ihm Erleichterung bringen, sein Gewissen beruhigen. Seine Handlung war schwerwiegend gewesen, insofern fiel es nicht leicht, die richtigen Worte zu finden. Aber davon hing alles ab. Die richtigen Worte zum richtigen Zeitpunkt. Es war auch nicht klar, wie viele von seinem Vergehen gewusst hatten. Hätten die Falschen davon erfahren, hätte dies ernst zu nehmende Konsequenzen für ihn haben können.

Mit diesen gärenden Gedankengängen machte sich Thomas mit seinem geliebten Motorrad zum vereinbarten Frühstück in das Restaurant »Luibl« nach Eggenfelden auf. Er wollte reinen Tisch mit ihr machen. Seine Fast-Liebelei sollte nicht weiter zwischen ihnen stehen. Der vorherige Tag hatte noch glänzend mit der Lösung des Mordfalles Doktor Volker Rausch geendet. Sein Spürsinn hatte einen entscheidenden Beitrag dazu geleistet. Darüber hinaus hatte sich Mandy endlich versöhnlich gezeigt und einem gemeinsamen Kaffee an diesem Samstagmorgen zugestimmt. Trotzdem würde sie einige bohrende Fragen für ihn parat haben, dessen war er sich bewusst.

Was war er doch für ein Idiot gewesen! Auch der Oberstudienrat Gerhard Berger hatte Thomas' kurze Liebschaft als skrupellose Karrieristin erkannt. In dieser Hinsicht schien die Menschenkenntnis seiner Teamkollegin deutlich besser ausgebildet zu sein. Es fiel Thomas schwer, es sich einzugestehen, aber die gehörige Standpauke des gestrigen Nachmittages hatte eine heilsame Wirkung gehabt.

Er hatte erkannt, wohin seine Gefühle wirklich unterwegs waren. Und dieses Ziel befand sich in seiner unmittelbaren Umgebung.

Als er in der Nähe des Eggenfeldener Restaurants sein Motorrad abstellte, hielt er Ausschau nach Mandys Rad. Thomas war sich sicher, dass Mandy den nur leicht bewölkten und nahezu windstillen Sommermorgen für eine Tour genutzt hatte.

Er konnte es nirgends entdecken.

Sein Blick war so auf die abgestellten Fahrräder konzentriert, dass er Mandy selbst beinahe übersehen hätte. Sie hatte an einem der Tische vor dem Restaurant Platz genommen und lachte ihm von Weitem entgegen. Ein vielversprechender Auftakt. Eine Veränderung an ihr fiel ihm sofort ins Auge. Ihr brünettes Haar war nicht wie sonst zu einem Pferdeschwanz gebunden. In sanften Wellen floss es bis auf die Schulter herab und ließ das schmale Gesicht mit den hohen Wangenknochen noch länger wirken, so dass sie aussah wie Sandra Bullock im Film »Ocean's 8«.

»Guten Morgen, augenscheinlich bist du mit dem Motorrad gekommen. Allzeit bereit für eine neue Eroberung.«

»Anbaggern kann man auch sehr gut bei einer Radtour, hab ich gehört«, gab Thomas postwendend zurück. Allerdings hätte er sich ein weniger konfliktträchtiges Thema als Einstieg in die Konversation gewünscht.

Er nahm Platz und schlug nach kurzem Studium der Speisekarte ein großes Frühstück für zwei vor, da Mandy ebenfalls noch nichts bestellt hatte. Weil sie jedoch lieber das Shakshuka der Tel-Aviv-Variante mit Hummus und Schafskäsewürfeln ausprobieren wollte, begnügte er sich mit einem Brezen-Frühstück.

»Du darfst dir meine Treffen mit der Ang..., mit der Hiermer nicht so großartig vorstellen. Da war nichts!« Thomas wollte das leidige Thema möglichst schnell abgehandelt haben, um dann zum gemütlichen Teil der Verabredung überzugehen.

»Allein die Tatsache, dass du dich mit einer Verdächtigen in einem Mordfall eingelassen hast, ist bereits ein starkes Stück. Wie weit ihr gegangen seid, will ich gar nicht wissen.« Die Brauen Mandys zogen sich zusammen und sie blickte ihn mit priesterlicher Strenge an.

»Ich wiederhole: Da war nichts! Ein gemeinsamer Motorradausflug und ein kurzes Abendessen. Das war alles. Ich hab sie nicht ang'rührt.« Gelogen. »Und ich hatte nie die Absicht, das zu tun.« Wieder gelogen. Aber mehr Wahrheit ging einfach nicht.

»Hätte ich unserem Chef davon berichtet, wärst du jetzt suspendiert!«

Uff ... die Frage danach hatte sich erübrigt. Ein mächtiger Felsbrocken glitt von seinem Herzen hinab in das finstere Loch des Vergessens.

»Mandy, du bist ein Schatzi!«, entfuhr es ihm, ohne groß nachzudenken.

»Gern geschehen, Mausi. Aber lass es dir in Zukunft eine Lehre sein.«

Das Eis war gebrochen. Er ließ sich in seinen schwarzen Rohrsessel zwischen den aufgestellten Pflanzenkübeln zurückfallen und setzte sein entspanntestes Lächeln auf.

»Weißt du, wenn das mit der Hiermer ... ich meine,

wenn sie mir nicht den Aufsatz von Martin Lehner zug'schickt hätt, dann wär der Fall immer noch nicht g'löst.«

Mandy grinste ihn hinterlistig an. »Gut, dann werde ich beim nächsten Verbrechen deine Ermittlungsmethoden übernehmen.«

»Weißt was? Wir begraben jetzt einfach die ganze Angelegenheit, stellen ein Kreuz drüber und pflanzen Tulpen drauf.« Beim letzten Wort legte er seine Hand auf ihren Arm. »Aber eine Frage hab ich noch. Wo hast du das ›Mausi‹ her?«

»Ich lerne einfach dazu!«, meinte Mandy mit einem Augenzwinkern.

Seine Hand durfte liegen bleiben.

ENDE

REZEPTE

Kaspressknödel

Zutaten für 4 Personen (8 Kaspressknödel):
250 g altbackene Semmeln
300 ml Milch
150 g Bergkäse
1 Bund Petersilie
1 Zwiebel
30 g Butter
1 Ei
50 g Butterschmalz
Salz, Pfeffer, Muskatnuss

Zubereitung:
Semmeln in kleine Würfel schneiden.

Zwiebeln fein würfeln, in eine Pfanne legen und in Butter andünsten.

Mit Milch ablöschen, den Inhalt der Pfanne über die Semmeln geben und ungefähr 30 Minuten ziehen lassen.

Käse würfeln und mit Ei, gehackter Petersilie, Salz, Pfeffer und Muskatnuss zur eingeweichten Semmelmasse geben.

Alles gut vermengen. Aus der Masse, mit angefeuchteten Händen, die Knödel formen.

Butterschmalz in einer Pfanne erhitzen, die Knödel flach drücken und im heißen Schmalz ca. 10 Minuten auf beiden Seiten goldbraun braten.

Tagliatelle mit Lachssahne

Zutaten für 2 Personen:
250 g Tagliatelle
1 Bio-Limette
½ frische Chilischote
200 g Bio-Lachs-Filet
Schnittlauch
je 2-3 Stängel glatte Petersilie und Minze
1 EL Butter
200 g Sahne
100 ml Fischfond
Salz, Pfeffer

Zubereitung:
Für die Tagliatelle in einem großen Topf reichlich Wasser
aufkochen. Inzwischen die Limette waschen und abtrock-
nen. Die Schale abreiben, den Saft auspressen. Die Schalotten schälen und in kleine Würfel schneiden. Die Chilischote waschen, putzen, entkernen und fein hacken.

Das Lachsfilet mit Küchenpapier trocken tupfen, in
Würfel schneiden, mit 1 EL Limettensaft beträufeln und
salzen. Von den gesäuberten Kräutern die Blätter abzupfen
und fein hacken. In einem breiten Topf die Butter erhitzen,
Schalotten und Chili bei kleinerer Hitze glasig dünsten.

Das heiße Nudelwasser salzen und die Tagliatelle biss-
fest garen. Währenddessen die Sahne, 2 EL Limettensaft
und den Fischfond zur Schalottenmischung gießen und
bei starker Hitze cremig einkochen.

Die Kräuter bis auf einen kleinen Rest unter die Sahnesoße rühren. Diese vom Herd nehmen und den Fisch
ca. 1 Minute gar ziehen lassen. Die Nudeln in einem Sieb

abgießen und auf die Teller verteilen. Die Soße mit Salz und Limettenschalen abschmecken, dann auf die Tagliatelle geben. Schwarzen Pfeffer grob über die Portionen mahlen, alles mit den restlichen Kräutern bestreuen und heiß servieren.

WIR MÖCHTEN UNS GANZ
HERZLICH BEDANKEN BEI ...

- dem Team des Gmeiner-Verlags für die professionelle Betreuung, insbesondere bei unseren Lektorinnen Fabienne Rieg und Christine Braun.
- Johann Steinbrunner und Günter Geltinger für die Erstbegutachtung unseres Werkes.
- Melanie Bäuml-Schachtner und Monika Ebnet für ihre vielfältige Unterstützung.
- unserem ehemaligen Lehrer Walter Rauschecker für seine nützlichen Tipps.
- Doris Weß, Dr. Susanne Frick und Christa Brennsteiner für ihre Korrekturen, die wir gerne angenommen haben.
- unseren Ehefrauen, die uns immer mit Rat und Tat unterstützt und uns den Rücken fürs Schreiben freigehalten haben.
- dem Direktor des Pfarrkirchner Gymnasiums Andreas Rohbogner für sein Entgegenkommen und für seinen humorigen Umgang mit der Ausgangslage. An dieser Stelle möchten wir ausdrücklich erwähnen, dass das Pfarrkirchner Gymnasium inklusive Schulleitung und Lehrerkollegium einen sehr guten Ruf genießt.
- Ihnen allen, die unsere zweite Geschichte rund um das Pfarrkirchner Ermittlerduo Thomas Huber und Mandy Hanke gelesen und weiterempfohlen haben.

Kripobeamte
Thomas Huber und
Mandy Hanke ermitteln:

1. Fall: Ausgetrabt
ISBN 978-3-8392-2793-0

2. Fall: Ausgerechnet
ISBN 978-3-8392-0101-5

3. Fall: Ausgewildert
ISBN 978-3-8392-0327-9

4. Fall: Ausgeläutet
ISBN 978-3-8392-0556-3

GMEINER SPANNUNG

WWW.GMEINER-VERLAG.DE
Wir machen's spannend

DIE NEUEN  Lieblingsplätze

ISBN 978-3-8392-0154-1 — AM INN

ISBN 978-3-8392-2730-5 — AUGSBURG UND BAYRISCH-SCHWABEN

ISBN 978-3-8392-0155-8 — FÜNFSEENLAND

ISBN 978-3-8392-0158-9 — HARZ

ISBN 978-3-8392-0160-2 — mit Hund NORDSEEKÜSTE NIEDERSACHSEN

ISBN 978-3-8392-0159-6 — LÜNEBURGER HEIDE

ISBN 978-3-8392-0161-9 — NIEDERRHEIN

ISBN 978-3-8392-0163-3 — OSTSEE MECKLENBURG-VORPOMMERN

ISBN 978-3-8392-0164-0 — OSTSEE SCHLESWIG-HOLSTEIN

ISBN 978-3-8392-2626-1 — SACHSEN

ISBN 978-3-8392-0156-5 — für Senioren BODENSEE

ISBN 978-3-8392-0157-2 — für Senioren NORDSEE SCHLESWIG-HOLSTEIN

ISBN 978-3-8392-0166-4 — SÜDLICHE WEINSTRASSE UND PFÄLZERWALD

ISBN 978-3-8392-0166-4 — SÜDTIROL

ISBN 978-3-8392-2838-8 — USEDOM

ISBN 978-3-8392-0168-8 — WIESBADEN RHEIN-TAUNUS RHEINGAU

GMEINER KULTUR

WWW.GMEINER-VERLAG.DE
Mensch, Kultur, Region